TUDO POR NÓS DOIS

OBRAS DA AUTORA PUBLICADAS PELA EDITORA RECORD

Série Bad boys

Só depende de mim
Louca por você
Tudo por nós dois

M. LEIGHTON

TUDO POR NÓS DOIS

BAD BOYS • VOL. 3
(EVERYTHING FOR US)

Tradução de
Alice França

3ª edição

EDITORA RECORD
RIO DE JANEIRO • SÃO PAULO
2016

CIP-BRASIL. CATALOGAÇÃO NA FONTE
SINDICATO NACIONAL DOS EDITORES DE LIVROS, RJ

L539t 3ª ed.	Leighton, M. Tudo por nós dois / M. Leighton; tradução de Alice França. – 3ª ed. – Rio de Janeiro: Record, 2016. (Bad Boys; v.3) Tradução de: Everything For Us ISBN 978-85-01-40451-0 1. Ficção americana. I. França, Alice. II. Título. III. Série.
14-11956	CDD: 813 CDU: 821.111(73)-3

Título original em inglês:
Everything For Us

Copyright © 2013 by M. Leighton

Texto revisado segundo o novo Acordo Ortográfico da Língua Portuguesa.

Todos os direitos reservados. Proibida a reprodução, no todo ou em parte, através de quaisquer meios. Os direitos morais da autora foram assegurados.

Editoração eletrônica: Abreu's System

Direitos exclusivos de publicação em língua portuguesa somente para o Brasil adquiridos pela
EDITORA RECORD LTDA.
Rua Argentina, 171 – Rio de Janeiro, RJ – 20921-380 – Tel.: 2585-2000, que se reserva a propriedade literária desta tradução.

Impresso no Brasil

ISBN 978-85-01-40451-0

EDITORA AFILIADA

Seja um leitor preferencial Record.
Cadastre-se e receba informações sobre nossos lançamentos e nossas promoções.

Atendimento e venda direta ao leitor:
mdireto@record.com.br ou (21) 2585-2002.

Ao meu Deus,
sem o qual não há nenhuma inspiração
e nenhum bad boy de Davenport.

UM

Nash

É sempre a mesma coisa. O sonho começa com a sensação de um peso sendo erguido dos meus braços. É assim que sei o que vai acontecer, que vou olhar para os meus pés e ver minhas mãos se afastarem da caixa de suprimentos que eu estava transportando, a caixa que agora está sobre as tábuas desbotadas da doca.

Eu ajeito o corpo e pego o celular no bolso, passando o dedo pelo botão que faz a tela acender. Clico no aplicativo da câmera e levanto o telefone até enquadrar perfeitamente a garota na tela iluminada.

Ela está deitada no convés superior de um iate, do outro lado. O barco balança suavemente contra a doca da marina. É um barco maravilhoso, mas não é nele que estou interessado. De jeito nenhum. Estou interessado na garota. Ela é jovem, loira e está fazendo topless.

Sua pele brilha com o óleo de bronzear e o sol cintila nos seus seios firmes e redondos. Eles têm o tamanho perfeito, o tipo que pede para ser apertado até ela gemer. A brisa diminui e, embora esteja fazendo calor, seus mamilos se enrijecem. Eles são pontudos e cor-de-rosa, e fazem meu pênis latejar.

Cacete, eu adoro a marina!

Alguém bate no meu ombro e eu perco a garota no visor. Ao me virar, vejo o velho que caminha no píer. Eu seguro o comentário sarcástico que está na ponta da língua. Cash não se incomodaria. Ele nunca segura a língua. Mas eu não sou Cash.

Ignorando o homem, me viro em direção ao iate, de volta à garota de topless, de seios maravilhosos. Mas, antes que eu possa avistá-la novamente, outra coisa chama a minha atenção.

Há um homem de pé, no final da passarela, na borda da costa. Ele está recostado na parede traseira da pequena cabana que vende suprimentos básicos de mercearia, além de gasolina para as várias embarcações que usam a marina. Ele dá uma impressão bastante casual, mas há algo sobre o modo como está vestido que parece... fora do contexto. Ele está de calça comprida. Tipo calça social. E está tirando um retângulo fino do bolso. Parece um celular. Mas não é. Com o zoom da minha câmera, posso ver que é somente uma caixa preta simples, com um pequeno botão vermelho na parte de cima.

Vejo seu dedo deslizar facilmente por cima do botão, pouco antes de algo se chocar contra mim tão violentamente que me faz cair para trás na água.

Em seguida, não há mais nada.

Não sei quantos minutos, ou horas, ou até dias se passaram quando acordei ainda na água. Estou flutuando de barriga para cima, enquanto minha cabeça bate repetidamente contra o píer protuberante, coberto de crustáceos.

Sentindo dor, movo meus músculos e rolo de barriga para baixo. Com o corpo enrijecido, começo a nadar lentamente em direção a uma das várias escadas espalhadas por toda a extensão da doca. Pingando, saio da água e olho ao redor, procurando o que causou a enorme explosão que ouvi pouco antes de ser arremessado no mar.

Quando viro em direção ao local onde a escuna da minha família havia sido amarrada, vejo um grupo de pessoas reunidas lá. Levo uns trinta segundos para a minha mente poder interpretar o que estou vendo — um ancoradouro vazio, pedaços de madeira em chamas lançadas na doca, partes de mobília lascada espalhadas pela água. E fumaça. Muita fumaça. Sussurros também. E, a distância, ficando cada vez mais perto, sirenes.

Acordo do pesadelo com um sobressalto, como sempre. Estou suando e respirando com dificuldade, como sempre. Meu rosto está molhado de lágrimas, como sempre. Faz tanto tempo que tenho esse sonho, que esqueço o quão arrasado, esgotado e... *zangado* ele me deixa.

Mas agora me lembro. Lembro com perfeita clareza. E hoje é como se vertesse gasolina em um fogo intenso.

Sento na cama para recuperar o fôlego. As pontadas agudas que sinto na parte lateral do corpo me lembram do que aconteceu na noite passada. Tudo isso volta com ímpeto, aumentando a minha fúria.

Até que uma pequena e fria mão toca o meu ombro.

Ao me virar, vejo Marissa sentada atrás de mim, apoiada sobre os cotovelos, me olhando com seus olhos azuis sonolentos e sensuais. Antes que eu possa sequer pensar no que estou fazendo, toda a amargura, toda a raiva, toda a agressão retida é canalizada na luxúria pura. A necessidade de devorar algo, de me perder em algo suprime todo o resto e me atiro de cabeça. Nela.

Então giro meu corpo e rolo sobre Marissa, pressionando seu corpo quente contra o colchão. Ouço seu suave suspiro quando aperto seus lábios sob os meus. Eu os engulo

— o som, o medo, o desejo hesitante —, absorvendo tudo e permitindo que eles alimentem a fera dentro de mim.

Minha língua desliza para dentro da sua boca. O gosto é doce como mel. Em seguida, empurro o joelho entre suas coxas e elas se afastam, possibilitando que eu ajuste o meu quadril contra o dela.

Só quando coloco a mão sob sua camisa, percebo que está paralisada. Então levanto a cabeça para encará-la. Ela está me fitando de olhos arregalados, surpresos, ligeiramente apavorados.

DOIS

Marissa

Nash para de me beijar justo quando eu estava a ponto de me entregar. Teria sido um desastre. Não é? Fico sem ar quando ele me encara. Mesmo com pouca luz, posso ver a consciência voltar aos seus olhos pretos. Outra coisa tomou conta de sua mente. E algo em mim gostou disso, o que *não* faz o meu estilo, de jeito nenhum. Mas, de alguma forma, nada parece igual desde que fui sequestrada. Por que eu deveria esperar que isso fosse diferente? Distraída, me pergunto se a minha vida algum dia vai voltar a ser a mesma. E se eu quero que ela volte a ser o que era.

Eu me sinto ligeiramente chateada quando Nash se afasta e cai pesadamente na cama, ao meu lado, jogando o braço sobre os olhos.

— Você deveria ficar longe de mim. — Sua voz é um estrondo baixo na escuridão silenciosa.

— Eu sei — respondo em um momento de absoluta franqueza. E eu *realmente* sei. Ele tem razão. Eu *deveria* ficar longe dele. Mas também sei, profundamente, em alguma parte de mim recentemente revelada, que não vou. Que não consigo. Sinto necessidade dele, como sinto necessidade de água ou de ar. Não sei por que e não estou confortável com isso, mas sou inteligente e racional o bastante para admiti-lo, para reconhecer e perceber que tenho que lidar com esse sentimento. A pergunta é: como?

Após alguns segundos de silêncio, Nash afasta o braço do rosto e vira a cabeça para olhar para mim.

— Então, o que você ainda está fazendo aqui?

Fito as profundezas furiosas e ardentes dos seus olhos e, no entanto, apesar do perigo que *sei* que se oculta dentro deles, dentro *dele*, não consigo levantar e ir embora. Ficar longe dele. Não consigo. Não ainda.

— Porque preciso de você — respondo simplesmente. E preciso. Para me sentir protegida. Segura.

Nash abre a boca como se fosse dizer algo, mas não fala nada. Ele apenas olha para mim, *dentro de mim*, com aqueles olhos "frios e cálidos ao mesmo tempo". Eles parecem tanto com os de Cash, como os do Nash que eu achava que conhecia, mas não são nada como eles. Nada como algo que eu já tenha visto.

Visto ou sentido.

Após uma longa pausa, ele finalmente fala:

— Sou encrenca certa.

— Eu sei.

Outra pausa.

— Você provavelmente vai acabar magoada.

Engulo em seco. Sei que é verdade, mas ouvir as palavras em alto e bom som e admitir que ele tem razão é outra história.

— Eu sei — respondo.

— Depois não vá dizer que não avisei.

— Eu sei — repito, enquanto me pergunto se enlouqueci e perdi meu vocabulário.

Após mais alguns segundos me fitando, Nash se vira cuidadosamente para o lado não ferido do seu corpo.

— Vire-se — diz ele de forma rude.

Não sei bem o porquê, mas faço o que ele manda, sem perguntas. Isso me dá a certeza de que sim, eu *realmente* enlouqueci.

Estou deitada de lado e, sem olhar para o seu rosto, coloco as mãos juntas sob as bochechas. Minha mente está acelerada com perguntas que não têm resposta e imagens que me assombram na escuridão. No exato momento em que uma sensação de pânico começa a sair do meu peito e se alojar na minha garganta, Nash passa o braço na minha cintura, puxando-me para perto dele, aconchegando-me na curva de seu corpo. Ele faz isso de maneira brusca, quase com raiva. Não tenho a sensação de que ele está me dando conforto, tanto quanto está se entregando ou dando conforto a si mesmo. É quase como se ele resistisse à ajuda, à emoção de outras pessoas. Ele é um solitário, preso em uma ilha de raiva e amargura. Precisa ser resgatado. Só não sabe disso ainda.

Sejam quais forem suas razões, o efeito ainda é o mesmo. Aliás, só de pensar que ele pode precisar de mim tanto quanto sinto que preciso dele apenas intensifica essa sensação. Imediatamente, minha mente se acalma e o pânico alivia. Este é o momento em que me dou conta de que sim, ele *é* encrenca. E que não, isso não vai me afastar dele. Nada vai fazer isso.

E eu não sei por quê.

Quando abro os olhos, vejo o facho da luz do dia que espreita abaixo da borda das cortinas do meu quarto. Escuto os sons à minha volta.

A respiração de Nash é profunda e regular no meu pescoço. Um calafrio percorre meu corpo quando ele encosta seu corpo rígido contra as minhas costas.

Não sei o que deu em mim. Nunca reagi a um homem dessa forma. Nem de longe. E eu saía com o irmão dele, caramba! Mas não era nada assim. Isso é algo mais, algo selvagem. Algo... diferente.

Ouço o clique de uma porta se fechando. Pareceu ter vindo do quarto de Olivia. Um deles deve estar de pé.

Olivia.

A culpa toma conta de mim quando penso nela. Como ela pode ser tão gentil comigo e arriscar tanto para me salvar quando a tratei tão mal é algo que está, realmente, além da minha compreensão. Isso me faz querer ser digna dessa generosidade e sinceridade, embora eu duvide que algum dia consiga.

Tenho uma ideia, então me afasto lentamente de Nash, me levanto da cama e me dirijo, sem fazer barulho, até a cozinha. Fico contente ao ver que Olivia abasteceu a geladeira enquanto eu estava fora. Pego alguns ovos do recipiente na porta, abro o freezer, tiro algumas tortinhas de linguiça e fritada de batata e coloco tudo sobre o balcão. Em seguida, tiro uma cumbuca e três caçarolas de diferentes tamanhos do armário e as coloco no fogão. Olhando com orgulho para o meu progresso até aqui, arregaço as mangas, pronta para entrar em ação e preparar um belo café da manhã para todo mundo. Pulo, assustada, quando ouço alguém pigarrear atrás de mim.

Então me viro de costas, com um enorme sorriso no rosto, esperando ver Olivia à porta. A tensão, assim como a sinceridade do gesto, diminui consideravelmente quando, em vez dela, vejo Cash.

— O que você está fazendo?

— Preparando o café da manhã — respondo, tentando a todo custo eliminar o tom de sarcasmo quando me viro para a comida. — O que mais poderia ser?

— Você não cozinha — comenta Cash de modo categórico.

— Nunca é tarde para começar. — Não me dou ao trabalho de olhar para ele; mantenho a atenção nos ovos que estou quebrando em uma vasilha.

— Pode parar de representar, Marissa. Somos só nós. Você não tem que fingir para mim. Não esqueça que eu a *conheço*.

— Talvez *conhecesse*, tanto quanto duas pessoas como nós podem ter conhecido uma a outra, mas isso é passado. As coisas são diferentes agora.

— Ah, são mesmo? — Não há a menor dúvida de que ele acha isso completamente impossível. E esse fato me deixa zangada.

Eu me viro rapidamente para ficar de frente para ele, apontando em sua direção o batedor de ovos como uma arma acusadora.

— Não aja como se você fosse melhor do que eu. Você mentiu para todo mundo em sua vida, todo mundo que você chamava de amigo ou colaborador. Você me usou por causa da minha posição, para se aproximar do meu pai, para manter o seu emprego. Você estava disposto a fazer qualquer coisa para atingir seus objetivos. Não se atreva a vir com hipocrisia e cuspir a sua indignação honrada em cima de mim. *Você* é que não deve esquecer que eu também *te* conheço.

Ele parecer completamente inabalável só me deixa mais zangada.

— É verdade. Mas aquele não era o verdadeiro Cash. Você nunca conheceu o verdadeiro Cash. Só a pessoa que eu a deixei ver, o papel que eu representava para o benefício de todos.

— Julgue tudo o que quiser. Justifique suas ações como quiser. Realmente não me importa o que você pensa, e não tenho que provar nada a você. Eu devo a Olivia. Desde que eu possa dar provas a ela, não estou nem aí para o que você pensa.

Com isso, volto a atenção para a vasilha cheia de ovos crus, mergulho o batedor e bato com toda a força.

O que me deixa mais furiosa é que Cash está certo. Não mereço uma segunda chance. Não mereço a confiança nem o crédito de ninguém. Todos viram como eu sou. Deixei uma impressão da qual nunca vou conseguir me redimir.

Mas isso não significa que vou parar de tentar. A esta altura, há poucas opiniões com as quais de fato me preocupo. Só terei que me concentrar nelas e tirar o resto da mente.

Ouço o barulho dos pés descalços de Cash quando ele começa a sair da cozinha. Ele para no último momento, então deixo de bater os ovos para prestar atenção.

— Sinto muito pelo que aconteceu, Marissa. Nem mesmo alguém como você merecia ser arrastada para o lamaçal que é a minha vida.

Não digo nada, somente ouço o silêncio enquanto ele espera por uma resposta. E, como não recebe nenhuma, vai embora. Tento ignorar o quanto ofende sua antipatia óbvia por mim. Realmente não me importo com o que ele pensa, mas é perturbador pensar que alguém sente isso em relação a mim. Eu era mesmo tão cruel?

Antes que eu possa começar a percorrer a terrível estrada de autocensura, ouço outra voz.

— Ignore-o, Marissa. — Dessa vez *é* Olivia que está à porta, quando me viro para olhar. Ela está despenteada, sonolenta e gentil, como sempre. Sinto-me um pouco envergonhada por ela ter ouvido o que ele disse.

— Ele acordou parecendo um urso com um espinho na pata. Não sei qual é o problema dele. — Seu sorriso é gentil. Sei que ela está tentando justificar o comportamento de

Cash, mas, de alguma forma, isso só faz com que eu me sinta ainda pior. Ela sempre veio me defender desse jeito? E eu sempre fui indigna do seu gesto?

Meu estômago dá um nó. Eu sei a resposta para essa pergunta.

Sim.

— Não precisa protegê-lo, Liv. Posso imaginar o quanto é difícil de acreditar que alguém possa mudar radicalmente da noite para o dia.

Ela entra na cozinha e senta em um dos bancos da ilha.

— Poderia ser verdade se não envolvesse algo tão... drástico. Mas Marissa, você foi sequestrada. Quero dizer, você não fazia ideia do que estava acontecendo, que você sequer corria perigo. Nenhum de nós imaginava. Ninguém achava que você poderia ser ferida. Ou sequestrada. Isso é o bastante para mudar o ponto de vista de qualquer um.

Sorrio para ela antes de voltar a bater os ovos. Bato mais algumas vezes antes de despejá-los na caçarola quente e untada.

— Acho que é uma daquelas coisas que preciso provar com o tempo.

Ela não diz nada no início, mas então aparece ao meu lado, debruça-se sobre o fogão, até que meus olhos encontram os dela.

— Você não precisa provar nada pra ninguém. Você passou por muita coisa. Precisa se concentrar em reorganizar sua vida.

— Ela não está desorganizada.

— Você voltou pra casa cedo de uma viagem, depois desapareceu por alguns dias. Não foi trabalhar ontem. Tenho certeza de que você vai ter algumas perguntas a responder.

Eu dou de ombros.

— Talvez. Mas não devo explicações a ninguém. Ninguém se preocupa realmente comigo. Não exatamente. — O simples fato de dizer isso em voz alta é como pousar um ferro em brasa no meu coração. Porque é verdade. — Além disso, ainda se supõe que eu esteja fora da cidade, portanto...

— Marissa, eu me preocupo com você. Espero que saiba disso. E o seu pai também. Assim como sua mãe. Estou certa de que tem amigos que se preocupam com o que acontece com você. Pode não parecer agora, mas...

— Liv, é muita gentileza sua tentar fazer com que eu me sinta melhor, mas você viu as pessoas das quais eu me cerquei. Você foi àquela exposição de arte. Além de conhecer, eu trabalho e passo muito tempo com a maioria das pessoas que estavam lá. E elas são horríveis, Liv. Horríveis! Você mesma viu.

Percebo que ela começa a dizer algo, que ela *quer* dizer algo, mas não há nada a dizer. Ela sabe que tenho razão.

— Olha, Marissa. Você está na posição única de obter uma segunda chance, uma chance de fazer escolhas diferentes e viver de uma forma melhor. Todo mundo conhece pessoas... desagradáveis com as quais têm que lidar, mas você não pode se esconder delas. Você tem apenas que tolerá-las da melhor maneira possível.

— Sei que não posso me esconder. Pelo menos para sempre. Mas não acho que esteja pronta para me expor por enquanto. Talvez daqui a alguns dias...

— Quer dizer que você não vai trabalhar hoje?

— Não. Acho que vou ligar e avisar que vou faltar algumas semanas. Como falei, não era para eu estar de volta ainda, de qualquer maneira. Eu também estava meio que entre dois projetos. Papai estava me "preparando" — digo, fazendo aspas com os dedos e revirando os olhos.

— Pensei que você gostasse disso.

Sinto as sobrancelhas se franzirem no instante em que mexo os ovos.

— Gostava. Mas não sei mais o que quero.

Isso não é inteiramente verdade. Há algo que quero, algo que vem me perturbando desde que fui drogada, maltratada e mantida em cativeiro. Mas é algo que representaria uma enorme mudança na minha vida, algo que seria desaprovado por praticamente todo mundo que conheço. Todo mundo, exceto Liv. E provavelmente Nash. Acontece que eu ainda não tenho certeza absoluta de que sou tão corajosa. Mas também não tenho certeza de que há outro caminho à frente. Certamente *não parece* que tenho escolha.

TRÊS

Nash

O cheiro de carne cozinhando me faz acordar. Não passo de um carnívoro voraz.

Abro os olhos e vejo a cama vazia, o que provavelmente é melhor. Embora eu não me incomodasse em ficar com Marissa por algum tempo, esse não é o momento apropriado. Sua ternura na noite passada me trouxe um sentimento de carinho e bem-estar, e este é um terreno muito perigoso para mim. Não tenho nenhum desejo de me envolver com uma mulher. Nenhuma mulher. Por isso, posso dizer que sua ausência é melhor, de todas as formas.

Eu me viro na cama para ficar deitado de costas e sinto uma pontada na parte lateral do corpo. Não é tão ruim quanto poderia ser, mas não gosto *nem um pouco* que ainda esteja doendo. Sei que os remédios que o médico prescreveu ajudaram, mas sou do tipo que se recupera rápido, portanto, até o menor sinal de dor que estou sentindo agora é uma surpresa. Uma surpresa nada bem-vinda.

Ignorando a dor, como se não houvesse um ferimento profundo no meu corpo, eu me sento e jogo as pernas para o lado da cama. Minha cabeça gira um pouco e fico parado até ela voltar ao normal.

O que aquele filho da puta tinha naquela faca? Ele a mergulhou em uma quantidade de veneno só para me foder, mas não me matar?

Então me levanto e vou cambaleante até o banheiro para dar uma mijada, antes de encarar uma casa cheia de gente na qual não confio. Tenho que estar na minha melhor forma, e fico puto por ainda estar com dores e me sentir tonto. Isso significa fraqueza, e fraqueza de qualquer espécie é algo que não tolero. De jeito nenhum.

Sinto-me um pouco mais como eu mesmo, depois de jogar um pouco de água no rosto e deixar meu corpo se acostumar a ficar em uma posição ereta. Quando vejo o reflexo dos meus olhos no espelho, me disponho a me sentir melhor. Não tenho tempo para ficar doente, ferido ou dolorido. Portanto, não ficarei. Porém, a dor chata no meu corpo me deixa mais mal-humorado do que nunca, quando o meu nariz me leva à cozinha.

Tenho vontade de resmungar quando vejo Marissa diante do fogão, colocando pedaços de linguiça sobre papel toalha para absorver a gordura. Ela está tão sexy, mesmo fazendo algo tão sem graça e doméstico como cozinhar. Mas não é isso o que me incomoda. O que mais me incomoda é o fato de que eu *gosto* de vê-la fazer uma atividade tão simples, que expressa carinho e atenção. Estive afastado por um longo tempo, longe da civilização da forma como eu estava acostumado, longe de casa, do amor e da vida como eu a conhecia. Aprendi a não sentir falta dessas coisas.

Até agora.

Luto contra o desejo incontrolável de arrancar sua calcinha, sentá-la no balcão e *comê-la* como café da manhã, antes que a torrada pule da torradeira. Lembro a mim mesmo que o interesse óbvio de Marissa por mim é perfeito, enquanto permanecer puramente físico. Pelo menos para o meu objetivo. Não me importo com os objetivos dela. Não posso.

Mas e quanto a mim? Tenho que me preocupar com o quanto fico envolvido. E no instante em que começo a sentir algo... mais profundo, caio fora. Não precisei de mulher alguma em minha vida durante anos. Além do modo mais físico e carnal possível, quero dizer. E não pretendo jamais deixar que uma mulher me faça sentir *qualquer outra coisa* além de prazer sexual.

Ela dá uma olhada por cima do ombro e ri de algo, e noto Olivia sentada na ilha. Quando Marissa se vira na direção do fogão, seus olhos param em mim. Seu sorriso fica ainda mais radiante e ela me cumprimenta.

— Bom dia.

Respondo com um grunhido e vou até a geladeira. Então abro a porta e finjo olhar todo o seu interior antes de fechá-la. Canalizando tudo na raiva, como fiz nos últimos sete anos, apoio o quadril contra o balcão e dou a Marissa toda a minha atenção.

— Afinal, por que a bajulação?

Seu sorriso oscila por um segundo, e ela volta sua atenção à linguiça. A cozinha está tão silenciosa que o chiado dos últimos pedaços de linguiça na caçarola ainda quente é quase ensurdecedor.

— Nash, isso é completamente injusto. Você...

Marissa corta Olivia.

— Não liga não, Olivia.

Após uma longa pausa, durante a qual Olivia obviamente tem que engolir alguns comentários zangados que estava a ponto de jogar em mim, ela pigarreia.

— Bem, acho que vou me trocar e chamar Cash, depois volto para pôr a mesa, está bem?

Ela não espera por uma resposta; somente se levanta e sai. Olivia está bufando quando passa por mim e imagino que, se ela levantasse a cabeça, eu veria faíscas pulando dos seus olhos.

Coisinha impetuosa.

E eu gosto disso. Até certo ponto.

Mas uma mulher impetuosa pode ser irracional e instável, o que realmente não me agrada. Acho que esta é uma das poucas coisas que conservei do meu antigo eu. Valorizo uma mulher inteligente e que sabe o que quer. Exceto na cama. Gosto de mulher impetuosa na cama. Impetuosa e disposta. Não há nada melhor do que uma mulher pronta para tudo.

O barulho da espátula faz minha atenção voltar a Marissa. Seus lábios estão contraídos em uma linha fina, retesada, que me faz pensar que ela tem algo a falar.

E tenho razão.

— Você não sabe o tipo de pessoa que eu era — afirma ela calmamente. — Você não sabe o que esperavam de mim, quem e como o meu pai esperava que eu fosse.

— Você acha que eu não vigiava o meu irmão quando vim para a cidade? Eu sei *exatamente* o tipo de pessoa que você era.

Ela me encara e percebo uma variedade de emoções passar em seu rosto, sendo a última, vergonha.

— Então você sabe que tenho muito o que compensar.

— E você acha que bajulação é a solução para isso?

— Não, eu... eu... acho que sinto a necessidade de compensar o que fiz, principalmente em relação a Olivia.

— E isso vai remediar tudo? O modo como você a tratava? O modo como você tratava todo mundo?

Marissa ergue bruscamente a cabeça para mim, com uma leve irritação em seus olhos azuis brilhantes.

— Claro que não! Mas mostrar de forma consistente que me importo com ela não vai fazer mal algum.

Assinto com a cabeça. Acho que ela tem razão.

— Por que se dar ao trabalho? Quem se importa com o que ela pensa? Quem se importa com o que *qualquer um* pensa?

Ela me olha bem nos olhos e ergue o queixo.

— Eu me importo. E muito.

— Mas, pensando bem, você sempre foi assim, certo? Não é o seu ponto fraco? A percepção que os outros têm de você? A preocupação em manter as aparências?

Sua boca abre e fecha, como se Marissa quisesse argumentar. Só que ela não faz nada. Não consegue. Porque tenho razão.

Muito mais rápido do que eu gostaria, Olivia decide voltar com Cash neste minuto.

— Veremos quanto tempo isso dura depois que você voltar ao mundo real — sussurro a Marissa.

— Que cheiro gostoso, Marissa! Como estou morrendo de fome, sei que esses trogloditas também estão — diz Olivia, um pouco animada demais. Eu observo Marissa se controlar e retribuir o sorriso excessivamente pretensioso de Olivia. Está começando a parecer que estou em um local com muita gente dissimulada. Até meus olhos encontrarem os de Cash. Ele parece inquieto. E deveria estar. Com homens como Duffy por aí à solta, homens violentos e assassinos, nenhum de nós está seguro. Quanto mais cedo Cash perceber isso, mais cedo ele concordará comigo que temos de cuidar que uns negócios.

A meu modo.

Fitamos um ao outro em silêncio, enquanto as mulheres põem o café da manhã na mesa. Quando nos sentamos e observo todo mundo pondo guardanapos no colo e retirando os cotovelos da mesa, me sinto ainda mais afastado da civilização. Faz muito tempo que compartilhei uma refeição com pessoas que não fazem parte de um bando de criminosos do alto-mar. Não me esqueci de como me comportar; é apenas uma lembrança indesejável da vida que perdi. A vida que Cash tem vivido na minha ausência.

— Então, Nash, quais são os seus planos agora que está de volta ao mundo dos vivos? — pergunta Olivia em tom informal.

— Ao que parece, tenho um apartamento bem bonito na área residencial. Estava pensando em morar lá — digo intencionalmente, para ver se Cash ousa me desafiar.

— Ah, é? Pensei que você ficaria aqui por algum tempo. Pelo menos até que tudo isso seja resolvido. Quero dizer, Marissa ainda pode estar correndo perigo. Eu achei...

— Você achou que por ela ter sido idiota o suficiente para sair com meu irmão que se fazia passar por mim e se meter em encrenca eu deveria ficar e consertar tudo?

Sei que ninguém gosta do meu comentário, mas é verdade, e ninguém pode contra-argumentar. Acho que isso os irrita mais do que qualquer coisa. Eu não minto. Não finjo. Não os trato com luvas de pelica. Apenas digo as coisas como elas são. Não tenho culpa se eles não gostam de ouvir a verdade nua e crua. Mas é melhor se acostumarem a isso enquanto eu estiver por perto. Eu tive que viver com a crueldade incisiva, chamada realidade, por muitos anos. Sim, era uma merda. Puta que pariu, era uma merda! Mas pelo menos eu estava sempre preparado. Não se ganha nada ao se esconder a verdade. Nada. Jamais.

— Eu me viro sozinha — interpõe Marissa, antes que a tensão aumente ainda mais.

Olho para seu rosto maravilhoso, para a tensão das suas feições, o óbvio desconforto ali refletido, e me sinto mal por ser tão... grosseiro quando ela está se esforçando para ser atenciosa.

— Acho que posso ficar aqui por alguns dias. Nunca se sabe. Se eles vierem atrás de você, terei a chance de acertar umas coisinhas, sem a permissão do Querido Irmão aqui.

Dou um sorriso presunçoso para Cash. Eu sei que ele não gosta da ideia de me ver agindo por conta própria, da mesma forma que eu não gosto da ideia de deixar esses psicopatas vivos. Mas, preferências à parte, é possível ver quem está fazendo concessões. Os criminosos ainda não estão mortos e eu ainda estou aqui, agindo segundo as regras de Cash. Por que, não sei. Talvez haja uma pequena parte do cara legal que um dia eu fui dentro de mim, uma porção muito pequena que está me controlando. Mas as coisas não serão assim para sempre. Farei o jogo dele por mais algum tempo, porém Cash está louco se acha que não vou me vingar. Porque eu vou. Duffy, bem como os cretinos que o encarregaram de explodir o barco da minha família, pagarão caro pela perda que me causaram. É apenas uma questão de tempo.

— Tomara que isso não aconteça enquanto não falarmos com papai, tivermos mais informações e organizarmos outro plano em conjunto.

— Tenho um ferimento profundo que diz que eles estão longe de serem pacientes e darem o assunto por terminado, portanto é melhor agir rápido — digo a ele, tocando levemente o local dolorido.

— Então temos que falar com papai rápido.

— Combinado. O que estamos esperando? Para que perder tempo? Vamos hoje mesmo.

— Tenho algumas coisas pra fazer de manhã, mas no começo da tarde estou livre. Só preciso estar de volta a tempo de apanhar Olivia na faculdade.

— Eu disse que... — Olivia começa a argumentar, mas Cash a interrompe.

— Eu sei o que você disse, mas falei que não há nada mais importante do que ter certeza de que você está segura. Você devia se dar por satisfeita por eu não a acompanhar na aula. Ele se debruça para beijar seu pescoço e ela sorri.

— Eu não aprenderia nada se você ficasse na aula.

— Posso compensar isso depois. Tenho certeza de que posso te ensinar umas coisinhas.

Ela dá risadinhas e ele belisca sua orelha de forma brincalhona. Novamente, sinto o coração corroído ao constatar que ele tem vivido essa vida perfeita enquanto eu estive completamente isolado. Eu perdi... tudo.

Engulo todos os comentários sarcásticos que poderia fazer, pigarreio e continuo a falar, como se eles não estivessem quase devorando um ao outro mentalmente.

— Obviamente, estou cem por cento disponível, portanto... — Por acaso olho para Marissa e vejo que ela parece bem desconfortável. Não sei se é porque o ex-namorado está todo entusiasmado com sua prima ou se é outra coisa. — A menos que precise fazer algo hoje, Marissa, posso segui-la e ficar de olho em você.

— Não precisa — diz ela de forma educada. Entretanto, sua expressão ainda parece... incomodada. — De qualquer maneira, eu não sei o que vou fazer.

— Você não vai trabalhar?

— Todo mundo, exceto meu pai, acha que ainda estou fora da cidade, então pensei em tirar uns dias de folga.

— E fazer o quê?

Nunca gostei muito de tempo ocioso.

Ela dá de ombros.

— Talvez faça um pouco de pesquisa.

— Sobre... — incito.

Marissa pigarreia. Por alguma razão, tenho a sensação de que ela está desconfortável com meu interrogatório.

— Lei criminal.

— Ahh — digo, recostando na cadeira. — Quer dizer que não sou o único a querer vingança, então.

Ela levanta os olhos para mim.

— Eu não disse isso.

— Nem precisava.

— Como Cash, acho que há um modo de fazer as coisas legalmente e atingir todos os nossos objetivos.

— Todos *os nossos* objetivos?

Ela enrubesce.

— Goste ou não, estamos todos juntos nessa.

— Exatamente! — exclama Olivia de forma categórica — Razão pela qual temos que nos manter unidos.

— Acredite ou não, Nash é, de fato, o inteligente da família. Ele provavelmente pode ser de grande ajuda com a pesquisa. Naturalmente, você teria que explicar isso a todas as pessoas no escritório de advocacia do seu pai.

— Eu estava pensando em ir à biblioteca municipal. Sabe como é, para evitar... todo mundo.

Isso é claro. Marissa definitivamente está se escondendo de algo. Ou de alguém. Por alguma razão, isso me intriga. Ela não parece o tipo de pessoa que foge ou se esconde. E, do pouco que vi dela com meu irmão, ela sempre pareceu ter autocontrole, portanto me surpreende vê-la tão confusa. Claro, ela *realmente* acabou de ser sequestrada. E abandonada. Tudo em poucos dias.

Cacete, que semana de merda!

— Melhor ainda — diz Cash. — Eles provavelmente vão pensar que Nash é algum criminoso trabalhando no próprio caso. Sem querer ofender, cara, mas você realmente parece meio bruto.

Ele se encolhe de medo e eu rio.

— Ainda bem que não tenho nenhum desejo de agradar ou enganar ninguém sobre quem e o que eu sou, portanto...

Cash fica sério diante do meu comentário acintoso a respeito da vida de mentiras que ele viveu. Sei que foi um golpe baixo, mas estou de pavio curto. Tenho estado assim há aproximadamente sete anos.

Depois dos últimos dias, meu humor parece estar ainda pior do que o normal. Talvez eu só precise de algo para aliviar a tensão.

Preciso transar.

Meus olhos e meus pensamentos vão direto a Marissa. Vou tê-la para mim antes de tudo ser resolvido. E ela vai me implorar por isso antes que eu tenha terminado. Só espero que ela possa manter a relação no plano físico. Ela já passou por muita coisa e não precisa de mais desgosto. Porém isso não é problema meu.

Cash tem razão. Você é mesmo um escroto, cara.

O problema é que eu simplesmente não consigo encontrar uma razão para me importar.

QUATRO

Marissa

Examino meu reflexo no espelho pela décima vez. Depois me pergunto, pela décima vez, porque estou preocupada com a minha aparência hoje. Estou indo à biblioteca municipal. Nada demais. Mas, pela décima vez, só uma imagem vem à minha mente em resposta.

Nash.

Ele está sob minha pele. Não sei por quê. E não sei por que estou permitindo que isso continue. É totalmente contra a minha índole permitir que *qualquer coisa* me faça sair do controle. E mesmo assim estou mergulhando de cabeça nessa... nessa... atração, ou seja lá o que for.

Suspiro quando vejo meu cabelo longo escovado em uma brilhante onda platinada; meus olhos azuis profundos maquiados com sombra cinza esfumada; e meus lábios brilhando com gloss rosa escuro. Na minha opinião, estou melhor do que em muitos meses. Talvez anos. Não posso imaginar a razão para isto. A esta altura, tudo o que *realmente* sei é que é uma sensação boa, seja o que for que estiver acontecendo. É uma sensação boa me concentrar em Nash, em coisas que não me são familiares. É uma sensação boa me esconder da minha vida e das pessoas que a preencheram durante tantos anos. Quase quero jogar fora todas as coisas do passado e descobrir novidades. Essa talvez seja a sensação mais bizarra de todas.

Para uma pessoa pragmática como eu, não faz sentido sequer considerar fazer algo tão imprudente. Mas talvez seja isso que torne a situação mais atraente — não tem nada a ver com o que eu sempre fui, a pessoa que conhecia. Talvez esta seja a nova Marissa. E talvez eu queira assumi-la completamente, deixando a antiga Marissa para trás.

Há "talvez" em abundância, mas sinto que não tenho nenhuma resposta no momento. E, na ausência de respostas, vou aceitar toda espécie de "talvez" que puder. Isso é muito melhor do que a alienação completa.

Puxo a bainha da minha saia preta casual e ajeito o decote da blusa vermelha e quase transparente que estou usando. Em seguida, calço o sapato alto preto e me dirijo à sala.

— Quando você quiser — anuncio, então paro em frente à pequena mesa perto da porta, onde sempre coloco minha bolsa.

— Nossa — diz Nash atrás de mim. Ao me virar, eu o vejo de pé em frente ao sofá, com os braços cruzados no peito, como se estivesse esperando, um tanto impaciente.

— É assim que você se veste para ir à biblioteca?

Olho para baixo e verifico a roupa que tanto me encheu de dúvidas.

— O que tem de errado com a minha roupa?

Ele caminha lentamente na minha direção. Por alguma razão, a imagem de um leão prestes a atacar a presa vem à minha mente e um calafrio percorre minha espinha.

— Não tem nada de errado. Só fico me perguntando como você espera que alguém se concentre. — Ele para quando está a poucos centímetros de mim. Nash está perto o suficiente para eu sentir o calor do seu corpo, porém ainda longe o bastante para eu conseguir respirar naturalmente. Parte disso pode ter algo a ver com o fato de que ele está me olhando de cima a baixo em vez de me encarar com aqueles olhos pretos e sensuais. — Consigo ver a sombra dos seus mamilos através dessa. O tecido é provocação pura. Me faz querer tirá-la. E essa saia envolve a sua bunda do jeito que eu gostaria de envolver. Me faz querer enfiar os dedos nela, antes de enfiar os dentes. E esses sapatos... fazem as suas pernas parecerem infinitas. — Ele baixa a voz a um sussurro quando lança os olhos de volta ao meu rosto, aos meus olhos. — Me faz querer colocá-las em volta da minha cintura e te mostrar como posso fazer você se sentir bem.

Agora minha respiração está vindo em espasmos curtos e superficiais, e minha mão está segurando a alça da bolsa com tanta força que meus dedos doem. Minha boca está completamente seca, e não sei se chego mais perto ou fico totalmente parada, esperando.

Não por escolha consciente, permaneço imóvel em expectativa, enquanto uma batalha toma conta de mim — o anjinho de um lado, o diabo do outro. A pergunta é: quem é quem?

Você está cometendo um erro deixando-o falar com você assim. Só uma vadia toleraria isso.

Não. Se assumisse o controle, você mostraria a ele que simplesmente é uma mulher que sabe o que quer. E que não tem medo de ir atrás disso.

Ou que você é uma piranha, uma piranha fácil que não se incomoda em ser usada até que a necessidade seja satisfeita.

E o que há de errado nisso? Todo mundo tem necessidades. Vocês dois não podem ter o que ambos querem sem se ater aos detalhes?

Mostre algum respeito por si mesma!

Mostre algum desejo!

De um lado para o outro, os pontos de vista opostos brigam entre si. Isso me mantém ocupada até o momento passar e não haver mais uma escolha a fazer.

— Você quer ceder, mas o decoro diz que isso não é o que uma garota decente faz, certo? — Ele não me dá tempo para responder. — Vamos fazer o seguinte: vou dar um tempo para você se sentir confortável para curtir o que eu faço. Só não me faça esperar muito.

Com isso, Nash se inclina para mais perto, até a mesa atrás de mim, para pegar a chave do meu carro. Minha respiração fica presa na garganta, quando seus lábios param bem próximos aos meus. De perto, seus olhos parecem ainda mais escuros que os do seu irmão. Eles são tão escuros que não consigo sequer ver onde acaba a íris e começam as pupilas. Eles são pretos. Insondáveis. Ardentes. Seria bem fácil se perder neles. Esquecer de tudo e de todos. A tentação de fazer isso é extremamente forte.

— Vamos — diz ele calmamente, sério, pouco antes de se afastar para abrir a porta e mantê-la aberta para mim.

Não consigo deixar de notar que, ao dar os primeiros passos, minhas pernas estão bambas.

Fico bastante surpresa ao ver o quanto me sinto aliviada quando Nash entra com o carro próximo ao palácio de justiça, onde fica a Biblioteca de Fulton. A viagem foi ao mesmo tempo reveladora e estimulante. Nash é esperto. Muito esperto.

Acho que foi um erro da minha parte esperar que ele fosse... inferior ao irmão, intelectualmente falando. A esta altura, imagino que eu chegaria até mesmo a dizer que Nash é o mais inteligentes dos dois, o que significa muito, porque eu sempre achei Cash um cara brilhante. Meu pai também, por isso foi muito fácil para ele contratar Cash (em seguida Nash).

Enquanto Nash esteve longe, ele ficou encarregado de praticamente tudo que acontecia no mundo civilizado, especialmente no sul e em Atlanta, em particular. Com certeza isso era o mais fácil, pois ele estava vigiando Cash. E a mim.

Estremeço.

A ideia de que ele me observava a distância, sem o meu conhecimento, me causa um pequeno tremor. Embora ele não me vigiasse de forma prejudicial, ainda assim é algo um tanto intrusivo. Mas uma parte de mim não se importa com a sua intromissão na minha privacidade. Na realidade, de certo modo, adoro isso. Adoro tudo que ele representa. Ele é rebeldia. E liberdade. Uma espécie de resgate. Eu só não sabia, até pouco tempo atrás, que precisava ser resgatada.

Como eu desconfiava, não vejo nenhum carro conhecido no estacionamento da biblioteca. Nossa empresa usa práticas de leis corporativas que raramente requerem idas ao palácio de justiça local. Além disso, nenhum dos meus colaboradores teria necessidade de visitar a biblioteca quando há uma extensa no nosso escritório, no centro da cidade. A menos que, claro, eles estejam se escondendo como eu.

Eu e Nash andamos em silêncio até uma mesa vazia, entre as prateleiras repletas de livros. Estive aqui poucas vezes e, mesmo nessas oportunidades, nunca me concentrei em lei criminal, portanto minha experiência nessa área é praticamente nenhuma. Mas é isso o que vim aqui mudar.

Coloco minhas coisas sobre a mesa e relembro as aulas da faculdade de direito, em busca de lembranças úteis como precedentes e modos eficazes de se abrir um processo criminal. O cérebro funcionou, mas, em sua maioria, de forma ineficaz. Eu simplesmente não sou boa nesse tipo de coisa.

— Talvez fosse uma boa ideia pelo menos investigar extorsão, já que isso é o que Cash vem tentando provar há tanto tempo. Talvez haja um meio de abrirmos um processo — sugere Nash.

É, seria tolice alguém subestimar Nash só porque ele parece um criminoso. Por trás daquela sedutora fachada desleixada, há uma mente inteligente e perspicaz. É uma combinação inebriante.

— Acho que é um ponto tão bom quanto qualquer outro para se começar.

Ele sorri para mim. É um sorriso sincero, que acredito nunca ter visto em seu rosto. Ele parece mais pueril e menos perigoso sorrindo assim. Mas é uma falsa impressão, visto que eu sei que ele não é nenhuma das duas coisas.

— Só achei que você iria precisar de um ponto de partida. Essa não é exatamente a sua especialidade, certo?

Eu rio sem graça ao retribuir o seu sorriso. Fico meio confusa diante da sua capacidade de me surpreender constantemente com sua percepção.

— Não, não exatamente.

— Então vamos começar daqui.

Seus olhos estão brilhando quando encontram os meus. Apesar de achar que ele tem em mente muito mais do que somente a pesquisa, agora posso acrescentar "encantador" à sua lista de atributos fatais.

CINCO

Nash

Trago a primeira pilha de livros e a coloco sobre a mesa. Alguns deles contêm referências diretas ao caso da família Gambino. Marissa acha que isso pode ser útil, pois o processo detalha a acusação e prisão de uma família com base na Lei de Repressão ao Crime Organizado.

Não me incomodo de investigar casos precedentes para me manter ocupado durante algum tempo, mas isso não se compara à distração que Marissa irá me proporcionar. Possuí-la me dará algo para concentrar meu... ímpeto, até que todo esse problema seja resolvido. Ela é exatamente o tipo de alívio de que preciso.

Eu poderia cuidar das coisas a meu modo, sem me importar com Cash. Mas, apesar de todo ressentimento por ele ter assumido minha identidade, ainda me preocupo com Cash. Afinal de contas, ele é o meu irmão gêmeo. E eu sei que ele foi enganado, que nosso pai não lhe disse que eu estava vivo. A seu modo, papai tentava nos proteger. E acho que ambos fizemos o melhor que podíamos em uma situação difícil.

Entretanto, ainda é difícil ficar de braços cruzados e esperar em vez de agir. Por isso a presença de Marissa é tão oportuna. Terei algo para fazer nesse meio-tempo. Ela será um desafio. Está acostumada com certo tipo de homem, um homem completamente diferente de mim. Portanto, ela está em território pouco conhecido. E eu sou simplesmente insensível o bastante para tirar vantagem disso, antes que ela mude de ideia e volte à vida que tinha, antes de conhecer os Davenports.

Quando encontro Marissa entre as estantes novamente, ela está a quatro corredores de distância, no fundo da sala. Está carregando outros três livros. Mas não está sozinha.

Um cara loiro, impecavelmente vestido, está bem próximo dela. Ele é quase tão alto quanto eu, só que menos musculoso. Está usando um terno azul-escuro. Posso apostar que é sob medida. E está sorrindo para Marissa. E ela está sorrindo para ele.

Paro alguns metros atrás deles e pigarreio.

Marissa olha para mim.

— Ah, Jensen, esse é... esse é...

O cara, o tal Jensen, se vira na minha direção e sorri educadamente. Posso ver que seus olhos são de um azul profundo, e a sua pele é bronzeada. E não bronzeada *demais*. Nem de um tom homogêneo demais. Nada que ele pudesse obter em uma câmara de bronzeamento artificial, o que considero coisa de bicha. Pelo contrário, sua pele me faz pensar que ele passa uma boa parte do tempo ao ar livre.

Provavelmente jogando polo ou algo tão esnobe quanto isso.

Marissa ainda está gaguejando, então dou alguns passos para a frente e estendo a mão.

— Cash Davenport. — Como já existe um Nash Davenport nesse "círculo", faz sentido que eu seja o irmão rebelde.

Fico surpreso por não tropeçar ao pronunciar o nome. Na realidade, ele surge um tanto fácil *demais*. Acho que é como Cash se sentiu a primeira vez que tentou se fazer passar por mim.

Marissa entra na minha e corrobora a minha fraude.

— Sim, você se lembra de Nash Davenport, certo? Esse é o irmão gêmeo dele, Cash. Ele é dono de uma boate do outro lado da cidade.

Jensen estende a mão.

— Jensen Strong. Trabalho no escritório do Ministério Público. Encontrei seu irmão algumas vezes em alguns eventos, eu acho. Quer dizer que você tem uma boate é? — Ele acena a cabeça de forma apreciativa. — Legal.

— Dá pra pagar as contas — digo de modo conciso.

Em seguida, todos mergulhamos num silêncio tranquilo por alguns segundos, antes de Jensen voltar a falar.

— Bem, acho melhor eu ir andando. Na verdade, estou no tribunal hoje. Uma testemunha inesperada me deu uma ideia, então pensei em vir até aqui e verificar um detalhe, durante o intervalo. — Ele acena a cabeça para mim e volta sua atenção totalmente para Marissa. — Foi muito bom ver você novamente. Me avise se eu puder ajudar na sua pesquisa. Acusação é meio que minha praia — diz ele de modo sedutor. Marissa sorri e Jensen prossegue. — A gente podia jantar qualquer dia. Colocar o papo em dia.

Eu sou homem, portanto sei que ele *realmente* está dizendo que pretende tirar a calcinha dela, o mais rápido possível. Também sei, pela reação de Marissa, que ela não está exatamente dizendo não.

— Claro — responde ela, alargando o sorriso. O gesto demonstra lisonja e talvez um pouco de interesse, o que me deixa irritado. Não posso dividir sua atenção enquanto alguma coisa rolar entre nós. Não sou ciumento. Mesmo. Não quero nem saber com quem ela transa ou em quem está interessada. Só quero que espere alguns dias. Até eu ir embora. Neste momento, preciso que ela se concentre em mim, para que eu não fique puto enquanto estou esperando um sinal para encher alguém de porrada.

Não tenho a menor dúvida de que posso dar a ela mais do que o suficiente para manter sua mente e seu corpo ocupados, mas outro cara na história só complica as coisas. E já tenho muitos problemas para resolver. Não preciso de encrenca com a minha maior fonte de alívio de estresse.

— Eu ligo para o seu escritório.

— Certo. Até logo.

Com um aceno de cabeça ao passar por mim, Jensen se afasta. Espero até ele ficar fora do alcance da minha voz, antes de falar.

— Parece que os caras já estão fazendo fila.

— Como assim?

— Não era nenhum segredo que você e "Nash" estavam juntos, certo? E provavelmente não é segredo que ele te deu o fora. Quero dizer, esse tipo de coisa se espalha rapidamente. Alguém descobre e, de repente, o assunto é de conhecimento geral.

— E você acha que os caras estão se aproximando para me consolar?

Seu riso é divertido e, ao mesmo tempo, sarcástico.

— Não creio. Tenho certeza de que qualquer pessoa que conheça o assunto sabe que estou longe de me sentir arrasada. Não fico abalada quando "algo" que nunca significou nada chega ao fim.

Eu olho para ela de forma cética. Marissa realmente pode ter... uma atitude parecida com a de um homem... em relação a isso?

— Quer dizer que você realmente não está nem aí para o meu irmão?

Marissa dá de ombros. Sua expressão é de incerteza, mas acho que é por ela não saber como responder.

— Não que eu queira vê-lo magoado ou algo assim. Não sou nenhum monstro. Não desejo mal a ele. Acho que estou mais... ambivalente do que qualquer coisa. A única emoção que senti com o rompimento foi orgulho ferido. Sentimentos assim desaparecem muito rápido. Moral da história: eu e Cash fomos convenientes e úteis um para o outro. Basicamente isso.

Não consigo deixar de rir. Queria saber o que Cash diria se soubesse que o tempo todo que estava com Marissa era apenas um objeto, tanto quanto ela. Imagino que possa haver um pouco de orgulho ferido da parte dele também. Por outro lado, ele está tão apaixonado por Olivia que não daria a mínima.

— Deus do céu, você reúne as melhores partes de uma mulher sem as partes chatas.

Seu riso é descontraído.

— Humm, tudo bem. Acho que eu deveria agradecer.

— Ah, não tenha dúvida de que foi um elogio. Isso só me deixa muito mais ansioso para descobrir *todas* as suas partes.

Eu me aproximo mais dela. Marissa não se afasta e se mantém firme, o que me dá um enorme tesão. Gosto que ela esteja disposta, abertamente interessada. Gosto que ela não tente fingir que não está a fim, como tantas mulheres fazem. É uma atitude chata e infantil. E falsa. A maioria das mulheres quer ser persuadida, induzida, como se estivesse sendo coagida. Isso alivia sua consciência, eu acho. Que Deus nunca permita que elas assumam o controle da situação e se divirtam. Mas acredito que Marissa irá fazer isso. Ela vai se render. E vai gostar. E eu diria que ela é mulher o bastante para não ficar inventando desculpas por desejar isso.

— São apenas partes, como de qualquer outra mulher — responde ela num sussurro, tentando parecer natural.

— Aposto que as suas partes são extraordinárias. Aliás, agora pode ser um bom momento para avisá-la que, se voltarmos a essa biblioteca, eu vou descobrir isso. Exatamente aqui. Vou empurrá-la para o canto, contra os livros, e agarrá-la. Vou fazer algumas coisas com você. Discretamente. E você não vai poder fazer barulho. Nem um suspiro, nem um gemido. Você vai ter que morder o lábio para guardar tudo dentro de si. E sabe o que mais? — pergunto, me aproximando para deslizar o meu dedo indicador ao longo do seu trêmulo lábio inferior.

— O quê? — sussurra ela, com as pupilas dilatadas de excitação.

— Você vai adorar cada segundo.

Com um sorriso malicioso, tomo os livros dos seus braços e volto para o local onde estava.

SEIS

Marissa

Enquanto observo Cash se afastar do meio-fio, com Nash no banco do carona, não consigo evitar ficar sem fôlego quando seus olhos encontram os meus, pelo vidro da janela. Ele não sorri. Nem sequer pisca. Muito menos lança um olhar significativo. Apenas me observa, atentamente. Sinto como se eu estivesse me recuperando ou saindo de um encanto ardente e constrangedor, quando ouço a voz de Olivia atrás de mim.

— Afinal, como foi a pesquisa?

Eu me viro para olhar para ela. Olivia tirou os sapatos e nos serviu uma Coca-Cola, assim que chegou da faculdade. Agora ela está encolhida no sofá, me olhando com a insinuação de um sorriso.

— Foi boa — respondo, me aproximando para sentar no lado oposto do sofá.

E foi mesmo. Apesar da tensão sexual crescente entre nós, Nash foi muito prestativo. Ele é tão esperto e percebe as coisas tão rapidamente que eu me pergunto se ele não andou lendo algum livro de direito, enquanto estava... em algum lugar.

— O que você descobriu?

— Embora tivéssemos que abrir mão dos livros contábeis originais, ainda pode haver um processo de crime organizado contra eles. Isso poderia ser um modo de solucionar o caso, para não termos que nos preocupar com a ajuda de Duffy para recuperar os livros-razão. Se conseguirmos fazer com que Duffy testemunhe, realmente podemos ter uma chance. Claro, seria melhor alguém que sabe mais sobre esse tipo de caso do que eu para examinar tudo, antes de pormos nossas cartas na mesa.

— Você conhece alguém em quem pode confiar algo dessa importância?

Sorrio quando penso no quanto foi conveniente encontrar com Jensen na biblioteca. Ele pode ser exatamente a pessoa a quem posso recorrer.

— Para falar a verdade, conheço.

— Ih, esse sorriso parece interessante. Posso ficar a par de alguns detalhes?

Faço um gesto de desdém.

— Ah, não tem nada a ver. É que eu encontrei um cara hoje na biblioteca. Ele trabalha para o Ministério Público. E meio que me chamou para sair. Muita coincidência, não acha?

— Claro. — Olivia acena a cabeça, mas não diz mais nada por alguns segundos. Então pigarreia. — E... Nash viu o cara?

— Sim.

— E?

— E o quê? Tentei apresentá-lo, mas comecei a gaguejar, e ele se encarregou disso. Apresentou-se como Cash. Ele tinha que fazer isso, já que não sabia se Jensen conhecia Cash como Nash. Decisão inteligente a dele.

— E ele está de acordo com tudo isso?

Dou de ombros.

— Não sei. Não tinha pensado nisso. Mas por que não estaria?

É a vez de Olivia dar de ombros.

— Tenho a impressão de que ele acha você... interessante. Não sei como ele reagiria à competição.

Sinto uma leve emoção com o fato de Olivia ter percebido algo. *Eu* sei o que ele sente, mas por alguma razão gosto de saber que ele não consegue esconder completamente de todos os outros. Porque sei que ele tenta. Isso me faz sentir que o controle dele não é infalível. Acho que é o sonho de toda garota ser a verdadeira fraqueza de um homem. Mas isso é um sonho egoísta porque, na verdade, eu duvido que *qualquer* mulher *jamais* seja uma fraqueza para um cara como Nash. A destruição de alguém como ele normalmente vem de dentro.

— Não acho que Nash veja outro cara como competição.

Olivia ri.

— Talvez seja verdade. Ele é bem confiante, embora tenha aquele... lado bruto.

— Sim, com certeza. E, definitivamente, ele é... bruto.

E eu sou louca o bastante para me sentir completamente atraída por isso.

— Cash sofreu uns golpes duros na vida, mas consigo entender perfeitamente por que Nash é implacável, por que teve que desenvolver esse lado bruto. Quero dizer, o cara foi praticamente exilado. Quando era adolescente. E depois de testemunhar o assassinato da própria mãe.

— E isso parece tão estranho.

— O quê?

— O pai dele mandar Nash para longe dessa forma, mas deixar Cash se passar por ele. Qual poderia ser o objetivo disso? Parece um gesto simplesmente *maldoso.*

— Bem, quando ele mandou Nash para longe, não fazia parte do plano Cash se passar pelo irmão. Ele mandou Nash embora para protegê-lo. E salvaguardar as provas. Ele não só era uma testemunha ocular como tinha uma peça muito valiosa do quebra-cabeça armazenada no celular. Acho que o pai deles estava tentando fazer o possível para não se arriscar, até poder decidir o que fazer. Mas aí ele foi preso. E Cash acabou se passando por ambos, para que o pai não fosse acusado pelo assassinato da mãe *e* do irmão. E, quando Cash começou essa vida dupla, não conseguiu falar com o pai sobre isso na prisão. Todas as conversas são monitoradas.

— Você acha que Cash esteve em perigo em algum momento?

Olivia dá de ombros.

— Não sei, mas pelo visto essa... gente não sabia que Nash testemunhou o crime nem que tinha o vídeo, portanto eu diria que não. Mas talvez ele pudesse correr perigo, se essa gente descobrisse alguma coisa. Posso imaginar como as coisas saíram do controle. Havia tanta coisa acontecendo, e tantas perguntas. Acho que o pai deles apenas fez o melhor que poderia para a família, e todos tiveram que viver com as consequências. É difícil dizer o que qualquer um de nós faria em uma situação dessas. Cash descobre que a mãe e o irmão foram mortos e que seu pai estava sendo considerado culpado pelo assassinato e é mandado para a prisão. Quanto a Nash, ele quase foi morto na explosão e era a única e verdadeira testemunha do assassinato da própria mãe. Foi afastado de tudo e de todos que conhecia. E, quanto ao seu pai, ele perdeu a esposa, foi acusado pelo assassinato dela e teve que mandar um dos filhos para longe, numa tentativa de mantê-lo em segurança. Pelo menos foi o que ele pensou na época. É como uma comédia de erros. Só que não há nada de engraçado.

Eu suspiro. Há tantos lados complexos em relação a Nash. Quanto mais tomo conhecimento sobre ele e seu passado, mais perguntas eu tenho.

— Parece que Nash tem razão em ficar aborrecido. O pai com certeza poderia tê-lo deixado voltar para casa antes, quando viu que não havia perigo.

— Acho que ele tentou se assegurar de todas as formas, até que tudo isso fosse resolvido.

Minha cabeça começa a doer enquanto rumino esses pensamentos.

— Bem, talvez estar de volta, ser capaz de viver a própria vida e estar com a família ajude a suavizar um pouco esse lado bruto.

— Talvez — diz Olivia, mas acho que ela acredita nessa possibilidade quase tanto quanto eu. Ou seja, algo *totalmente impossível*. Acho que Nash é do jeito que é, e pouca coisa irá mudar a essa altura.

SETE

Nash

Deixo o silêncio no carro se prolongar até sentir que Cash pode estar começando a ficar desconfortável. É quando tomo uma atitude. Eu quero pegá-lo desprevenido, de surpresa. Quero que sua reação seja instintiva. Quero honestidade. Não vou me contentar com nada diferente disso, mesmo que tenha que enchê-lo de porrada.

—Com quem você estava falando no telefone de manhã?

Pelo menos ele tem o bom senso de não se dar ao trabalho de negar. Ou disfarçar.

— Duffy.

— Você ia me contar isso? Ou ia guardar esse detalhe pra você?

Sinto a raiva aumentar só de falar nisso, de lembrar a conversa que ouvi por acaso e o quanto isso me deixou furioso.

— *Você fez isso?* — tinha perguntado Cash, obviamente referindo-se a alguém acabando comigo na moto dele. Mas não foi isso que me fez ficar tão aborrecido; o que me deixou puto foi ele imediatamente começar a fazer planos, assumindo o controle da situação. Sem antes falar comigo.

— *O que nós vamos fazer agora? Eu vou ter que fazer uns ajustes para proteger as pessoas que eu quero bem.*

— Não tem nada para contar. Eu queria saber se ele teve algo a ver com a surra que deram em você. Ele disse que não.

Mesmo agora, ele não está sendo totalmente franco comigo.

— E?

— E nada. É isso. Acredito nele.

— É mesmo? — pergunto com indiferença, cruzando os braços por cima do peito para me impedir de colocar as mãos em sua garganta e apertá-la. Não me lembro de nenhum outro momento que eu tenha ficado tão puto com ele e o achasse tão irritante. Se isso aconteceu, é um milagre eu não tê-lo matado quando éramos mais jovens. — Você acredita no que o cara que matou nossa mãe disse? Simples assim?

— Não, não é "simples assim". Só acho que faz mais sentido que ele *não estivesse* envolvido. Obviamente, ele ainda é leal ao nosso pai. Por que outra razão teria respondido ao anúncio? E, se nosso pai não confiasse nele, porque o traria a nós? Duffy teria que ser um perfeito idiota para se dar ao trabalho de responder ao anúncio, de se expor para nos encontrar, confessar toda a merda que fez, e depois nos atacar. Ele não me parece *tão* idiota.

Acho que Cash tem razão. Seria algo bastante estúpido. Mas isso não me faz sentir melhor em relação a Duffy.

— Mesmo se ele não teve nada a ver com o que aconteceu, ainda acho que Duffy é um safado idiota, sem o qual o mundo estaria melhor.

Ouço o suspiro de Cash.

— Olha, não é que eu não concorde com você. Quero dizer, o cara matou nossa mãe e teria raptado e matado Olivia. Ele é um crápula, sem dúvida. Mas, se ele pode ajudar de *alguma maneira* a nos livrarmos do problema, ou pelo menos da maior parte dele, não me incomodo de tê-lo por perto até que tudo se resolva.

Olho para Cash. Sei que a minha surpresa está estampada na minha cara.

— Seu sacana filho da puta. Você vai usá-lo para nos ajudar e *depois* matá-lo.

— *Eu* não vou matar ninguém — é a sua única resposta. Para mim, isso significa que ele tem alguém em mente para fazer o serviço. Provavelmente aquele monstro amigo dele, Gavin. Esse cara me lembra alguns contrabandistas que conheci nesses anos. Não são homens com quem se deva ter problemas. Alguns deles até me causam certa apreensão, o que significa muito. Há alguns canalhas assustadores por aí!

Fico impressionado e claramente satisfeito ao ver um pouco do velho Cash se manifestar. Finalmente. De certo modo, nós praticamente trocamos de lugar, e é um tanto reconfortante perceber um vestígio do irmão afoito que conheci. Afoito e esquentado. Eu poderia apostar que Cash ficou como um animal selvagem logo depois do acidente.

— Como foi depois que mamãe morreu?

Entre a brusca mudança de assunto *e* o novo tema, acho que peguei Cash de surpresa, novamente. E o deixei zangado também.

— Como você acha que foi? Terrível.

— Eu sei — digo, pondo em prática minha paciência.

— Eu quis dizer: como foi *para você?* Você ficou meio descontrolado. Não posso supor que você tenha levado numa boa. Você partiu pra cima de algum coitado que encontrou na boate?

Vejo o músculo no seu maxilar se contrair ao se lembrar dessa história.

— Por incrível que pareça, não. Com todo o alvoroço em relação ao nosso pai, a situação pareceu um circo durante algum tempo. Foi como perder o pai ou a mãe e depois assistir ao outro morrer lentamente. E ainda tinha os livros contábeis. Eu me sentia como se estivesse segurando plutônio nas primeiras semanas. E depois teve a sua suposta morte. Acho até que foi bom ter que me passar por você. Isso me manteve ocupado com... a vida enquanto rolava o julgamento e nosso pai estava na prisão. Àquela altura, eu já sabia o que tinha que fazer e me concentrei em terminar a faculdade. E me ocupei em fazer pesquisas. Pesquisei muito. Qualquer explosão de raiva que eu poderia ter ficava simplesmente... sob controle.

Ele fica em silêncio, e eu também. Estou tentando imaginar pelo que Cash passou, como foi perder quase tudo. Tento me colocar no seu lugar. Não é muito difícil. De certo modo, perdi mais do que ele.

— Sabe, Nash, eu nunca gostei de fingir ser você, de fingir ser o irmão com o qual jamais poderia me comparar, jamais poderia estar à altura. A pessoa que eu senti falta... como... como a porra de um braço. Apesar da missão cumprida, nunca tive paz nem prazer em ser você. Nunca.

— Não estou surpreso. Você foi sempre o cara descolado, o que curtia a vida. Eu diria que se passar por mim deve ter sido como estar na prisão.

— Não foi isso que falei — retruca ele enfurecido. — Eu não coloquei as coisas dessa forma. Olha, cara, só estou dizendo que a situação por aqui não foi a festa que você parece pensar que foi.

— Não duvido — digo, em tom inexpressivo. A cabeça de Cash se vira bruscamente na minha direção, como se ele esperasse ver sarcasmo ou amargura no meu rosto. E está pronto para isso. Quando vê que estou sério e que sou sincero, ele parece, a princípio, confuso; em seguida, menos confiante.

Após alguns quilômetros em silêncio, quando ambos temos tempo para pensar, ficar mais calmos e nos recompor, ele pergunta a mesma coisa. Sei que ele está curioso e sei que gostaria de ter perguntado antes, mas levando-se em conta o quanto eu estava puto, ele provavelmente quis evitar me provocar e tornar a situação ainda pior.

— E você? Como foi pra você depois do acidente?

— Bem parecido com o que foi pra você, eu acho. Quando recuperei a consciência, estava boiando embaixo das docas, com a cabeça batendo contra uma das estacas. Duvido que alguém tenha sequer me visto. A cavalaria estava a caminho quando eu saí da água.

"Eu não tinha a menor ideia do que havia acontecido, então liguei para o nosso pai. Levei alguns minutos para encontrar o celular. Acho que ele voou da minha mão quando a bomba explodiu e me jogou na água. Ele estava nas docas, a alguns metros de onde eu estava. Graças a Deus não caiu na água comigo, senão estaríamos fodidos. Tirando os livros, aquele vídeo é o único trunfo de que dispomos para tirar o papai da prisão."

Cash acena a cabeça, concordando.

— Com certeza.

— Enfim, acabei conseguindo ligar para o papai. Eu era o sortudo que tinha que contar a ele que sua esposa havia sido assassinada. — Nessa hora, não escondo a amargura no meu tom de voz. — Mas o lado bom é que isso deu tempo para ele pensar. E se preparar um pouco, eu acho. Eu falei a respeito do vídeo. Foi quando ele me disse que eu deveria me mandar e que todos nós corríamos perigo, principalmente eu, que tinha o vídeo. Havia muitas coisas obscuras. E eu era a única testemunha. Bem, dá pra imaginar.

Então ele me contou onde havia escondido seu material de... fuga, e me fez ir lá pegar o dinheiro e os passaportes Depois me mandou sumir.

— E como você foi parar no navio contrabandista?

— Eu contei antes que ele me enviou ao seu contato. Você vai me deixar terminar?

Cash faz um gesto de cabeça, mas não diz nada. Eu me sinto um babaca por ser tão ansioso, mas não consigo evitar. É difícil se incomodar com isso depois de tanto tempo. E nem sei se quero. Preocupação só cria problema. Foi assim que consegui sobreviver durante todo esse tempo — a única coisa com a qual eu me preocupava era esperar o dia em que finalmente realizaria a minha vingança.

— Desculpe. Continue — diz ele.

Eu suspiro.

— Junto do dinheiro e dos passaportes, havia um telefone celular com alguns contatos já registrados. Havia também alguns recados. Um deles era para nossa mãe. Acho que era o seu plano B, caso algo acontecesse a ele. Era só uma mensagem em que afirmava o seu amor, citava seu arrependimento e fazia um pedido para que ela fizesse exatamente o que eles combinaram. Acho que ela sabia o que fazer em relação a tudo e sabia a quem recorrer. Mas havia outro recado. Era para nós, caso algo acontecesse com a nossa mãe e com ele. Só dizia para contactar Dmitry. Ele saberia o que fazer. Foi o que fiz. Ele me disse para ir a Savannah, imediatamente. Acrescentou que eu deveria me esconder em um motel lá e não sair até a meia-noite do sábado seguinte. Ele me deu o endereço de um bar perto do cais. Pediu que o encontrasse lá, que ele me identificaria. E assim o fez. Disse que eu parecia muito com papai.

— Ele é o cara com quem você... trabalhava?

Sorrio de modo afetado diante da sua tentativa de declarar, de forma tão delicada, que eu era contrabandista de armas. É extremamente irônico o fato de que o mais careta de nós, o mais provável para ter sucesso no mundo corporativo, acabou se transformando num criminoso. Até hoje, isso deixa um gosto amargo na minha boca.

— Não, ele é apenas o cara que organizou tudo. Claro, se algo tivesse acontecido ao papai, ele deveria nos tirar do país, mas só mamãe sabia o que fazer depois disso. Se havia um lugar para onde ir, dinheiro disponível ou algo assim. Tudo que eu tinha era a pouca quantia que estava na sacola e a roupa do corpo. Acho que ele fez a única coisa que poderia fazer: arranjou um emprego para mim.

Sei que Cash quer fazer perguntas a respeito das atividades nas quais estive envolvido, mas suas habilidades sociais melhoraram tanto desde quando éramos mais jovens que ele mostra comedimento e mantém a boca fechada. Isso é bom. Não quero falar sobre essas coisas. Nem com ele nem com ninguém. Não estou exatamente orgulhoso de como levei a vida durante os últimos sete anos.

— Você fez o que tinha que fazer, cara. Ninguém pode culpá-lo. Você era muito jovem.

Meu riso é amargo.

— Olha só pra você, tentando fazer seu irmão mais velho se sentir melhor por ceder à maldição de família.

— Você só é mais velho do que eu quatro minutos, portanto não venha com essa coisa de "irmão mais velho". E que porra é essa de "maldição de família"?

— Temos sangue criminoso nas veias. Sempre pensei que fosse uma opção, mas não acho que tenha sido. Acho que somos predestinados. Como família.

— Eu não sou criminoso. Nem pretendo ser.

— Ah, é mesmo? — Não consigo disfarçar o sarcasmo em meu tom de voz. — E a merda em que você e Gavin se envolveram para salvar Olivia, foi tudo perfeitamente legal, certo? — Vejo seus dedos apertarem o volante do carro.

— Acho que você apenas ignorou esse pequeno incidente, é isso?

Ele não diz nada. Porque não há nada que ele possa dizer. Estou certo, e ele sabe disso.

Só muitos quilômetros depois, Cash finalmente volta a falar.

— Vamos apenas terminar isso para podermos mudar e viver vidas decentes. Nós dois. *Todos nós.*

— Como se isso fosse possível — respondo de modo pessimista. Mas, no fundo, contra tudo que sei ser provável, sinto um pequeno vislumbre de esperança de que algo tão absurdo possa acontecer.

OITO

Marissa

Estou juntando a roupa para levar para a lavanderia quando a campainha toca. Embora o dia esteja claro e Olivia esteja do outro lado do apartamento, meu estômago se revira.

Eu me repreendo durante todo o caminho até a porta, onde me inclino para olhar através do olho mágico. Novamente, meu estômago reage ansioso, mas desta vez por uma razão diferente.

Do outro lado da porta, parecendo impaciente como sempre, está meu pai, David Townsend. Ele se parece muito com Olivia e o pai dela, com seu cabelo escuro e seus olhos castanhos esverdeados. Mas sua atitude lhe confere uma elegância (e arrogância) que transparece em cada gesto suave do seu corpo.

Embora haja o parentesco, ele ainda é um dos homens mais ameaçadores que já vi na vida. É por causa dele que posso enfrentar praticamente qualquer um nos mundos corporativos, legais e judiciais. Começar a carreira com David Townsend faz você ficar selvagem. Com dentes longos e afiados.

Respiro fundo e destranco a porta com meu sorriso falso.

— Papai. O que você está fazendo aqui?

Sem dizer uma palavra, ele passa rapidamente por mim, com seu terno de mil dólares, carregando consigo o leve aroma de seu perfume quase tão caro quanto o terno. Ele vai até a ponta da sala e se vira para mim, sua testa em uma linha tão severa e inflexível quanto à boca.

— O que você pensa que está fazendo, mocinha?

— Não sei o que você quer dizer — respondo calmamente, fechando a porta atrás dele. Aprendi há muito tempo a esconder tudo que sinto sob uma aparência tranquila. É a melhor arma no meu mundo. Bem, o mundo que parecia ser o meu, mas agora parece mais só dele.

— Primeiro você sai para retornar logo, me deixando sem escolha a não ser segui-la.

— Você não precisava interromper a sua viagem, papai.

— Como uma coisa dessas iria parecer? Minha filha tem um tipo de emergência pela qual precisa voltar aos Estados Unidos e eu continuo trabalhando?

Naturalmente tudo se reduzia a aparências. É sempre assim. É o modo que a minha vida, a minha família, o meu mundo inteiro sempre foi.

— Sinto muito ter criado problemas para você.

— Não, você não sente nada. Você não estava pensando em ninguém a não ser em você mesma. E depois aparece na minha casa com um… um… criminoso a reboque. O que você tem na cabeça?

Eu não tinha contado ao meu pai o que havia acontecido quando Nash me levou em casa. Eu disse que era algo pessoal e deixei as coisas assim. Evidentemente, isso foi uma espécie de elemento desencadeador de um processo. Ele recuou imediatamente. Mas não antes de me dar uma lição de moral sobre a importância de manter minha vida pessoal estritamente às claras, a menos que eu pudesse mantê-la discreta e, permanentemente, distante do conhecimento público. Não tenho a menor ideia do que ele pensa que ando aprontando, mas ele deve achar que é algo fora dos padrões.

— Sinto muito, pai. Serei mais cuidadosa da próxima vez.

Fiz isso durante toda a minha vida: satisfazer papai, ceder ao papai, me submeter ao papai. Isso sempre aconteceu naturalmente. Ele é o tipo de homem que exige isso, sem ao menos precisar pedir. Mas hoje, pela primeira vez que eu me lembre, engasgo com as palavras.

— Você é uma Townsend, Marissa. Erros como esses não podem acontecer. Um deslize pode ter consequências duradouras na sua carreira e na sua reputação. Você sabe como proteger ambos a qualquer preço. Eu ensinei você a fazer isso. — Aceno a cabeça obedientemente, mantendo-a baixa para que não veja a mudança em mim, para que não veja meu esforço. — Agora todo mundo já sabe que nós voltamos antes da hora. Há um evento de arrecadação de fundos que você deve ir essa noite. Acho que seria uma boa ideia levar Nash. Acho que seria muito útil para dissipar qualquer rumor que possa estar circulando por aí.

— Eu e Nash terminamos, pai.

— Você acha que eu não sei?

Nunca me preocupei com o fato de ser vigiada por ele. E o ato em si não me preocupa agora. Mas me deixa bastante desconfortável.

Um pensamento curioso surge na minha cabeça antes de meu pai continuar; penso em como ele deve ter ficado sabendo que desapareci por mais de trinta horas. Mas não tenho tempo de concluir a ideia perturbadora antes que ele fale novamente.

— Faça o que for possível para reatar esse namoro. Ele é uma estrela em ascensão, como você bem sabe. Eu não desperdiçaria meu tempo com algo menos importante. Uma união com ele é um passo interessante para você, para a família e para a empresa.

— Mesmo que o pai dele esteja preso por assassinato?

— Isso só mostra que ele é uma pessoa que mantém relações com os eleitores. Faz com que ele pareça mais humano. Ele é o menino das ruas que superou sua origem humilde. Um homem do povo.

Eleitores?

— E por que isso importa? Ele não vai...

Paro abruptamente ao perceber, pela primeira vez, os planos que meu pai tem para mim. Sempre achei que ele quisesse me treinar para um dia assumir a posição de sócia na empresa, mas não é nada disso. Nunca foi. Ele nunca teve planos assim para mim. Ele simplesmente me treinava para ser a esposa de um homem poderoso. Um homem muito poderoso. Como um político.

Ele tem planos para Nash na política.

— Ah, meu Deus! Como eu nunca percebi isso antes?

Seus lábios se contraem, confirmando a minha suspeita. Ele nem se dá ao trabalho de negar. Ele sabe exatamente do que estou falando.

— Eu sempre soube que um dia você iria perceber e aceitar como tudo poderia se resolver perfeitamente. — Ele dá um passo na minha direção, apertando os olhos para mim. — Desde que você não estrague tudo.

Fico boquiaberta. Não consigo evitar. Ele sempre me tratou como uma simples peça de jogo e eu nunca percebi? É possível que alguém seja tão encoberto em uma identidade que nunca notou que vivia em um mundo tão distorcido, narcisista, superficial?

Ao que parece, sim.

— Feche a boca. E não aja como se isso fosse um conceito estranho para você. Até hoje você sempre se mostrou bastante satisfeita em concordar com os meus planos. — Ele se aproxima e põe as mãos na parte superior dos meus braços, curvando-se ligeiramente para olhar bem dentro dos meus olhos. É a sua versão de ternura. Eu a identifico. Só nunca havia percebido o quanto ela é fria, calculada e ensaiada. — Só quero o melhor para você, querida.

Então fecho a boca, mas só para evitar que as palavras que estão alojadas na minha garganta escapem. Aceno a cabeça como um robô e lhe dou minha melhor tentativa de um sorriso. Preciso continuar fingindo o quanto puder para conseguir um tempo para pensar. E planejar. E encontrar uma solução de como viver, como construir uma vida para mim, longe de tudo e de todos que conheço.

Em uma cidade da qual meu pai é praticamente dono.

Não me parece algo muito promissor.

NOVE

Nash

Visitar meu pai na prisão, com todos os controles de segurança, grades espessas, homens uniformizados e criminosos de
aparência violenta a cada curva, é um difícil confronto com a
realidade. Isso marca a primeira vez que consigo compreender um pouco o que Cash deve ter sentido a primeira vez que
visitou nosso pai, há alguns anos. No mínimo, como uma
criança perdida. Esse tapa na cara deve ter doído pra caralho.

— Registre-se, por favor — diz o guarda automaticamente. É a segunda vez que temos de fazer este procedimento e isso me faz imaginar o tipo de babaca incompetente que mantém os registros, visto que a pessoa precisa se
registrar duas vezes, no mesmo dia, na mesma penitenciá-
ria, para visitar o mesmo preso.

Pelo amor de Deus, gente! Quanta dificuldade.

Estou mal-humorado. Admito. O fato de ver Cash novamente, de finalmente encontrar o homem que matou minha
mãe, e de como eu passaria meus primeiros dias "vivo",
por assim dizer, nada disso é como tinha imaginado. Eu me
pergunto se o resto da minha vida será tão decepcionante.
Talvez esse seja o modo como tudo irá se desenrolar: uma
merda!

Ninguém merece isso, penso revoltado. Eu me recuso a permitir que uma sequência de fatos que estavam além do meu controle e atos cometidos por outras pessoas arruínem a minha vida.

Só preciso resolver isso, superar e seguir em frente!

Minha cabeça dói devido à expressão carrancuda que eu tenho consciência que está plantada no meu rosto. Ela tem sido uma constante companheira, há uns sete anos. Conheço bem a sensação.

Como somos dois visitantes, eles nos colocam em uma pequena sala para esperar nosso pai. Isso me faz lembrar uma sala de interrogatório de uma daquelas séries criminais caretas, que passavam o tempo todo na televisão. Só está faltando a lâmpada balançando acima da mesa.

Eu me sento em uma das cadeiras frias de plástico e me inclino para trás, cruzando os braços. Estou impaciente. E nervoso. Reflito sobre toda a recusa que me agita por dentro, quando a porta se abre novamente e um guarda escolta meu pai algemado para dentro da sala.

A dor de cabeça e todas as coisas ruins nas quais eu estava pensando desaparecem no instante em que seus olhos encontram os meus. Como ondas batendo contra a costa, mil sensações colidem, provocando um feixe de emoções em mim. Imediatamente, sinto várias situações e etapas da minha vida, num piscar de olhos. Sou o garoto assustado que era quando parti, há sete anos. Sou o adolescente confiante e decidido que era antes do assassinato da minha mãe. Sou o rapaz zangado que começa a crescer e entra em conflito com o pai. Sou a criança que se deleita com o aconchego dos pais. E sou o homem que esteve no exílio, longe do que restou da sua família, e que agora está de volta.

Vejo as lágrimas brotarem em seus olhos e, antes que o guarda possa me alcançar, fico de pé, cruzo a sala e abraço meu pai. Sinto sua mão algemada se erguer para tocar o meu ombro. Ele não pode me abraçar, mas o faria se pudesse.

Os poucos segundos do contato físico que consegui com meu pai compensam os poucos minutos de limitação que me são impostos, quando dois outros guardas irrompem pela porta e me afastam dele, antes de me plantarem de volta na cadeira, de onde acabei de levantar. Nem por um segundo, eu e meu pai quebramos o contato visual.

Quando os guardas estão razoavelmente satisfeitos com a minha disposição de cooperar, eles deixam o Guarda Incompetente Número Um responsável pela sala novamente. Eu deveria me sentir culpado por colocar o cara numa situação desagradável, mas não me sinto. Ele que se foda. Há sete anos não via o meu pai.

Quando o local fica tranquilo, papai fala:

— Durante sete anos rezei para ver meus dois filhos novamente, vivos e sãos. — Sua voz falha, e meu peito se aperta de emoção. Ele leva um minuto para se recompor antes de continuar: — Como você está, filho?

Eu poderia fazer um monte de queixas, mas nenhuma delas parece relevante no momento.

— Estou ótimo. Vivo. De volta. Pronto para acabar com tudo isso, de uma vez.

Ele acena a cabeça, seus olhos oscilando pelo meu rosto, como se estivesse memorizando as minhas feições. Tudo bem, Cash e eu somos gêmeos, mas ele e mamãe sempre conseguiram nos distinguir. E agora, como a minha "aparência" é quase o contrário da última que ele viu, sei que ele está notando ainda mais diferenças.

— É como se você e seu irmão trocassem de lugar — comenta ele de modo casual.

Eu sinto a dor aguda do ressentimento, como sal em uma ferida aberta que nunca consegue cicatrizar.

— Em grande parte, acho que trocamos. Ele é tudo que você quis que eu fosse. E eu sou tudo que você temia que ele se tornasse.

Seu sorriso é triste.

— Não, eu não poderia estar mais orgulhoso de vocês dois. Vocês mostraram uma força que eu gostaria de ter. Vocês dois são exatamente como sua mãe.

Meu coração dói dentro do peito.

— Acho que não poderia haver elogio maior.

Uma onda de imagens atravessa a minha mente, cada uma envolvendo a minha mãe: ela sentada na beira da minha cama; seus olhos azul-escuros sorrindo enquanto ajeita meu cabelo para trás; rindo de mim e de Cash quando brincávamos com ela; balançando a cabeça em sinal de desaprovação diante da desordem que eu fazia na cozinha; chorando por causa de uma placa que eu fiz para ela na aula de artes; torcendo por mim das arquibancadas do estádio; dizendo que sentia orgulho de mim por não beber para levar meus amigos em casa.

Ela era o elemento agregador que mantinha a nossa família unida. Quando ela morreu, a família se dissolveu. Trilhamos caminhos distintos. Nós nos tornamos pessoas que ela não aprovaria, fazendo coisas das quais ela se envergonharia.

A animosidade e a raiva se avolumam dentro de mim como algo familiar. O desejo de atacar e de magoar as pessoas que *me magoaram* aumentando até me sufocar. Como tem sido há sete longos anos. Mas imaginar o que ela diria, como ela me criticaria por descer ao nível dessa gente, entra em guerra com esses sentimentos, fazendo-me sentir arrasado e perdido, roubando o objetivo que me trouxe até aqui.

Com uma sacudidela de cabeça, afasto esses pensamentos. Haverá tempo para me torturar com isso mais tarde.

Agora, tenho tempo com meu pai. E há perguntas a serem feitas. Centenas de perguntas.

Mas ele se antecipa a mim.

— Nunca vou me perdoar pelo que fiz a vocês, à nossa família. É um arrependimento que vou levar para a sepultura. Esse e uma dúzia de outros. Eu era jovem. E estúpido. Algo que vocês não são. Vocês nunca irão se meter em encrenca como eu me meti. Tenho certeza. Confio em vocês para fazerem a coisa certa. Sempre.

Ele faz uma pausa antes de prosseguir. Seu rosto se contrai. Eu sei que ele está se punindo por suas escolhas. Provavelmente como fez centenas de vezes nos últimos e muitos anos.

— Espero que vocês possam me perdoar um dia. No fim, eu achava que estava fazendo o que era melhor. Para vocês. Para a nossa família. Cash — diz ele, voltando sua atenção na direção do meu irmão, que estava sentado ao meu lado, observando em silêncio —, sei que parece injusto eu não ter falado nada com você sobre seu irmão, mas você era muito pavio curto. Eu sabia o que você faria. Se passar por ele, adquirir um pouco de autocontrole e concentrar toda a sua raiva de modo sadio pareceu um bom modo de ajudá-lo a virar a sua vida em uma direção diferente. Nunca pensei em magoá-lo. Espero que você possa compreender isso.

Cash não diz nada. Seu rosto é uma máscara em branco, ilegível. Até para mim, seu irmão gêmeo.

Em seguida, papai se vira para mim.

— E Nash, eu sabia que você conseguiria. Nunca conheci uma pessoa mais decidida a ter sucesso. Você nasceu motivado. E sempre foi um bom menino. Eu sabia que você faria o que eu pedisse sem questionar. — Ele abaixa cabeça, como se não conseguisse me olhar nos olhos. Vejo o movimento na sua garganta quando ele engole com dificuldade, antes de me lançar os olhos novamente. — Não percebi que você tinha tanto do seu irmão em você. Mas deveria. Eu devia saber que você ficaria zangado, que não seria capaz de deixar pra lá. Ao mandá-lo para longe, eu o transformei em algo que você odeia. Mas não pense, nem por um segundo, que não tenho orgulho de você. Você sobreviveu. Construiu um caminho do... nada, sem ajuda de ninguém. Pouquíssimas pessoas conseguem fazer isso na fase adulta, e você era apenas um garoto. Confiei em você mais do que qualquer pai tem o direito de confiar. Só espero que um dia veja o significado disso. O que significou para mim e para o seu irmão, o que teria significado para sua mãe. O que deve significar para você como homem. E também espero que você possa visualizar o seu caminho apagando esses anos. Perdoe-se. Encontre um modo de recuperar a vida que você abandonou. Perder essa oportunidade seria a maior tragédia de todas. Se a sua mãe estivesse viva, ver você desistir a mataria.

Com ar de culpa, ele olha para mim e para Cash.

— Vocês eram como duas metades da mesma pessoa desde o dia em que nasceram. Como noite e dia, norte e sul. Em cima e embaixo. Eu sempre esperei que vocês pudessem encontrar um pouco um do outro. Era tudo o que vocês precisavam, somente um toque do que o outro tinha. Entretanto eu nunca teria desejado isso. Eu tinha orgulho de vocês, independente de qualquer coisa. Nunca quis isso para vocês, essa dor, essa vida difícil, tanto desgosto e raiva. Sempre quis sempre o melhor para vocês. Fiz tudo o que podia, com a informação de que dispunha. Pode não parecer, mas sempre coloquei vocês em primeiro lugar. Só tomei muitas decisões erradas ao longo do caminho.

— Nós estamos nos preparando para acertar pelo menos alguns erros, pai. Nós temos...

Papai interrompe Cash, balançando a cabeça.

— Deixe isso pra lá, filho. Estou pagando pelos meus pecados. Talvez não o que eles *pensam* que estou pagando, mas estou pagando, de qualquer maneira. Eu vivi a minha vida. Vocês dois têm tanto pela frente. Não deixem o passado ditar seu futuro. Sigam em frente. Encontrem um trabalho que valha a pena, uma esposa que valha a pena e uma vida que valha a pena. Não continuem cometendo erros que só irão limitá-los. Façam a coisa certa. Deixem tudo pra lá e sigam em frente.

— E o quê? Esquecer que o nosso pai foi preso injustamente? Que foi acusado por um crime abominável que não cometeu?

— Não espero que vocês esqueçam. Só estou pedindo que deixem pra lá. É o que a sua mãe desejaria. Ela ficaria arrasada se visse vocês abandonando suas vidas e arriscando seu futuro por causa dos meus erros. É como acumular mais perdas em cima da sua sepultura, que Deus a tenha.

Culpa. É o que sinto se avolumando em mim, como as perdas a que ele se refere.

Cash não diz nada, o que me faz sentir um pouco melhor em relação ao meu silêncio. Não sei o que dizer. Sei que meu pai se sente culpado e responsável, o que, de várias maneiras, é verdade. Ele também quer que a gente entenda. Mas também sinto que ele está tentando tirar de mim a única coisa à qual me agarrei todo esse tempo. Minha raiva e minha sede de vingança têm sido como o ar para mim nos últimos sete anos. É a única razão que me impediu de desistir quando me encontrei em situações que eram tão horrorosas para mim que eu mal conseguia dormir à noite. Fiz coisas, coisas terríveis, que acabariam comigo se não fosse a raiva que construí dentro de mim. Ela é como uma armadura impenetrável que protege a minha consciência da dura realidade. E se eu fizer o que ele está sugerindo, se desistir de tudo que me manteve de pé por sete anos difíceis, rancorosos e atormentados, o que me restará?

Uma palavra vem à minha cabeça, como um eco fantasmagórico do vazio que sinto.

Nada. Nada. Nada.

O barulho ensurdecedor de algum tipo de alarme interno nos obriga a tapar os ouvidos. Todos, exceto o guarda, que imediatamente entra em ação. Talvez ele não seja tão ineficiente, afinal de contas.

Imediatamente, ele puxa papai rudemente da cadeira e o leva em direção à porta. Em seguida abre a porta e o entrega a outro guarda que está esperando. Eles desaparecem na curva do corredor, no instante em que outro guarda entra. E, juntamente com o primeiro, ordena que eu e Cash nos encaminhemos para a saída.

Agora.

— O que está acontecendo? — pergunto.

— Senhor, todos os alarmes na prisão são para a segurança dos presos, bem como dos visitantes. Continue andando.

Os dois guardas nos arrastam rapidamente de volta pelo caminho que tínhamos vindo, há menos de trinta minutos. Em nenhum momento oferecem qualquer informação para explicar tal atitude.

Conforme passamos de uma área para outra, com mais visitantes sendo conduzidos à saída exatamente como nós, vejo mais do que apenas luzes piscando e ouço mais do que somente um alarme ensurdecedor. Há guardas se esforçando para passar por portas com grades, muitos dos quais estão usando roupa acolchoada preta e capacetes com viseira. Ouvem-se gritos de comando, algo sobre bloqueios de cela, presos de volta às celas e armas. Entretanto, uma palavra se destaca, e o fato de ouvi-la mais de uma vez me dá uma pista do que está acontecendo.

Rebelião. Está acontecendo uma rebelião na prisão. E há um protocolo sendo seguido. E a nossa presença não é uma parte desejável desse protocolo. Portanto, eles nos querem fora daqui. Agora mesmo

Quando eu e Cash, junto de uma dúzia de outros visitantes assustados e decepcionados, estamos de volta à entrada principal por onde entramos, eles nos empurram para além do último conjunto de portas de segurança. Ouço o clicar da fechadura atrás de nós.

O guarda que estava atrás do vidro, junto da porta da frente, permanece no mesmo local. Ele ainda parece inútil e despreocupado como estava quando chegamos.

— O que está acontecendo? — repito, sem esperar mais dele do que tinha ouvido do Guarda Número Um.

Ele encolhe seus ombros estreitos.

— Rebelião. Deve ter começado lá embaixo, no bloco D. Aqueles safados miseráveis têm dado um trabalho danado há quase um ano. — Ele ri, como se tivesse dito algo engraçado. Mas não disse. Espero ver mais dentes do que posso contar com os dedos de uma única mão. Mas não vejo. Observando sua estrutura frágil e seus olhos esbugalhados, fica claro que esse é provavelmente o único cargo que um velho imprestável como ele pode ocupar. E provavelmente tem algum conchavo com o diretor, porque ele já passou, há muito tempo, da idade de se aposentar.

Aceno a cabeça ao homem e ele sorri seu sorriso quase sem dentes. Então me viro em direção a Cash e o ouço dizer:

— Volte para nos visitar. — E depois ele ri.

Apenas balanço a cabeça quando passo por Cash, em direção à porta de vidro que conduz ao lado de fora, para a liberdade. Não olho para trás para ver se meu irmão está me seguindo. Preciso de ar. Tenho que sair daqui.

Saio na luz do sol e respiro fundo várias vezes. Mesmo no largo espaço aberto da área em frente à prisão, com apenas o estacionamento e uma longa estrada diante de mim, me sinto preso numa armadilha. Pela vida.

As palavras do meu pai ecoam em minha mente. Ele nos pediu para esquecermos tudo, pediu *a mim* para esquecer tudo. Pediu que eu esquecesse as pessoas responsáveis por destruírem a minha família, por destruírem a minha vida e o futuro que imaginei que pudesse ter. E está pedindo isso em nome da minha falecida mãe.

Passo a mão no cabelo. Sinto alguns fios soltarem do elástico que o mantém preso à minha nuca, mas não me importo. Tenho vontade de puxar tudo, de gritar para o mundo, pela injustiça de tudo isso.

Ele quer que eu deixe tudo pra lá!

Continuo pensando nisso. E no fato de que ele tem razão; *é* o que minha mãe gostaria. E, além disso, ver meu pai definhar na prisão me dá um quadro claro da única coisa que poderia ser pior do que aceitar as coisas que estão acontecendo: ficar na prisão pelo resto dos meus dias.

Então, a que conclusão chego?

Ando para a frente e para trás no pequeno trecho da calçada. Cerrando os punhos e abrindo as mãos repetidas vezes, não presto nenhuma atenção às pessoas à minha volta, ao que elas pensam. Não dou a mínima. Não dei a mínima para qualquer pessoa ou qualquer coisa durante sete anos, e não posso me ver começando a fazer isso agora.

Só de pensar em ver tudo que planejei, tudo que pensei que conhecia desaparecer bem diante dos meus olhos me faz sentir impotente, exasperado e enfurecido e... perdido. Preso numa armadilha e perdido.

Trinco os dentes com tanta força que meu maxilar dói e isso é tudo o que posso fazer para não me virar quando Cash agarra o meu braço.

— Está pronto, cara, ou vai ficar aqui e agir como um maluco o resto do dia?

Minha vontade é a de dar um soco bem no meio de sua cara presunçosa, sentir ossos sendo quebrados sob a minha mão. Quero machucá-lo e não sei muito bem por quê. Só sei que quero. Quero atacar todo mundo.

Mas algo em mim parece desanimado, como se o objetivo tivesse sido roubado de mim. E a preocupação com isso sobrepõe o meu desejo de infligir dor. Pelo menos por enquanto.

— Não vamos deixá-lo nos impedir de perseguir nosso objetivo.

Realmente não me importa o que Cash pensa. Vou seguir o meu caminho independentemente de qualquer coisa. Acho que só quero que ele ignore o pedido do papai também, para me sentir melhor em manter a raiva e o espírito vingativo que alimentei por todos esses anos.

— Porra nenhuma! Acho que a consciência dele o está incomodando, ao ver como a vida dele está agora. Acho que ele se sentiria melhor sendo o mártir. Mas meu irmão vai superar. Nós temos que terminar isso. Temos que levar os assassinos da mamãe à justiça.

— Que bom! — digo, mais aliviado do que quero admitir. — Fico feliz por você não fraquejar.

— Olha, Nash, o fato de termos começado de maneira turbulenta e vermos essa situação de modo diferente não significa que não temos o mesmo objetivo. Porque temos. Quero arrancar algumas cabeças tanto quanto você. Mas não vou. Isso só iria piorar as coisas. Eu me sentiria ótimo durante alguns segundos e depois passaria a vida fugindo, em um país sem extradição, ou na prisão. Ou morto. Prefiro me vingar de forma inteligente. A forma que você teria feito há muito tempo.

Ele ergue o queixo em sinal de desafio e sinto a raiva aumentar.

— Talvez eu não seja mais aquele cara.

— É sim. Posso ver isso. Você só tem que esquecer essa mágoa. Escreva o que estou dizendo: você vai arruinar sua vida se não fizer isso.

— Minha vida já está arruinada.

— Não, você acabou de recuperá-la. O que decidir fazer com ela a partir desse ponto é responsabilidade sua. Se você arruiná-la, não terá ninguém para culpar além de você mesmo.

Trinco os dentes mais uma vez. Principalmente porque sei que ele tem razão. Tenho que admitir. Mas só por dentro. Por baixo de toda a raiva.

E isso é o que não falta: raiva.

DEZ

Marissa

— Tenho certeza de que ele faria se você precisasse. Ele não odeia você, Marissa. — Ela está tentando me convencer a pedir que Cash vá comigo à arrecadação de fundos.

Sei que o olhar que lanço a Olivia é carregado de todo o ceticismo que sinto.

— É muita bondade sua, mas nós duas sabemos muito bem que isso simplesmente não é verdade.

— Ele *não* te odeia — diz ela novamente.

— Tudo bem, talvez *odiar* seja uma palavra muito forte. Vamos dizer apenas que ele tem dificuldade em me tolerar. Isso é mais fácil de digerir?

Olivia ergue a cabeça.

— Não estou com dificuldade para engolir nada. Só não acredito que ele te odeie. Vocês dois tiveram um... relacionamento complicado. Você era uma pessoa diferente na época. E ele também, de muitos modos. Vocês só precisam encontrar uma maneira de deixar tudo isso pra trás e seguir adiante. Como amigos. Ou, no mínimo, colegas.

Fito os olhos verdes, como esmeraldas, da minha prima. Ela quer tanto que eu tenha uma boa relação com Cash. Mas por quê?

— Sei que provavelmente não deveria mencionar isso, mas me incomoda imaginar que incomoda *você*. Não quero isso.

— Imaginar que o que me incomoda?

Hesito, dando-me uma última oportunidade de mudar de assunto, antes de falar algo que poderia influenciar seus sentimentos em relação a mim. Mas preciso esclarecer as coisas. O tempo para ser egoísta acabou. Se eu vou ser *essa* pessoa, tenho que deixar todos os impactos e as dificuldades que acompanham a mudança para trás. É hora de crescer e arcar com as consequências, e tudo mais.

— O fato de Cash e eu termos tido um... relacionamento.

Olivia dá de ombros. Não acredito que ela se sinta tão à vontade sobre isso como o gesto indica, mas não vejo nenhuma aflição verdadeira em seu rosto também, o que é o mais importante.

— Não é o tipo de coisa em que eu queira ficar pensando mas também não é o tipo de coisa que me consome constantemente. Sei que Cash me ama. E sei que vocês tiveram suas razões para seguirem com a relação. Agora, se vocês estivessem apaixonados, seria diferente. Mas não estavam. Cada um tinha um objetivo para usar o outro. Posso aceitar isso. Porque acabou.

Cada um tinha um objetivo para usar o outro. Isso parece tão sórdido. Mas, infelizmente, é verdade. Realmente usamos um ao outro. E isso me faz sentir como uma piranha suja. Que, pela maior parte das definições, eu fui. Tecnicamente falando. Eu transava com alguém que não significava praticamente nada para mim. Ele foi um meio para atingir um fim. Só porque não havia dinheiro envolvido não altera o fato de que eu fiquei com ele para conseguir algo: agradar o meu pai. E isso é doentio. Doentio, doentio, doentio.

Meu sorriso é trêmulo, na melhor das hipóteses. Posso sentir que ele oscila, e tento mantê-lo firme.

— Fico contente. Não quero nada entre nós incomodando você. Só queria me assegurar de que você sabia que esse relacionamento não representou nada. E que acabou.

Seu sorriso é sincero.

— Eu sei. E obrigada por se preocupar com isso.

É a minha vez de dar de ombros. Fico um pouco envergonhada. E muito indigna do seu perdão fácil. Sinto a necessidade de provar a ela que seu "investimento" em mim, sua fé em mim não é desperdiçada.

— Então agora você sabe o que eu quis dizer quando falei que, se ele tiver que ir com você, não tem problema nenhum.

Eu balanço a cabeça, mais decidida do que nunca a não fazer nada que possa deixá-la pouco confortável. Eu já lhe causei muitos problemas.

— Não. Posso ir sozinha.

— Ir aonde?

Sinto um arrepio nos braços com a voz de Nash. O mais estranho é que eu sei que é ele, mesmo sem me virar em direção à porta. Embora a voz dele seja quase igual à do irmão, posso sentir a diferença. A voz dele é um pouco mais firme, um pouco mais rouca. Nada óbvio demais. Mas algo que reconheço a um nível visceral. E minha reação é imediata.

Então me viro e o vejo de pé na porta. Sua expressão é carrancuda, como sempre. Mas vejo algo um pouco abaixo da superfície, um pouco abaixo da angústia e da amargura. Espero não estar imaginando coisas, e que isso realmente exista e haja algo dentro dele que valha a pena salvar, que compense o risco.

Reviro os olhos e intensifico a pouca importância do fato com um aceno de mão.

— Não é nada, é só uma arrecadação de fundos que o meu pai meteu na cabeça que *tenho* que ir.

— Com Nash — acrescenta Olivia. — O Nash que *eles* conhecem.

— Mas ele vai desistir da ideia. Ele tem que enfiar na cabeça que o Nash que ele conheceu não está mais... com a gente. Ou comigo.

Evito olhar para Cash quando ele empurra Nash para passar e vai na direção de Olivia. Eu abaixo a cabeça e fico examinando as unhas, que ficaram repentinamente muito interessantes. Pelo canto do olho, eu o vejo se curvar para segurar o rosto dela e beijá-la. Como se quisesse apagar a imagem de nós dois da mente dela. Quando volto a levantar a cabeça, dou de cara com os olhos escuros de Nash.

— Bem, se você deseja tanto assim provar algo ao seu pai, eu vou com você. Quero dizer, se você for corajosa o bastante. — O desafio está nos seus olhos. Ele não acredita que farei isso. Que eu *seja capaz* de fazê-lo. Mas por que acreditaria? Eu mesma já me perguntei exatamente a mesma coisa. Eu sou forte o bastante para ir contra tudo e contra todos que conheço? Para abandonar a vida que sempre vivi? Desafiar algumas das pessoas mais poderosas da Geórgia?

Neste momento, provar alguma coisa a essa gente não parece tão importante quanto provar alguma coisa a Nash. A dúvida nos seus olhos, a expressão que diz que ele me acha falsa...

— Parece uma ótima ideia — digo impulsivamente, e meu estômago dá um salto ao pensar no plano com o qual acabei de concordar. Não aparecendo com o Davenport que eles esperam ver, estou provando três coisas: a Olivia, provo que vou colocar sua tranquilidade (embora ela diga que não se incomoda) acima da minha; ao meu pai, e pratica-

75

mente a todo mundo que conheço, provo que não coloco mais a sociedade e os desejos do meu pai à frente dos meus; e a mim, provo que sou forte. Mais forte do que antes. Forte o bastante para ir contra os padrões.

— Tenho certeza de que o velho Nash tem algo apropriado para o *verdadeiro* Nash usar, certo? — pergunta ele, mantendo os olhos fixos nos meus, mesmo quando fala com o irmão. Cash responde, à minha esquerda.

— Sim, mas você não pode ir como Nash. Temos que ser discretos por mais algum tempo, até darmos um jeito nessa merda e colocarmos alguns crápulas na cadeia.

— E fazer o que, ir como Cash? Fingindo ser o despreocupado e imprevisível proprietário de uma boate? Que resolveu sair para uma noite com gente decente, como um evento de caridade, abraçado com sua namorada troféu de plástico? Deve ser bem divertido.

Embora eu saiba que seu veneno vem de sua incapacidade de esquecer a vida que ele acha que seu irmão roubou, ainda assim suas palavras magoam. Ele realmente acha que sou de plástico? Ou que sou uma namorada troféu? Alguma gostosa burra?

— Não pense que isso significa permissão para você ir e me transformar num espetáculo. Você ainda tem que agir como se tivesse algum juízo. Provocar agitação em público não nos fará favor nenhum.

— Não sou idiota, *irmão*. Cacete, já até aprendi a usar o troninho. Não vou fo… estragar nada. — Ele se corrige. Nash se contém antes de concluir o pensamento. Eu já o havia notado fazendo isso: controlando seu linguajar, diminuindo os palavrões. Não sei por que, mas parece mostrar algum respeito às garotas. Como um gesto de cavalheiro. É algo incongruente, tal atitude gentil e quase *delicada* vindo de uma pessoa que parece ser tudo *menos* gentil e delicada.

Contra a minha vontade, outra semente de esperança brota no meu coração. Não há dúvida de que estou pisando em terreno perigoso, mas... sou incapaz de parar agora. Incapaz. — Não vou estragar nada. Não se esqueça que eu era o sensato, responsável. Só porque você...

— Eu sei, eu sei — interrompe Cash, irritado. — Eu não disse que você não é responsável. Foi apenas um lembrete. Só isso.

A tensão entre os dois irmãos me deixa nervosa. Tenho a sensação de que, a qualquer momento, eles podem se atacar fisicamente. E não haveria nada que eu pudesse fazer. Quero dizer, os dois são bem grandes. Havia uma razão pela qual Cash nunca precisou de um segurança na boate quando estava lá. Ele nunca encontrou ninguém que não conseguisse enfrentar. Ou dois ou três de quem não conseguisse dar conta. Ele mesmo me disse isso. Como Nash, naturalmente, mas mesmo assim...

Sinto-me aliviada e estranhamente encorajada quando Nash se controla e ignora a resposta ríspida de Cash.

— Afinal, de que horas estamos falando? — pergunta Nash, voltando sua atenção para mim.

— Preciso descobrir os detalhes, mas no ano passado eu fui a esse mesmo evento de caridade e a estrutura era a de um leilão. Algo meio divertido, com recursos de marketing. Começou com uma licitação, onde foi servida uma entrada seguida de um jantar, e havia algumas celebridades locais. Começou às sete e meia, eu acho, portanto estou pensando em algo parecido com isso nesse ano também.

Nash retira o celular do bolso e confere a tela, possivelmente para verificar as horas. Em seguida, acena com a cabeça e olha para mim.

— Tudo bem. Tenho algumas coisas a fazer nesse meio-tempo. Pego você às sete?

— Perfeito. Se você me der seu telefone, posso mandar uma mensagem se mudar o horário.

Ele digita alguns números no telefone e ouço o meu tocar, alguns segundos depois. Ele não olha para mim novamente quando pego o meu telefone; em vez disso, se dirige a Cash.

— Posso pegar o seu carro emprestado novamente?

— Dá para nos deixar na boate?

— Claro.

— Você vai ficar bem o resto da tarde? — pergunta Olivia.

— Com certeza. Vou revirar meu closet para escolher um vestido e depois me dar um dia de spa, talvez. Sabe, para aliviar a tensão antes de ter que lidar com papai e seus amigos.

Olivia não parece inteiramente convencida.

— Se você tem certeza...

— Tenho. Você dois podem ir. Curtam o dia.

— Volto para passar a noite com você.

— Olivia — começa Cash em tom de aviso.

Ela lhe lança um olhar fulminante, e ele suspira e se vira, balançando a cabeça.

— Voltaremos para cá essa noite. Não quero você sozinha até que isso seja resolvido.

— Eu disse que ficaria — rosna Nash perto da porta. Ele não havia entrado na sala. — Vocês não escutam?

— Viu? — diz Cash a Olivia.

Olivia volta seu olhar fixo e cético para mim.

— Isso é com Marissa.

Um tremor desce até a parte mais baixa do meu estômago, quando penso no modo que Nash acordou esta manhã. Claro, ele provavelmente vai dormir na cama de Olivia se eles não dormirem aqui.

Provavelmente...

— Tudo bem. Nós vamos ficar bem. Tenho certeza de que ninguém se atreveria a entrar por aquela porta com ele em casa.

Digo isso de brincadeira, mas deve ser noventa por cento verdade. Só o criminoso mais assustador poderia se dar ao luxo de não se importar com Nash. Naturalmente, são esses que nos preocupam.

— Pode apostar — murmura Nash do mesmo lugar onde estava, próximo à porta.

Eu lanço um sorriso a Olivia quando ela revira o olhar.

— Viu?

— Bem, vou entrar em contato novamente com você mais tarde, de qualquer maneira. Não vou trabalhar. Tenho uma tarefa de casa a fazer, portanto...

— Por favor, pare de se preocupar comigo — suplico com ar sério. Quanto mais compaixão e bondade ela demonstra, pior me sinto sobre o modo como sempre a tratei. E já me sinto uma bosta. — Você tem seus problemas para resolver. E sua própria felicidade para curtir. Vou ficar bem. Prometo.

Seu sorriso é hesitante, mas aparece. E eu me sinto melhor por ter ajudado a fazê-lo surgir. É uma boa sensação ser essa pessoa, essa pessoa agradável e gentil, em vez da vaca sarcástica que eu era antes. A garota que ninguém realmente queria por perto, a menos que tivesse algo a ganhar.

— Sim, temos o que curtir — confirma Cash com voz profunda ao puxar Olivia para junto de si. Ele roça o nariz em sua garganta e ela dá risadinhas, passando os braços em volta do seu pescoço.

— Está bem, está bem.

— Bom. Está tudo acertado então. Vamos — diz Cash, tomando Olivia pela mão e levando-a em direção à porta.

Ao passar por mim, ela impulsivamente se abaixa e coloca o braço em volta dos meus ombros, me puxando num abraço.

— Estou contente por você estar de volta — sussurra ela em meu ouvido, dando-me um leve aperto. Eu retribuo seu abraço, sentindo o calor da sua personalidade mais do que nunca.

E pensar que se não fosse o caso de estar no lugar errado, na hora errada, eu poderia passar o resto da minha vida sem usufruir a amizade de uma pessoa maravilhosa como Liv. Teria sido a maior tragédia de todas.

— Eu também — sussurro. Do sofá, observo os três saírem. A última coisa que vejo são os olhos pretos de Nash quando eles encontram os meus, no instante em que ele fecha a porta.

Mesmo depois que ele sai, continuo a sentir o calor intenso que eles emitem.

ONZE

Nash

Quando finalmente consegui sair do esconderijo, quando finalmente consegui *viver*, pensei que nunca teria uma razão para voltar. Nunca. A nenhuma parte da vida que tive nos últimos sete anos.

Mas eu estava errado.

Naturalmente, nunca imaginei que meu pai iria querer que nós abandonássemos a luta, que ele se contentaria em apodrecer na prisão e deixar o assassino da minha mãe livre. Mas, desde o início, ele sempre soube quem a matou.

Meu estômago se contrai quando penso em Duffy. Meus dedos ainda trazem o antigo desejo de colocar as mãos em sua garganta e olhar bem no fundo de seus olho, enquanto acabo com a vida dele.

Mas Duffy é apenas um dos homens. Embora seja tecnicamente o que matou minha mãe com aquela bomba, tivesse ou não a intenção, ele é apenas um dos vários que basicamente estavam por trás da morte da minha mãe e de todo o inferno que se seguiu. Minha sede de vingança não será satisfeita até que todos estejam mortos ou na prisão. Talvez meu pai saiba disso. Talvez por isso ele queira que nós abandonemos a ideia de vingança. Talvez seja uma perseguição eterna, tentar ir ao fundo de tudo. Ou ao topo, na verdade.

De qualquer maneira, não importa. Não vou desistir. Nunca. Não posso. Esquecer mataria uma grande parte de mim, uma parte de quem eu fui e de quem sou. Portanto, irei até o fim. Custe o que custar, não importa quanto tempo terei que lutar, vou até o fim.

Depois de deixar Cash e Olivia na Dual, faço o rápido trajeto atravessando a cidade até a estação de trem. Eu havia parado lá quando fui à cidade e aluguei um armário. Não possuir muita coisa de especial dificulta guardar coisas importantes. Mesmo algumas pessoas *que possuem* alguma coisa escolhem lugares como esse para proteger coisas valiosas. Como meu pai, por exemplo. Foi nessa mesma estação de trem que ele escondeu sua mala com objetos de valor.

Meu sorriso é amargo e um pouco hostil quando penso que talvez tenha sido bom o fato de só um de nós ter seguido tão de perto o exemplo de meu pai. Eu sempre imaginei que se um de nós desenvolvesse algum tipo de tendência criminosa essa pessoa seria Cash. Acho que todo mundo pensava a mesma coisa. Por um lado, acho que Nash *realmente* morreu no dia da explosão. O homem que ele foi e o homem que seria acabou morto. Ambos. Para sempre. A pergunta é: quem sou eu? Quem se ergueu para assumir seu lugar?

Afasto os pensamentos que me incomodam e encontro uma vaga no estacionamento do lado de fora da estação. Olhando casualmente por cima do ombro, um hábito que eu duvido que algum dia vou perder. Entro no edifício e me dirijo à pequena fileira de armários, à esquerda. Eu tinha escolhido uma combinação da qual me lembraria facilmente. Um, três, quatro. O aniversário da minha mãe. Treze de abril.

Como sempre, quando penso no seu aniversário, penso no dia em que ela morreu. Como se isso ficasse distante da minha mente. Mas às vezes é mais... pungente. A culpa por ter sobrevivido, quando deveria ter morrido, por ser o babaca nas docas filmando uma garota de topless, em vez de estar no barco, me deixa arrasado. Ela não devia ter ficado sozinha. Não precisava ter morrido sozinha. Eu devia estar com ela. Mas não estava. Fui poupado. E olha o que me aconteceu. O mundo seria um lugar muito melhor se ela tivesse vivido e tivesse sido eu a morrer na explosão, naquele dia.

Mas não foi isso o que aconteceu. Então, o mínimo que posso fazer é levar os culpados aos tribunais. De um jeito ou de outro.

Retiro da bota uma pequena chave com o topo laranja. Ela é indefinível. Se algum dia alguém a achasse, jamais saberia de onde ela era ou, caso a pessoa acabasse descobrindo, nunca saberia que armário abre.

Ela entra facilmente na fechadura e eu a giro até a porta abrir. No interior do armário, há uma mala preta com algumas provisões de emergência e alguns telefones. Um deles é muito importante. Como aquele que meu pai havia deixado, esse tem todos os números dos quais eu poderia precisar. Eu esperava nunca ter que usar nenhum deles, mas os guardei por uma razão. Porque as coisas raramente saem conforme o planejado. Merda.

Ele também contém outra cópia da filmagem das docas. Há mais algumas coisas registradas nele. Coisas que podem facilmente me levar à morte. Coisas a respeito de armas e contrabandistas e rotas sobre as quais eu não deveria saber. Mas sei. Há garantias aqui para salvar a minha vida, uma dúzia de vezes. Ou acabar com ela, dependendo de quem pegar o telefone. E quem sabe o que há nele. Neste momento, apenas eu. E é assim que planejo manter as coisas. Não vou confiar em ninguém. Eu sobrevivi muito tempo com esse lema. E isso me manteve seguro. Vivo.

Ligo o telefone e rolo a lista de contatos até chegar no número de Dmitry. Salvo o número em um segundo telefone, o descartável que também fica no armário. Na realidade, um dos vários telefones descartáveis. Alguém com a minha linha de trabalho e com meu histórico familiar nunca tem telefones demais. Eles não dispõem de GPS e são... muito limitados. Posso usá-los e jogá-los fora, sem deixar nenhuma pista que poderia levar a mim.

Depois de outra avaliação casual ao meu redor, tranco o armário e coloco a chave de volta na bota. Vou até um banco vazio e clico no botão ligar do telefone.

Ele toca várias vezes, até uma voz rude e familiar dizer três palavras curtas, com forte sotaque.

— Deixe uma mensagem. — Um bipe se segue.

— É Nikolai — começo a falar. Este é o nome que Dmitry me deu no momento que nos conhecemos. Eu não podia ser Nash, o filho de Greg Davenport. Precisava ser outra pessoa. — Eu... é... tenho que falar com você. Mas se trata de algo que prefiro falar pessoalmente. Se puder ir ao lugar onde o vi pela primeira vez, mais ou menos à mesma hora, daqui a dois dias, eu realmente agradeceria. Obrigado, Dmitry.

Em seguida desligo, sabendo que ele entenderá a minha mensagem perfeitamente. E sei que daqui a dois dias, se possível, ele estará lá. O navio ainda deve levar mais ou menos uma semana para zarpar, portanto não deve ser nenhum problema para ele comparecer ao encontro.

Em seguida aperto algumas teclas para apagar todos os rastros do texto e da chamada, depois me levanto e sigo em direção à saída, jogando discretamente o telefone em uma lata de lixo, ao passar.

Quando volto ao carro de Cash, tenho uma breve lembrança dos últimos sete anos de conversas com Dmitry. Ele me contou dezenas de histórias envolvendo ele e papai. Nada muito abominável; apenas algumas pequenas confusões em que se meteram nos primeiros anos. Evidentemente, ambos entraram no negócio na mesma época.

Eles subiram na hierarquia: meu pai acabou enveredando pelo lado de lavagem de dinheiro e Dmitry, para o de contrabando. Eles permaneceram amigos e confidentes, razão pela qual meu pai tinha Dmitry como uma estratégia de saída de emergência. Ele não arriscou nossa segurança com um contrabandista; ele confiava em Dmitry, acima de qualquer pessoa.

E agora estou a ponto de confiar em Dmitry. E estou quase pedindo sua ajuda. É um grande favor, um que ele pode não estar disposto a conceder, mas vale a pena pedir. As coisas devem ter chegado a um ponto em que ele é um dos três ou quatro elementos decisivos, dos quais depende a nossa única chance de fazer tudo da forma correta. Só o tempo dirá, mas preciso começar por algum lugar. Tenho que fazer algo. Preciso de um plano A e de um plano B. Não posso deixar isso passar. E embora Cash tenha dito que também não tinha nenhuma intenção de deixar passar, não acredito que seja tão importante para ele ver tudo isso resolvido. Pelo menos não tão importante como é para mim. Eu simplesmente não confio em ninguém tanto assim. Nem na família. Vivi sozinho muito tempo para mudar. Talvez um dia. Mas eu duvido.

Minha consciência me incomoda. Aqui estou eu, hesitando em confiar totalmente em alguém, quando eu mesmo seria considerado por muitos como indigno de confiança. Eu me tornei tão ambicioso que não deixo praticamente nada atrapalhar o meu caminho, principalmente se for algo visto como "correto" no caminho do que eu quero ou preciso. A vida que fui forçado a levar prega que só o mais forte sobrevive, pressupõe uma espécie "agressiva" de atitude. É difícil esquecer esses hábitos e fazer um regresso suave ao mundo civilizado.

Um par de olhos azuis brilhantes me observa no fundo da minha mente. Minha consciência me apunhala novamente. Eu me pergunto o que ela pensaria se soubesse de tudo. De tudo o que fiz.

Principalmente as coisas que a envolvem.

Abro a porta do carro, sento no banco do motorista e afasto todos esses pensamentos profundos e incômodos da cabeça. Algumas coisas não devem ser remexidas. Esta é uma delas.

Em seguida, aperto o botão Start no BMW de Cash, saio do estacionamento e volto em direção ao seu apartamento. Preciso organizar dois planos, nos mínimos detalhes. Não posso permitir surpresas. Um deles *tem* que dar certo.

Após algumas horas pesquisando no computador, estou pronto para um intervalo, mesmo que isso implique em um smoking e num bando de babacas ricos. Não dou a mínima para eles; é com Marissa que estou louco para passar meu tempo. E não vou nem fingir que meus motivos não são cem por cento egoístas.

Preciso de um corpo delicioso e feminino para me perder, para enterrar as minhas preocupações. Mesmo se for por pouco tempo. E, embora eu provavelmente possa encontrar um monte de parceiras dispostas, é ela que quero. Por muitas razões, uma das quais, com certeza, é o fato de que Marissa é uma garota rica e mimada.

Sei que provavelmente poderia ir lá agora mesmo e transar com ela, mas estou curtindo esse joguinho que está levando a isso. É outra forma de distração, e é bem-vinda. Não me importo de ter que me arrumar todo para continuar nesse jogo, desde que ela não comece a criar expectativas. Já a alertei sobre mim. Espero que ela não seja tola o suficiente para ignorar o aviso.

Eu ajeito o colarinho apertado da minha camisa branca, impecável. Só usei smoking uma vez na vida. No baile de formatura do colégio. Não me lembro de me sentir tão desconfortável. Quando encolho os ombros dentro da roupa perfeitamente cortada, percebo que não é o terno que está me sufocando; é a vida.

Não estou me adaptando tão bem quanto imaginei que iria. Eu tinha a visão de aterrissar de volta no mundo real como se o tempo não tivesse passado, como se nada tivesse acontecido e eu fosse o mesmo homem que era quando parti. Não poderia estar mais enganado.

Isso, senhoras e senhores, chama-se negação. Não é uma merda?

Estou alguns minutos adiantado quando chego à casa de Marissa. Tento abrir a porta, mas está trancada.

Pelo menos ela pensa um pouco!

Eu poderia usar a chave do chaveiro de Cash, mas, em vez disso, toco a campainha.

Ela leva alguns minutos para atender. Acho que uma beleza como a dela exige tempo. E, quando ela abre a porta e aparece, percebo que compensou cada segundo.

Cacete, ela está maravilhosa.

Marissa está usando um vestido preto que envolve totalmente seu corpo esguio. De onde a alça sai, em apenas um ombro, até onde o vestido se alarga, um pouco abaixo dos joelhos, caindo até seus pés, ele se ajusta como uma segunda pele. Cada curva insinuante é perfeitamente delineada, e a sandália alta de tiras que ela está usando faz suas pernas parecerem bem mais longas.

Seu cabelo loiro parece uma onda platinada que jorra por cima do seu ombro nu, e a sua pele cintila como ouro. Mas são aqueles olhos incríveis que me atraem. Olhos azuis brilhantes que parecem inocentes e sedutores ao mesmo tempo. E estão sempre me olhando. Com interesse. Atentamente. Não consigo deixar de me perguntar o que ela está pensando, o que está imaginando. Se ela se lembra...

Sei que provavelmente é apenas a minha consciência pregando uma peça mais uma vez. Depois do que fiz. Com certeza ela não deve saber. Mas, mesmo assim, eu me pergunto.

— Você está linda — digo num momento de franqueza.

Seus lábios se abrem em um sorriso ainda mais lindo.

— Obrigada. E você está muito bonito. Como sempre.

Admito que dei uma ajeitada no visual. Mas não muito. Eu poderia ter feito um esforço e ter cortado o cabelo e me barbeado. Mas não fiz. E não vou fazer. Ainda sou canalha demais para fazer algo drástico assim, só para me passar por Cash (quando ele está se passando por mim). Ninguém é tão importante. Nem mesmo ela. Mas realmente penteei o cabelo com capricho e o prendi atrás da orelha. Também aparei o cavanhaque e fiz a barba em volta dele. Eu sei que ainda pareço alguém cuja entrada nunca deveria ser permitida em um evento da alta sociedade, mesmo usando smoking. Mas essa gente que se foda. Eu vou assim mesmo.

Meus motivos não são totalmente egoístas, eu acho. Fazendo isso, quero dizer, indo com ela, estarei provando a Marissa o quanto ela é corajosa. Ou não. Levar alguém como eu a um evento como esse a empurrará para um caminho. Qual caminho é difícil dizer.

Eu me recuso a pensar em qualquer outra razão profunda que pudesse ter influenciado minha ida a este evento hoje. Não posso me permitir sentir nada por uma mulher. E ponto final.

Pelo menos é o que digo a mim mesmo.

DOZE

Marissa

Como irmãos gêmeos podem ser tão parecidos e ao mesmo tempo tão diferentes está além do meu entendimento. Talvez seja apenas sua personalidade que o faz parecer tão diferente, mas, para mim, Nash não tem nada a ver com Cash. De jeito nenhum. Eu sempre achei Cash (quando pensava que ele era Nash) um gato, mas ele não chega aos pés do verdadeiro Nash. Ele é de tirar o fôlego. Acho que nunca vi um homem tão sexy. E mesmo de smoking dá para ver que ele faz o estilo jaqueta de couro preta, sentado numa moto. É assim que ele é, é a sua essência.

Perigosa.

— Vou só pegar as minhas coisas e podemos ir — digo rapidamente, ao me virar para voltar ao meu quarto. Minha mão está tremendo de ansiedade quando jogo um batom, as chaves, um pó compacto e meu cartão de débito em uma bolsa de paetê preta, fechando-a em seguida.

Faço uma pausa diante do espelho e respiro fundo. Por que me sinto como se estivesse indo para o inferno? Como uma mariposa atraída, de forma inexplicável, por uma chama selvagem?

Não tenho nenhuma ilusão a respeito dele. Não posso dizer que não sabia como ele era. Eu sei que Nash é apenas isto: selvagem. Mas não consigo me manter distante. Apesar do perigo, eu nem mesmo quero me manter distante. Não faz nenhum sentido, e não vou me preocupar com isso. Vou apenas assumir a responsabilidade. Pela primeira vez na vida, vou me jogar.

Fecho os olhos para afastar os pensamentos incômodos e volto para junto de Nash. De volta à chama.

Creio que o manobrista, na realidade, está com medo de pegar a gorjeta que Nash lhe entrega. Ele olha nervoso para mim, para Nash e desvia o olhar rapidamente, antes de pegar, indeciso, a nota dobrada. Com um aceno de cabeça tímido, ele a enfia no bolso, pula no carro e dirige lentamente até o estacionamento. Escondo o sorriso com a mão. Aposto que ele irá se assegurar de que o carro esteja em perfeitas condições quando o devolver.

Nash se aproxima de mim, no meio-fio, e me oferece o braço, um gesto que mostra que ele sabe como se comportar na presença das pessoas que está prestes a encontrar. Mostra também que ele não vai agir de modo estúpido

— Vamos?

Ele arqueou a sobrancelha, em sinal de deboche. Eu sorrio, aceno a cabeça e dou o braço a Nash.

Meu estômago pula de ansiedade. Em parte pela proximidade de Nash. Mas isso não é novidade. Quando ele está por perto, meu foco permanece quase inteiramente nele. A outra dose de ansiedade é por algo que não tem nada a ver com Nash ou com o efeito que ele exerce sobre mim.

Reconheço, com grande decepção, que é receio. Medo de que ele faça ou diga algo que o faça passar vergonha. Ou que possa me envergonhar. Ou, pior, envergonhar meu pai.

Lembro a mim mesma de que a nova pessoa na qual me transformei não deveria se preocupar com isso. Olivia não daria atenção a algo tão superficial. E eu também não deveria.

Mas não é fácil largar velhos hábitos. E os meus foram enterrados apenas poucas horas antes. Não quero que nenhuma parte daquela mulher seja ressuscitada. Quero desesperadamente que a antiga Marissa permaneça morta.

Então, abro meu sorriso mais confiante e lanço os olhos a Nash, que caminha com ar arrogante ao meu lado, e nos dirigimos à entrada para nos registrar.

A primeira pessoa a nos avistar quando entramos na sala principal é Millicent Strobe, muito provavelmente uma das minhas "amigas" *mais* chatas. Obviamente, ela estava no processo de sair de uma conversa e engatar outra, com um casal que estava perto de nós. Porém, de forma deselegante, ela se afasta do casal e caminha em direção, isso mesmo, *a nós.*

— Olha só quem está aqui — diz ela daquele jeito doce e enjoativo. Seu sorriso é largo demais, e seus olhos, curiosos demais, quando ela olha para Nash. Ela se inclina para jogar beijinhos para minhas bochechas e acrescenta: — Uma gata e seu brinquedinho. — Em seguida, ri seu riso metálico falso e pousa a mão, com suas unhas pintadas de vermelho, no braço de Nash. — Brincadeirinha.

Só que não foi. Brincadeira, quer dizer. A olhada que ela dá a Nash, de cima a baixo, é carregada de desdém.

— Quem é esse? O irmão criminoso profissional de Nash? — Ela ri seu riso falso novamente, e sinto o sangue ferver. Eu não devia temer que Nash envergonhasse ninguém; eu devia temer que as pessoas que eu conheço *nos* envergonhassem.

— Para falar a verdade... — diz Nash calmamente ao meu lado. No início, achei que tivesse entendido mal, mas quando olho para ele, vejo que sua expressão é impassível, séria. Ele decide provocá-la deliberadamente.

— Agora é *ele* quem está brincando, Leese — interponho em tom suave, rindo também e usando o apelido carinhoso que seus amigos mais chegados usam há anos. — Esse é... Cash, irmão de Nash.

Meu coração parece uma britadeira dentro do peito, decidido a bater sem piedade nas minhas costelas. Nós não combinamos o que diríamos às pessoas. Eu imaginei que ele seria Cash, mas... não assim.

— Sim. Nash. Lembro muito bem dele. A pergunta é: e você? Por que você o deixou em casa numa noite como essa?

O que ficou subentendido foi o que ela realmente quis dizer: *e trouxe* esse cara *em vez disso.*

Meu pai nunca se preocupou em esconder seu afeto por Nash e o seu desejo de torná-lo parte do império Townsend. De certa forma, nós vivemos uma vida muito pública, o que significa que a maioria das pessoas sabe que nós terminamos. O problema é que nenhuma dessas pessoas poderia imaginar que eu ignoraria os desejos do meu pai. Elas esperavam que eu aparecesse aqui com Nash pelo braço, de qualquer maneira. Porque ninguém desafia um homem com a influência dele.

Ninguém.

Ouço a primeira sílaba da resposta de Nash. Com os olhos fixos em Millicent, engulo em seco, planto meu sorriso no rosto e cravo as unhas no braço dele; um pedido silencioso para que não diga o que quer que esteja pensando em dizer. Ouço seu bufar enfurecido, mas ele não profere nenhum som, nenhuma palavra. Entretanto, posso praticamente sentir o gelo que emana dele. Nash não gosta de ser amordaçado.

— Foi uma decisão de última hora e Nash tinha outros planos. *Tecnicamente*, eu nem deveria estar de volta ao país — digo, em tom de cumplicidade.

— Então por que voltou?

— Alguns... é... Alguns assuntos pessoais precisavam da minha atenção.

— Assuntos pessoais, é? — Eu conheço esse olhar. É o mesmo olhar de um tubarão quando sente cheiro de sangue.

Cacete, por que você não pensou em como lidar com tudo isso antes de vir? digo a mim mesma em tom de crítica, embora seja tarde demais.

— Sim, você lembra o que são assuntos pessoais, certo? Algo que tínhamos antes de sermos subitamente obrigadas a viver nossa vida em público?

— Quando foi isso? Quando tínhamos 2 anos?

— Exatamente. — Rio de novo, sentindo-me cada vez mais desconfortável.

Millicent cresceu em uma família privilegiada, como eu, com certas... expectativas. Ela sabe exatamente o que quero dizer. O problema é que ela não se deu conta de que é um péssimo modo de vida. Principalmente porque ela não percebeu o quanto essa vida é terrível, o quanto são terríveis as pessoas que nos tornamos. Mas eu percebi. Não tenho desculpa para agir mais dessa forma; para agir como ela.

— Como filhas de alguns dos homens e mulheres mais influentes no estado, temos certas responsabilidades e... aparências a preservar. Ou você esqueceu esse detalhe também?

Ela vai mesmo fazer isso? Como algum dia eu chamei uma pessoa *dessas* de amiga?

Fico horrorizada ao pensar que as coisas eram ainda piores do que eu imaginava.

— Eu jamais causaria vergonha à minha família — acrescenta ela com ar mordaz.

Não sei se ela está insinuando que chegar com *esse* Nash, como Cash, significa causar vergonha à minha família ou se sou eu que estou sensível demais. Estou atribuindo às suas insinuações um valor maior do que o que ela pretende? Eu conheço Millicent há muito tempo. Não posso imaginar que ela seja essa pessoa. Talvez eu esteja conjecturando. Talvez a minha consciência pesada esteja me fazendo ver coisas que não existem realmente.

Porém, outra parte de mim resolve se manifestar, perguntando se *estou* mesmo agindo de forma extremamente desrespeitosa e indelicada com minha família por aparecer assim com "Cash". Eu sabia que meu pai queria que eu trouxesse Nash, mas também sabia que ele, sem dúvida, preferiria que eu viesse sozinha a vir com alguém cuja índole... duvidosa pudesse causar-lhe vergonha.

É ridículo que isso seja um fato a ser levado em conta, mas é somente parte do mundo em que vivemos. Não é?

Meu coração está cheio de remorso, mas por quê? Por causa do meu pai? Por causa de Nash? Por estar sendo obrigada a me *preocupar* com o que está acontecendo aqui?

Então, algo acontece. Algo estranho. E assustador. Porém bem-vindo. E conveniente.

Dou a Millicent meu sorriso mais doce.

— Bem, eu custo a acreditar que envergonhar alguém que não tem o mínimo de decência para ser educada seja algo que me fará perder o sono. — Ela fica boquiaberta com o choque. Antes que ela possa se recuperar para responder, eu me inclino e sussurro: — Cuidado para não cair desse pedestal, Millicent. Uma queda assim pode ser perigosa.

Em seguida volto à posição original, disparo-lhe outro sorriso adocicado e imediatamente dou as costas para ela.

Meu breve momento de triunfo sobre meu antigo eu é rapidamente quebrado quando dou de cara com meu pai. Ele está de pé, do outro lado da sala, me observando, com uma expressão de fúria silenciosa.

Em um impulso, levanto o queixo, num gesto que fala por si. E meu pai entende exatamente seu significado.

Lentamente, ele balança a cabeça. Um gesto austero, que fala tão alto quanto o meu. E eu o sinto como o início de um terremoto, que vai até o fundo da minha alma.

Por alguns segundos horripilantes, me sinto como se estivesse desmoronando. Desmoronando sob a pressão da pessoa que eu era, do que é esperado de mim e do que fiz esta noite. Mas antes que eu possa desmoronar, Nash intervém para me resgatar de mim mesma.

Seus dedos tocam meu cotovelo.

— Que tal uma bebida para acabar com essa amargura? — pergunta ele.

Tenho que fazer um esforço para engolir o enorme suspiro de alívio. Quando levanto os olhos para ele, a fim de aceitar sua oferta gentil, vejo o discreto sentimento de respeito em seus olhos. Eu vi isso mesmo? Ou estou imaginando coisas, quem sabe por querer tanto ver isso? Não sei ao certo. De qualquer maneira, é uma sensação boa. É bom ter finalmente o respeito, não importa o quanto seja ínfimo, de alguém que tinha uma opinião tão ruim a meu respeito. De alguém que sabia o tipo de pessoa que eu era.

Era.

Talvez por isso ele esteja me ajudando. Porque é isso que ele está fazendo ao me oferecer esta via de fuga. Está me ajudando. Embora ele não pareça o tipo de pessoa que ajuda ninguém, ele apareceu para fazer isso. Pela segunda vez.

A primeira vez, naturalmente, foi quando ele surgiu com Cash para me salvar. Ainda consigo me lembrar quando sua voz, tão diferente da de Cash. Tão austera e ao mesmo tempo tão confiante. Familiar, mas não da maneira que eu esperaria. Eu me senti protegida o tempo todo, até chegar em casa, embora ele falasse muito pouco. E agora, aqui está ele fazendo a mesma coisa, esta noite.

Mas por quê? Por que agora?

A resposta vem tão rápido quanto a pergunta.

Talvez porque agora ele ache que eu mereço sua ajuda.

Afasto os pensamentos inquietantes e opto por um sorriso animado.

— Obrigada. Eu adoraria.

Enquanto o acompanho, olho para trás e vejo Millicent se aproximando apressadamente do noivo, Richardson Pyle (Rick), que ela havia deixado para trás quando me viu. Posso apostar que ela irá reclamar com ele assim que for possível. Rapidinho, um por um, todo mundo que eu conheço irá ouvir uma versão distorcida do que acabou de acontecer. E adivinha quem será o vilão da história? A voz de Nash penetra o caos na minha mente.

— Não foi a moleza que você pensou que seria, não é? — pergunta ele baixinho. Eu o encaro novamente. Ele está olhando para a frente, mas suponho que sua expressão seja de afetação. Fico chateada quando percebo que, apesar do que acabou de acontecer, Nash duvida que eu seja forte o bastante para mudar. Que eu *tenha mudado*.

Essa percepção é um golpe devastador à minha frágil confiança. Não digo nada porque, de certa forma, estou me perguntando a mesma coisa. Eu realmente posso mudar? Deveria ser tão difícil assim? Ou estou definitivamente deteriorada como essas pessoas?

Paramos em frente ao bar elegantemente mobiliado. Sem perguntar o que eu gostaria de beber, Nash pede uma vodca martíni para mim e uma Heineken para ele. Espero até que o bartender esteja ocupado preparando a minha bebida antes de falar algo.

— Você é sempre tão perspicaz? Ou eu que sou tão transparente?

Nash dá de ombros.

— Você é uma garota de martíni. — Ele me observa com o canto do olho, com uma expressão misteriosa e sensual.

Sinto o rosto ruborizar. A vermelhidão se estende até o meu peito, me deixando excitada e úmida. Resisto ao impulso de me abanar.

Não sei como responder à sua avaliação sugestiva, portanto simplesmente não faço nada.

— Você não parece um cara de cerveja. Eu teria pensado em algo mais firme.

As palavras saem antes que eu perceba que a minha resposta é tão sugestiva quanto a explicação dele.

Ah, meu Deus!

— Posso ficar bem mais firme — diz ele com sua voz baixa, aveludada. — Mas esta noite, acho que beber uma cerveja vai consolidar a imagem desprezível que eles têm de mim.

— Quer dizer que você *quer* que eles o considerem inferior?

— Não, eles podem considerar o que bem entenderem. Eu *definitivamente* não sou inferior a eles, apesar do meu cabelo ou do que eu bebo. Eu pedi uma cerveja, não só porque, por acaso, gosto, mas também porque me amarro em saber que esses babacas críticos ficam putos quando alguém como eu, alguém de cabelo longo e cheio de tatuagens, participa dessas festas elegantes.

Posso ver pelo seu sorriso no canto da boca que ele está satisfeito consigo mesmo e com sua rebeldia. Eu gostaria de ser tão indiferente em relação ao que eles pensam e como eles julgam. Mas, neste momento, não consigo. Tenho que lutar contra isso o tempo todo. Cada minuto. Talvez um dia eu chegue lá. Talvez.

"Talvez" é uma palavra que tem se repetido muito ultimamente, e eu continuo a usá-la. Toda essa incerteza de repente parece algo sufocante, bem parecido com a sensação que tive pouco antes de desmaiar e acordar no cativeiro, há alguns dias.

O pânico se instala e um suor frio surge na minha testa. Só consigo pensar que preciso de ar. E de amplos espaços abertos.

Liberdade.

Desesperada, procuro uma saída. Avisto as portas da varanda, do outro lado da sala, atrás de Nash. A expansão interminável da noite escura bem além delas parece o paraíso.

— Acho que preciso de um pouco de ar fresco — digo antes de partir nessa direção, sem esperar pela resposta de Nash.

Por sorte, a varanda está vazia. Vou direto à grade e apoio o quadril contra ela. Em seguida, estendo a mão para segurar o ferro frio, permitindo que a temperatura refrescante do metal se espalhe pelo resto do meu corpo, como uma brisa calmante de verão.

Lembro a mim mesma que estou segura, que neste momento estou aqui, e não de volta ao mais horripilante momento da minha vida.

Estou segura. Estou segura. Estou segura.

— Tudo bem?

A voz de Nash é um ruído quase imperceptível na luz do luar.

— Vou ficar bem.

— Alguma coisa aconteceu. Me diga o que foi.

Ele é quase tão sensível e delicado como um touro em uma loja de porcelana, afirmando o óbvio e exigindo respostas. Mas eu sei que é apenas o jeito dele. Não sei se ele é capaz de algo diferente. Ou se algum dia será. Nash é um diamante a ser lapidado, mais durão do que provavelmente qualquer pessoa que conheço. E profundamente triste, eu acho.

Mas eu também sou.

Então me viro, ficando de costas para a grade, pronta para dar-lhe algo semelhante a uma resposta, mas as palavras não saem. Ele está diante de mim, tomando um gole da sua cerveja, me olhando com seus olhos pretos. Algo sobre o cenário — a varanda, o ar agradável, a cerveja, Nash, eu — parece tão familiar. É quase como um déjà-vu.

Uma torrente de calor toma conta de mim, roubando meu fôlego. Não tenho a menor ideia de como ou por que isso aconteceu, mas estou tão excitada que sinto todo o corpo quente. E úmido.

— O que foi? — pergunta ele, franzindo o cenho.

— Não sei. Algo sobre você e... e esta varanda e você bebendo cerveja... não sei. É só... não sei. Quase *familiar*. Esquisito — digo casualmente, tentando parecer espontânea, sem conseguir me sentir despreocupada.

Não arranque a roupa dele! Não arranque a roupa dele!

Minha mão está suada em volta do copo. Os dedos da outra mão apertam o ferro da grade nas minhas costas, quando ele dá um passo para se aproximar de mim.

Ele para a poucos centímetros de distância. Então olha meu rosto por um momento, com ar pensativo, antes de erguer a garrafa de cerveja até a minha boca e roçá-la no meu lábio inferior.

— É. Esquisito.

Ficamos assim durante alguns minutos torturantes. Só consigo pensar no quanto eu quero que ele me beije, me toque, me tome em seus braços e se esqueça de *tudo* e de *todos*.

Mas ele não faz isso. Sem uma palavra, Nash recua, vira-se ligeiramente para o lado e toma outro gole da sua cerveja.

Quase como se não sentisse absolutamente nada.

TREZE

Nash

— Afinal, por que você nunca fez perguntas sobre mim e Cash? Por que não se surpreendeu, ou pelo menos ficou confusa, quando eu a levei para a casa do seu pai, depois do sequestro? Não vá dizer que nem ao menos se perguntou quem eu era. — Fito a escuridão da noite, atento para manter os olhos longe dela.

Espero que Marissa não pense que a mudança abrupta de assunto seja suspeita. Eu não queria que ela continuasse pensando na varanda. Ela está chegando muito perto. Muito perto de uma lembrança que eu não quero que ela encontre. Muito perto de algo que quero esquecer. Mas que *não posso* esquecer.

Forço a minha mente, decidido a não pensar mais nisso. Vejo agora que foi um erro segui-la até aqui.

Entretanto, não consigo deixar de me sentir curioso em relação ao que ela sabe. E, se é por isso, por saber de algo, que eu a pego me observando constantemente. O que Marissa vai pensar de mim se algum dia juntar os pauzinhos?

— Admito que foi chocante vê-lo, porém mais chocante do que confuso porque eu já sabia o que estava acontecendo.

Viro a cabeça ligeiramente, apenas o bastante para vê-la. Arqueio a sobrancelha.

— E você espera que eu acredite nisso? Que você simplesmente deduziu?

Ela franze o cenho.

— Não. Não foi isso que aconteceu. Eu descobri enquanto estava no cativeiro. Ouvi, por acaso, dois homens conversando.

— Ah, sim. — Isso faz mais sentido. Marissa é esperta o bastante para perceber, mas sei que Cash limitou o tempo que deixou qualquer pessoa que o conhecia vê-lo como Nash. Ele não correria um risco tão grande. Teria sido difícil para Marissa descobrir a verdade, sobretudo quando ela não tinha nenhuma razão para suspeitar que ele se passava por ambos os irmãos. Entretanto, quando penso em sua resposta, ainda fica sem sentido. Ninguém deveria ficar sabendo *até* que tivéssemos resgatado Marissa. — O que eles disseram exatamente?

— Só que um dos espiões havia telefonado na noite anterior e dito que um de vocês se passava por ambos, mas que o outro, o verdadeiro, estava de volta.

— Um "espião"?

Ela acena a cabeça novamente.

— Foi o que ele disse. Ou pelo menos foi o que pareceu. Ele tinha um sotaque bem pesado.

— Russo?

— Sim, foi o que pareceu.

Sinto minha carranca se tornar mais profunda, junto com a minha preocupação.

— E esse homem disse que o espião havia telefonado na noite anterior? Quando foi que você ouviu isso?

— Humm, no dia que você me trouxe para casa, eu acho. Eles me mantiveram amarrada, amordaçada e com os olhos vendados quase o tempo inteiro, portanto a minha noção de tempo é distorcida. Quando me lembro daquelas horas, não consigo... pensar... em...

Um tremor percorre seu corpo e ela fecha os olhos por um segundo. É visível que ela ainda está abalada com tudo isso. Eu acho que a maioria das pessoas na sua posição também estaria. Ela simplesmente finge tão bem que é fácil esquecer que passou por uma experiência traumática. E muito recente também. Acho que com tudo que está acontecendo, a passagem do tempo parece, de maneira alternada, rápida e lenta demais.

Acho que nossa vida está em uma espécie de estado de indefinição até isso tudo acabar, de uma vez por todas, e ficar para trás. E, goste ou não, estamos todos juntos nisso. Esses putos já afetaram nossas vidas de todas as formas.

Reflito sobre a cronologia dos fatos. Se ela estiver lembrando corretamente, significa que alguém avisou o russo no domingo. Provavelmente depois que cheguei à cidade. Isso significa que eles devem ter algum espião na boate, o que não me surpreende. Mas será simplesmente alguém na boate, um cliente? Ou será alguém... mais próximo? Mais próximo de Cash? Alguém lá *de dentro*?

Ele foi bastante cauteloso, portanto estou inclinado a pensar que foi alguém que observava seus movimentos e sua vida, da perspectiva de um frequentador.

Resmungo com os dentes trincados.

— O que foi? — pergunta ela.

— Cash é um pu... — Eu tento me controlar, antes de completar a palavra. Acho que algumas partes do velho Nash nunca morreram, como o impulso arraigado de prestar atenção ao meu linguajar perto de uma garota. — Ele é um idiota por confiar em qualquer um de vocês.

— Qualquer um de "vocês" — diz ela, claramente ressentida. — Sei que você não deve estar se referindo a mim.

— E por que não? Você deve ser a pior.

— Como você pode dizer uma coisa dessas? Nunca fiz nada para justificar a perda da sua confiança.

Assumo um ar de escárnio.

— Talvez não, mas também não fez nada para conquistá-la.

— Quer dizer que não contar a ninguém quem você *realmente* é não é o bastante para merecer um pouco de confiança?

— Porra nenhuma! Só atende aos seus objetivos tanto quanto os meus. Posso imaginar a espécie de tempestade social que você causaria se contasse a alguém sobre o tipo de homem que você *achava* que Nash era. — Meu riso é amargo. — Não, não aja como se estivesse me fazendo um grande favor. Seus motivos são egoístas, exatamente como os nossos.

— Você não pode passar a vida inteira sem confiar em ninguém.

— Você que pensa — respondo zangado.

Ela parece magoada, sem dúvida uma espécie de tática feminina praticada especificamente com a intenção de manipular. Bem, não vai funcionar comigo. Ela não vai conseguir me impressionar. Eu a quero; isso não é nenhum segredo. Mas é só nisso que estou interessado: sexo. Nada mais. Até fiz a coisa certa e a alertei sobre mim. Se Marissa decidir ignorar o aviso, é problema dela.

— Acho que isso foi um erro — diz ela, sua voz leve no ar pesado.

— Me deixe te dar uma dica valiosa sobre gente e sobre a vida. Todo mundo quer alguma coisa. Todo mundo.

Quanto mais rápido você tiver isso em mente, melhor vai ser para você.

Ela abaixa a cabeça e olha as próprias mãos, enquanto brinca com a haste da taça de martíni.

— E o que você quer?

— Vingança — rosno entre os dentes. — Justiça. — Ela acena a cabeça lentamente, porém não olha para mim. Mais uma vez, penso no meu objetivo de ter aquelas pernas longas, bem longas, enroladas no meu corpo. Devo esconder meu desejo dela. Tenho que cortejá-la em vez disso. Com certeza, é o que gente da alta sociedade espera. Mas exatamente por essa razão é que eu não vou fazer isso. Quero surpreendê-la. Quero que ela saiba que não mudo por ninguém. Não cedo a ninguém. — E algumas horas sozinho com você.

Quero que ela fique bem certa das minhas intenções. Porque nós vamos dormir juntos. E muito em breve. Sou do tipo que consegue o que quer. Ela precisa saber disso.

Não vai mudar nada. Sei quando uma mulher já é minha. E esta é.

Para seu azar, provavelmente. Porém, mais uma vez, isso é problema dela. Marissa não pode dizer que eu não a avisei.

Quando estamos saindo, Marissa faz o possível para ficar junto à parede e se esquivar de praticamente todo mundo na sala. Mais uma vez, penso que isso não vai ser fácil para ela, deixar essa vida de lado, deixar essa pessoa de lado. E isso é só a primeira noite. O que ela acha que vai acontecer depois que a notícia se espalhar? Ou quando ela voltar para o trabalho? Quando ela for evitada pelas pessoas? Talvez eu devesse avisá-la de que ela não possui essa qualidade, que ela não está nem perto de ser forte o bastante para isso. Mas esse não é o meu dever, portanto vou manter a boca fechada.

Uma garota bonita e gostosa intercepta Marissa no instante em que ela está tentando sair em disparada em direção à saída, para o trecho final. Ela tem cabelo loiro até o queixo, um belo jeito de andar e lindos quadris. Posso apostar que a maioria das amigas de Marissa a chamam de gorda, mas também aposto que a maioria das amigas de Marissa são umas anoréxicas, portanto...

— Marissa! Espere!

Não há nenhum modo educado de fingir que ela não ouviu, portanto Marissa se vira na direção da garota e sorri.

— Heather, como vai? — Marissa exibe sua expressão exageradamente feliz, que usa em público.

— Eu soube que você teve que voltar mais cedo da sua viagem às Ilhas Cayman.

Embora eu saiba que ela não fica nem um pouco satisfeita com o comentário em relação à interrupção da viagem por razões pessoais, o sorriso de Marissa é firme. Ela é boa sob pressão.

— E como você ficou sabendo?

— Tim mencionou algo a respeito.

— Um *homem* fofoqueiro? Isso é não muito comum.

A garota, Heather, parece ofendida, mas se recupera rapidamente.

— Não considero fofoca. É só que você é tão... dedicada, que ele achou que algo estava errado. Eu só queria falar com você antes de você ir embora essa noite para ter certeza de que está tudo bem.

Sinto compaixão por essa garota. Ela parece realmente preocupada, como se quisesse ser aliada de Marissa. Mal sabe ela que é melhor não fazer isso.

Se eu tivesse que adivinhar, diria que essa garota, Heather, é muito menos insensível do que a maioria das putas frias nessa sala. E provavelmente *por ser* uma pessoa bacana, nunca ganhou uma posição no topo da lista de pessoas importantes de Marissa. Ela nem mesmo merece uma conversa breve. Isso fica óbvio.

Pela expressão de Marissa, posso ver que ela está aliviada por Nash não ter sido mencionado.

— Bem, estou ótima. E você pode dizer isso a Tim também.

— Fico contente de ouvir isso — diz ela em tom simpático, mas não deixa as coisas como estão. Ela gosta de sofrer. — Você sabe que se precisar de alguém para conversar pode me ligar. Estou sempre em casa. Completamente sozinha naquela casa velha e enorme. — Ela ri constrangida, como se tivesse falado demais ou estivesse envergonhada por não ter mais atividade na sua agenda social. Imagino que isso seja algo vergonhoso nesses círculos.

Porra de ninho de cobras!

— Vou me lembrar disso — diz Marissa educadamente, antes de começar a se virar. Minha suposição é que ela não está acostumada com uma expressão tão sincera de bondade. Mas então, como se isso de repente lhe ocorresse, sua expressão se abranda e ela pousa a mão no braço de Heather. — E agradeço a gentileza, Heather. Juro. Obrigada.

Observo os olhos de Heather girarem e eles não demonstram nenhuma expressão. Se eu soprasse na sua cara, ela cairia na mesma hora. De tão chocada. Eu mesmo estou bastante surpreso, e isso não é algo fácil de acontecer. Mas Marissa conseguiu. E ela ganhou pontos comigo também. Talvez eu tenha subestimado o caráter dela. Talvez, somente talvez, haja algo mais do que uma criança chata, esnobe, ardilosa e privilegiada sob aquela pele bonita.

Obviamente, ela é um pouco mais complexa do que eu pensava. Não posso decidir se seu padrão básico é a vaca cruel e ela está tentando lutar contra isso, ou se a parte da vaca cruel é mais como uma carapaça, protegendo o centro mais suave. Acho que só o tempo dirá.

— Tenha uma boa noite — diz Heather simplesmente antes de recuar, permitindo que Marissa possa ir em direção à saída.

— Você também, Heather. Diga a Tim... diga que eu mandei lembranças, OK?

A garota abre um largo sorriso e acena a cabeça. Por um segundo tenho a impressão de que ela poderia se descontrolar e começar a gritar para conseguir um autógrafo de Marissa, mas ela se controla e se afasta, da mesma forma que veio.

Espero até chegarmos na antessala, longe da multidão, para falar.

— Bravo — digo em tom sarcástico. — Não sabia que você tinha essa capacidade.

Ela se vira para mim, seus olhos brilhando com uma irritação que eu não imaginei que ela tivesse.

— Você não vai mesmo pegar leve comigo, não é? — pergunta ela abruptamente.

— Em primeiro lugar, pessoas ignorando as suas falhas durante toda a sua vida é o que a colocou nessa situação. Você precisa de alguém sincero. E alguém para bater nessa bunda de vez em quando. Alguém que faça algum bem a você.

— E você é o cara certo pra isso — diz ela, antes de se virar para se afastar.

— Só há um desejo que me interessa realizar — admito, mas não acho que ela me ouve.

Eu a sigo. Ela para no meio-fio e espera o manobrista se apressar para trazer o carro. Quando ela responde, sei que de fato me ouviu.

— Não preciso de nada seu. Nadinha.

— Talvez não, mas você *quer* algo de mim. Pode negar o quanto quiser, mas nós dois sabemos que é verdade.

Seus olhos se viram para o meu rosto e ela gagueja, como se estivesse agitada.

— Você é... Você é tão doido quanto pervertido — responde ela. Eu a deixei nervosa. Ela não está acostumada a ser tratada assim. Ou acostumada com pessoas sendo sinceras com ela, imagino.

— Veremos.

O manobrista aparece com o carro que havia estacionado há poucos instantes. Dou-lhe uma gorjeta e abro a porta para uma Marissa muito tensa. Tenho vontade de rir com sua rabugice. Esta é outra ocorrência excepcional esta noite. Rir não é algo que faço com muita frequência.

Sento diante do volante e fecho a porta. Marissa deve ter controlado sua reação até que estivéssemos sozinhos.

— Se você acha que vou dormir com você, pode esquecer. Preferiria ser sequestrada novamente.

Desta vez, realmente rio da sua resposta melodramática.

— Veremos — repito, ao engatar a marcha para descer a rua.

Já estamos no caminho há pelo menos cinco minutos, quando ela para de ficar emburrada, a tempo de perceber que não estamos indo em direção à sua casa.

— Para onde você está indo?

— Preciso de uma bebida. E você também.

QUATORZE

Marissa

Embora eu queira discutir com Nash só para aliviar minha frustração, não faço nada. Ele tem razão. Preciso de uma bebida. Acho que preciso até de duas. Eu me reclino no apoio de cabeça e fecho os olhos, tentando me esquecer da última hora. E da decepção que ela me trouxe. Não levanto os olhos novamente até ouvir Nash estacionar e desligar o motor. Quando abro os olhos e viro a cabeça em sua direção, ele está me olhando, com o semblante inexpressivo. Eu gostaria de saber o que ele está pensando.

Gostaria mesmo?

Decido que provavelmente não quero saber. Eu diria que ele pensa que sou um monstro. E, no momento, tenho quase certeza de que deve ter razão.

Sentindo vergonha de mim mesma, desvio o olhar e olho o para-brisa, para ver onde estamos. Em parte eu esperava ver a Dual. Realmente não sei por quê. Isso não faz sentido. Eu diria que este é o último lugar que Nash iria para relaxar. Mas de todos os outros lugares que eu poderia imaginar que ele fosse escolher, esse é provavelmente o mais inesperado.

Ele entra no estacionamento de um piano bar. Antes que eu possa fazer qualquer pergunta, Nash fala como se tivesse lido meus pensamentos.

— Minha mãe tocava piano. É algo que sempre me relaxa. — Ele salta do carro e dá a volta para abrir a porta para mim. Fico surpresa quando ele toma a minha mão. É um gesto tão cavalheiro. E ele não tem nada de cavalheiro. Mas ele realmente tem um jeito de me surpreender. Isso tenho que admitir. — Além disso, nossa roupa elegante não estará *tão* inapropriada aqui. — Eu nem teria pensado nisso, mas fico contente por ele ter pensado.

— Qual a razão da cortesia essa noite? Isso não se parece com você.

Nash olha para mim e franze o cenho.

— Talvez eu não me dê ao trabalho de fingir ser algo que não sou.

— É isso o que você está fazendo? Fingindo?

— Você está se queixando?

— Não. Estou só...

— Só o quê? Está desconfiada?

Sorrio.

— Talvez.

— Que bom.

Nash solta a minha mão mais rapidamente do que eu gostaria. Lembro a mim mesma que é melhor assim. Quanto maior a distância emocional que eu puder manter dele, melhor.

Mas uma parte de mim já está reclamando que *não quero* manter distância. Quero chegar mais perto; perto o bastante para sentir seu calor. O problema é que, perto o bastante para sentir seu calor normalmente significa perto o bastante para se queimar.

A mão dele na base da minha coluna me provoca arrepios. Insegura, quero cruzar os braços por cima do peito, pois sei que meus mamilos estão eriçados. Mas resisto ao impulso. Em vez disso, concentro meu foco no prazer do toque da sua mão.

O bar é pouco iluminado, à exceção do círculo que ilumina o piano. O cheiro de charutos caros enche o ar e cria uma névoa que encobre ainda mais os bancos com formato de meia-lua nas mesas que contornam as paredes. Nash me conduz a uma dessas mesas, em um canto.

Eu me sento. Em vez de sentar-se diante de mim, Nash se posiciona ao meu lado, forçando-me a me deslocar até o final do assento, quase inteiramente escondida do salão, mas com uma ótima visão do piano.

Quando paro de me deslocar, Nash também para. Ele não olha para mim quando coloca o braço por cima das costas do assento; ele já está olhando o pianista fazer mágica com seus dedos longos. Mas isso não acontece comigo. Não consigo me concentrar em nada além de Nash.

Seu corpo está grudado ao meu, do joelho ao ombro, que está instalado confortavelmente debaixo de seu braço. Mesmo com toda a fumaça, posso sentir seu cheiro limpo, másculo. Ele me envolve.

Olho para a esquerda. Nash preenche a minha visão. Se eu inclinasse a cabeça e me aproximasse, poderia pressionar os lábios na veia que eu vejo latejar em seu pescoço, pouco acima de seu colarinho.

Como se sentisse o meu olhar, com a outra mão ele desata o nó da gravata, habilmente desabotoando o botão superior de sua camisa. A gravata cai para o lado, ficando em um ângulo sexy. Os pensamentos sobre tirar a roupa dele percorrem a minha cabeça, deixando minha boca seca.

Com uma noção de tempo perfeita, a garçonete vem nos atender.

— Vodca rocks e um dirty martíni Grey Goose. — Novamente, fico satisfeita com o pedido dele. Não que isso fizesse diferença. Ele provavelmente pediria o que quisesse, de qualquer maneira.

Eu me pergunto se ele faz coisas assim porque é *muito* insensível ou porque gosta de ter controle total. Talvez seja um pouquinho dos dois. Uma coisa é certa: a ideia de lhe conceder controle total, de permitir que ele tome as rédeas, de permitir que ele *me* tome, me dá uma emoção como nenhuma outra.

Nash mantém o silêncio e basicamente me ignora até as bebidas chegarem. Ele bebe a dele em dois grandes goles e faz sinal para a garçonete trazer outra, antes mesmo que ela se afaste da mesa. Ele inclina o corpo para a frente, desliza a minha bebida para junto de mim e se desloca no assento até ficar ligeiramente inclinado na minha direção. Seu corpo cria uma barreira contra o resto do ambiente, como se eu estivesse protegida por ele.

Ou sendo engolida por ele. Dominada. Lentamente consumida.

— Beba — diz ele baixinho, atraindo o meu olhar. Seus olhos são lagos profundos que parecem o lugar perfeito para se perder, para se esconder do resto do mundo. — Conte. Conte o que aconteceu.

Não preciso que ele esclareça; sei exatamente o que ele quer dizer. Ele está se referindo aos dias que passei no cativeiro. Um tremor percorre meu corpo, como sempre acontece quando penso nisso, o que eu tento, de propósito, *não fazer*.

— Vamos falar sobre você primeiro. Fico feliz de contar, mas quero algo em troca.

— Se eu responder às suas perguntas *primeiro*, não é "algo em troca". É suborno. O que foi, Marissa? — pergunta ele suavemente, seus olhos escuros zombando de mim.

— Não confia em mim para satisfazê-la?

— Não, não confio.

Ele chega o corpo para a frente a fim de afastar meu cabelo do ombro, a ponta do seu dedo roça o meu pescoço.

— Bem, posso prometer que não vou deixá-la de outra forma *que não seja* satisfeita.

Esforço-me para não me concentrar em suas palavras agradáveis e no seu olhar magnético.

— Você sabe o que quero dizer, Nash — digo da forma mais séria que consigo.

Não posso *ouvir* tanto quanto *sentir* o seu suspiro. Ele está tão perto de mim que seu peito roça o meu braço quando ele inspira.

— O que você quer saber? Que eu já não tenha dito, quer dizer.

Você só pode estar brincando! Você não me disse quase nada!

Quero saber tudo, tudo o que levou a esse momento, tudo que fez dele o homem que é hoje. Tudo que transformou um jovem promissor nessa pessoa endurecida, amarga. Entretanto, seria cruel desenterrar lembranças do dia em que sua mãe foi morta, portanto eu o dispenso disso na esperança de que talvez um dia ele me diga voluntariamente.

— Fale sobre os anos que passou no mar. Você disse que trabalhou em um navio de contrabando, certo?

— Certo. O que mais? Estive envolvido em muita merda altamente ilegal, extremamente antiética. Você não precisa saber nada mais que isso.

Sinto o frio súbito na sua atitude. Isso obviamente é um assunto delicado, e ele definitivamente não tem nenhum interesse em me falar a respeito. Mas sou advogada; não está em mim desistir de uma linha de interrogatório só porque alguém não quer me dar respostas.

— Com certeza houve alguns dias bons. Conte sobre um deles.

Não sei por que estou tão desesperada para conhecê-lo, para saber alguma parte dele que ele não quer que ninguém veja. Mas eu quero. Sei que é perigoso, mas é mais forte que eu.

Nash suspira novamente, olhando para o teto. Ele está tranquilo e aparentemente frustrado, e pelo visto não vai responder.

Mas responde.

Talvez um dia também aprenderei a esperar o inesperado da parte dele.

— Meu primeiro ano no navio foi um inferno total. Fiquei com saudades de casa, me sentia arrasado e desprezava a ideia de estar envolvido em algo criminoso. Mas eu sabia que tinha que sobreviver. Pelo meu pai. Por Cash. Eu sabia que um dia poderia conseguir salvar todos nós com o que tinha visto. E aquele navio era o único caminho. Pelo menos durante algum tempo. Meu pai prometeu que mandaria me buscar, e eu me agarrei àquela esperança por muito tempo. Até aprender que o ódio poderia me manter vivo também. Que poderia salvar a minha vida. — Ele fica em silêncio por alguns segundos, perdido em uma espécie de inferno que consigo apenas imaginar. Então ele pigarreia e se livra da escuridão em troca de algo agradável. — Enfim, alguns meses depois, eles trouxeram um somaliano. Ele queria viajar de forma segura com a família para a América, e os russos aceitaram levá-los furtivamente para os Estados Unidos, em troca da sua ajuda durante dois anos.

"O nome dele era Yusuf e ele lembrava muito meu pai. Ele era mais jovem, mas era fácil ver que ele faria qualquer coisa pela família, para deixá-la em segurança, mesmo se isso significasse ficar longe durante dois anos. Nós nos demos bem logo de cara. Ele falava inglês e russo muito bem, e me ensinou um pouco do seu árabe nativo e de russo, enquanto esteve com a gente. — Nash sorri ao se lembrar e falar de Yusuf. — Nós jogávamos cartas à noite. Ele tinha a maior cara de pau do mundo para blefar. — Seus lábios se curvam em algo mais próximo que vi de um sorriso verdadeiramente meigo. Mas logo o sorriso desaparece. — Enfim, em uma das nossas idas a Bajuni, a ilha onde aportávamos quando tínhamos uma... troca, eu o peguei entrando furtivamente em um dos barcos menores uma noite. Inicialmente, ele não quis me contar o que estava fazendo, mas, quando ameacei dar com a língua nos dentes, ele mudou de ideia.

"Quando Yusuf aceitou ajudar os russos, Alexandroff, o nosso... capitão, tinha prometido que ele poderia mandar dinheiro à sua esposa e vê-la de vez em quando, quando estivéssemos de volta na área. Só que eles nunca permitiram isso. Portanto, ele saía escondido para vê-la, para entregar algum dinheiro para que ela e a filha não morressem de fome. Eu não o deixaria ir sem mim, naturalmente, então atravessamos a costa da Somália a remo e paramos em uma pequena baía para viajar até a aldeia de Beernassi. Só conseguimos passar algumas horas lá, mas conheci sua esposa e sua filhinha. Elas se levantaram como se não estivéssemos em plena madrugada. Sua esposa, Sharifa, preparou algo para nós comermos e sua filha nos observava o tempo todo."

Seu sorriso é triste neste momento.

— O nome dela era Jamilla. Significa "belo". E ela era bela — diz ele.

Ele fica em silêncio novamente, então eu o estimulo a continuar falando, querendo ouvir mais da sua história.

— O que aconteceu depois?

Nash levanta o olhar para mim. Seus olhos tornaram-se frios, e sua voz, mais fria ainda.

— Alexandroff nos encontrou. Ele chegou de repente, pôs uma arma na cabeça de Yusuf e puxou o gatilho. Ele o matou bem na frente da família. Dois de seus homens, dois caras que odiei desde o primeiro segundo que subi a bordo, me seguraram, me fizeram assistir a tudo e depois me deram coronhadas na cabeça, até eu desmaiar. Só recuperei os sentidos no navio, dois dias depois, com a cabeça grudada no meu travesseiro em uma poça com meu próprio sangue. Estava amordaçado e amarrado à cama.

Não sei o que dizer. Estou atônita. E arrasada. Dói-me muito saber o que Nash deve ter sentido, o que *ainda* deve sentir. E esta era uma de suas lembranças felizes, pelo amor de Deus! Fico engasgada de emoção, e meus olhos ardem com lágrimas não derramadas.

— Ah, meu Deus, Nash. Sinto muito.

Por que você tinha que saber, Marissa? Por quê? Por que fazê-lo passar por isso?

— Nada de bom aconteceu naquele navio. Nada. Nunca. Aprendi uma lição difícil naquela noite. Uma que nunca esqueci.

Quase tenho medo de perguntar.

— O quê?

— Aprendi a odiar. Odiar de verdade.

— Eu entendo e tenho certeza de que é natural sentir isso. Mas só durante algum tempo, não é saudável guardar uma emoção dessas por muito tempo.

— Só quando a alternativa é ainda mais autodestrutiva. Aí é saudável. É saudável guardar o ódio quando liberá-lo pode acabar matando a pessoa.

Por uma fração de segundos, a máscara sempre zangada usada por Nash cai e eu vejo as feridas por trás das cicatrizes profundas. Vejo um pequeno vislumbre da pessoa que ele foi um dia, e talvez possa voltar a ser.

Sem pensar, toco o seu rosto com as pontas dos dedos.

— Talvez um dia você possa encontrar outra coisa além de raiva e ódio para ser sua razão de viver — digo baixinho, quase distraidamente.

Como se meu toque o acordasse de um estado de torpor, como se ele soubesse que está se abrindo mais do que gostaria, Nash desvia o olhar. Ele pega a sua vodca, toma um gole longo, lento, em seguida pousa o copo suavemente de volta sobre a mesa. Quando seus olhos voltam aos meus, eles estão estranhamente inexpressivos. Não há nenhum sinal de mágoa, raiva, nenhum... nada. Somente uma parede, uma barreira intransponível que está há anos em evolução.

— Você teve sua história instigante, nebulosa. Agora é a minha vez. Fale sobre a noite de sábado.

Meu estômago se contrai em um nó apertado e meu pulso acelera, quando me lembro do que aconteceu depois que estacionei o carro. Eu estava preocupada, confusa sobre o rompimento com "Nash". Naturalmente, eu não sabia com quem andava saindo. Nem quem havia rompido comigo. Isso ainda me deixa confusa. E me dá raiva às vezes. Me faz sentir como uma idiota se pensar muito tempo.

Afasto esses pensamentos e deixo a minha mente avançar pela cadeia de eventos que ainda me apavoram quando os libero da caixa-forte, onde os tenho guardado.

— Minha mente entrou em colapso. No início, foi um grande golpe ao ego. Nash... quero dizer, *Cash* só disse que estava interessado em outra pessoa e que não era justo continuar saindo comigo. Ele foi muito vago e reservado sobre isso, e se recusou a responder qualquer pergunta. Portanto eu estava chateada e realmente não estava prestando atenção a mais nada quando abri a porta.

"Pousei a bolsa na mesa e voltei ao meu quarto para trocar de roupa e tomar uma taça de vinho. Depois de vestir o pijama, lembrei que havia deixado o telefone no carro, então fui pegá-lo. Quando estava voltando, me toquei e percebi que a televisão estava ligada e com o volume muito alto. Achei muito estranho porque Olivia estava trabalhando. Quer dizer, ela estava na Dual fechando a boate naquele momento. E ela nunca deixa a televisão ligada. Ela é responsável demais para fazer algo assim.

"Enfim, eu estava lá diante da porta, pensando nisso, quando vi o cara caminhar em direção à sala. Era como se ele tivesse saído das sombras e simplesmente estivesse... lá. Uma silhueta. Um espectro escuro contra a luz branca e trêmula da televisão. Eu sabia instintivamente que não era ninguém conhecido.

"Tudo isso aconteceu em provavelmente vinte ou trinta segundos. É como se ele tivesse aparecido no instante em que o meu cérebro começava a funcionar, mas aquele atraso... o breve atraso foi suficiente. Ele me custou a vantagem que eu poderia ter. Poderia ter custado a minha vida, eu acho.

"Só quando as coisas começaram a se esclarecer na minha mente, que havia um estranho na minha casa no meio da noite, foi que abri a boca para gritar. E ele me atacou. Tentei me esquivar dele. E quase consegui. Só que ele me pegou. E me jogou na mesa na qual eu tinha posto a minha bolsa. Eu me lembro de ouvir a lâmpada quebrando quando o abajur caiu no chão. Perdi o equilíbrio, bati na parede e entrei com dificuldade na sala, ainda tentando ficar fora do seu alcance. Não conseguia pensar em mais nada a não ser que precisava escapar dele, assegurar-me de que ele não me pegaria. Então o cara agarrou a minha perna e eu caí. Dei alguns pontapés para que ele não conseguisse agarrar o meu tornozelo, mas ele me puxou de volta e abriu as minhas pernas. Eu estava de barriga para baixo, portanto era difícil fazer alguma coisa. Mas consegui enfiar as chaves nas costas da mão dele, quando ele puxou minha cabeça para trás pelo cabelo. Elas estavam na minha mão desde quando fui buscar o telefone. Mas então ele pôs algo na minha boca e eu mal conseguia respirar. Me lembro de cheirar algo azedo, como um produto químico, e depois não me lembro de mais nada. Até voltar a mim, sem saber onde estava, com os olhos vendados, amarrada e amordaçada.

"Nunca fiquei tão assustada em toda a minha vida. Eles devem ter me colocado em um porão, em algum lugar assim — digo a Nash, minha mente voltando a sensações terríveis, a cheiros, sons, a sensação da pedra fria e lisa debaixo do meu rosto e do meu quadril. Me sinto pequena e sozinha e ainda com medo quando me lembro disso. — O chão parecia o concreto mais frio do mundo. E cheirava a mofo e algo metálico, parecia cobre. Como sangue. E quando estava tudo quieto, eu podia ouvir a água gotejar. E alguém respirando. — Paro e olho para Nash, que me encara atentamente. — Até hoje não sei quem estava lá embaixo comigo. Ou o que aconteceu a essa pessoa. Um dia, a respiração simplesmente... parou."

Outro tremor percorre o meu corpo, como os abalos secundários de um terremoto. Durante as horas que fiquei deitada, toda encolhida, naquele chão, imaginei que a pessoa que estava perto de mim era outra mulher, assustada e sozinha. Incapaz de se mover, ver ou falar, como eu. Só que ela estava ferida. Muito ferida. Talvez inconsciente. Ela nunca emitiu nenhum som; sua respiração nunca se alterou quando eu gemia e me esforçava para falar com ela por trás da

121

mordaça. Até sua respiração parar, até ela deixar de cruzar o silêncio do lugar. Depois disso, o silêncio foi ensurdecedor.

Eu deitei de lado, com o braço, ombro, quadril e coxa, há muito tempo dormentes, e chorei. Chorei por quem fosse que tinha estado no chão da mesma sala, e tinha falecido sem um som, sem um ente querido por perto. Sem uma oração. Com certeza, em algum lugar, alguém está pranteando a sua morte, talvez até procurando por ela. A menos que saibam em que ela estava envolvida. E *com quem* estava envolvida.

Porém, talvez nem fosse uma mulher. Talvez seja melhor que eu nunca saiba.

Eu nem tinha percebido as lágrimas descerem pelo meu rosto até os dedos de Nash me trazerem de volta ao presente, de volta à terra dos vivos.

— Eu não devia ter perguntado.

Abro um sorriso lacrimoso.

— Acho que estamos quites, então.

Ele olha bem dentro dos meus olhos, nenhum de nós diz uma palavra, seus dedos ainda pressionados ao meu rosto úmido. O som do piano cai para segundo plano, assim como o resto do mundo, e toda a dor que encontrei nele recentemente.

No mesmo instante, fico deslumbrada, fascinada. Exatamente como quero me sentir. Por alguma razão, quando estou com Nash, me sinto livre da minha vida e de toda a preocupação que ela traz. Sinto-me livre do passado e do terror que o acompanha. Sinto-me livre de tudo, exceto dele. Ele é arrebatador e eu preciso ser arrebatada. Ele é incontrolável e eu preciso me sentir fora de controle. Ele é a promessa de algo... mais e eu preciso de algo mais.

— Creio que há momentos na vida nos quais a pessoa precisa de algo no qual possa se lançar, algo que leve embora a dor, que leve embora o *sentimento* ruim. Algo para entorpecer, aliviar a dor. Só durante algum tempo. — Tão calmamente quanto os batimentos do meu coração, Nash expressa exatamente o que eu estava pensando e sentindo. E me faz uma oferta que eu não posso recusar, uma que nem *quero recusar.* Ele se inclina para chegar mais perto, seus lábios roçam o lóbulo da minha orelha quando ele fala.

— Eu posso ser isso para você. Podemos ser isso um para outro. — Um arrepio percorre o meu braço.

A mão de Nash toca a minha nuca, afagando meu cabelo. Ele segura meu pescoço por trás e inclina a cabeça até conseguir envolver a parte de baixo da minha orelha com sua boca. Sinto o toque da sua língua quente e meus olhos se fecham.

— Posso fazer você esquecer tudo. Posso garantir que você sinta apenas prazer, que não consiga pensar em nada além do que estou fazendo com seu corpo, do que estou fazendo você sentir. Com as minhas mãos — diz ele, afastando os dedos do meu cabelo e descendo a mão pelo meu braço, até o quadril. — Com os meus lábios — prossegue ele, deslizando a boca pelo meu rosto. — Com a minha língua — sussurra, enquanto estende o calor molhado no meu lábio inferior com a ponta da língua da qual ele fala. — E prometo que você vai amar cada segundo. — Como se quisesse enfatizar sua afirmação, Nash me morde levemente, cravando os dentes na minha pele.

Minha respiração engasga na garganta, no instante em que sua boca cobre totalmente a minha. Afasto os lábios, ansiosa por prová-lo, por sentir uma parte dele dentro de mim.

O prolongado resquício de menta está misturado com a vodca na sua língua. Seu sabor é como um coquetel. E ele é tão inebriante quanto o álcool que está bebendo.

Com vontade própria, minha mão se desloca até a parte de trás do pescoço de Nash, meus dedos entrelaçam os fios sedosos do seu cabelo solto. Ele inclina a cabeça e intensifica o beijo. Em seguida acaricia a minha língua com a sua, até sugá-la e envolvê-la.

Debaixo da mesa, sinto sua mão deslizar do meu quadril para a minha coxa, em seguida para a parte interna até que a pele encontre a pele. A fenda ousada do meu vestido permite o acesso quase completo ao meu corpo. E eu quero que ele a use. Então abro as pernas só um pouquinho, um convite. Não me preocupo por estarmos em um lugar público. Não me preocupo que o meu pai me deserde pelo escândalo. Não me preocupo com nada além deste homem e o que ele me faz sentir. Só quero que ele me toque. *Preciso* que ele me toque. E nesse momento, o piano bar lotado não é nada mais que um pano de fundo para a eletricidade que nos cerca.

Sua mão move-se até poucos centímetros do ápice das minhas coxas e para. Ela está completamente parada, exceto pelo movimento do seu polegar. Ele faz um arco por cima da pele sensível da parte interna da minha coxa. Para a frente e para trás, bem perto de onde eu quero senti-lo.

Estou arquejando na sua boca, quando os lábios de Nash se afastam. Abro os olhos, confusa. Seu rosto está um centímetro distante, seus olhos penetrando os meus. Eles são ardentes e eu sinto o calor percorrer a minha alma.

— Aposto que a sua calcinha está molhada agora — murmura ele, sua mão avançando lentamente mais um pouco, logo parando novamente. Meu coração está disparado e eu me desloco ligeiramente no banco. Uma ansiedade insuportável irradia do meio das minhas pernas. — E aposto que seus mamilos estão duros — diz ele calmamente, inclinando-se para a frente para roçar o nariz no meu pescoço. — Duros e latejando, implorando, como o resto do seu corpo. Para serem lambidos. E sugados. E fo... — diz ele baixinho, sem completar a frase.

E ele tem razão. É assim que eu me sinto. Meu ser inteiro quer isso. Sinto que nada estará na mais perfeita ordem enquanto eu não for preenchida por Nash, enquanto meu corpo não estiver apertado em volta do seu, preso sob o seu.

Com o seu cheiro ao meu redor, seu corpo firme apertado calorosamente ao meu, sua respiração soprando na minha pele, suas mãos me provocando, algo começa a incomodar no fundo da minha mente. Algo parece tão... familiar.

As luzes de casa se acendem e o aplauso estoura à nossa volta. Com um suspiro frustrado, Nash recua, tirando a mão da minha perna, tirando seu calor de mim. A apresentação foi tão maravilhosa que a multidão está de pé. Uma ovação. Penso que tive uma apresentação particular que foi definitivamente digna de tal louvor.

E só posso imaginar o quanto pode ser melhor.

A parte inferior da minha barriga se contrai só de pensar no que pode vir, o que sinto ser inevitável entre nós. O que eu *quero* que seja inevitável entre nós.

— Vamos — diz Nash, deslizando o corpo do banco e oferecendo-me sua mão. — Acho que isso é a dica para irmos embora. — Seu sorriso é torcido, o que o torna ainda mais bonito, mais sexy do que já é.

Para falar a verdade, eu nunca pensei que isso fosse possível.

QUINZE

Nash

Não sei o que Marissa está pensando, e não sou o tipo de homem que se preocupa com isso ou acha que é importante descobrir. Ela está em silêncio, mas acho que, se está pouco confortável ou se tem algo a dizer, ela o fará. Ela é adulta. E não precisa de mim para ficar perguntando nada. E, se precisa, azar o dela.

Com certeza ela sabe onde isso vai dar. Acho que deixei bem claro que tenho a intenção de dormir na cama dela esta noite. Não que algum de nós vá dormir muito. A única coisa que tenho certeza é a única coisa que importa. Ela está a fim. Sei que está. Ela me quer tanto quanto eu a quero. E a única coisa que me impediria essa noite seria uma recusa dela. Não sou nenhum estuprador. Mas isso não será um problema. Ela não irá recusar. Aposto a minha vida.

Piso um pouco mais fundo no acelerador. Faz algumas semanas desde que estive com uma mulher, portanto minha necessidade está em ponto de bala. Acrescente a isso a reação de Marissa a mim e estou lutando para não encontrar um estacionamento vazio. Eu a puxaria para o meu colo, rasgaria sua calcinha úmida e ficaria olhando ela transar comigo até gozar e mal conseguir respirar. Estou latejando só de pensar nisso.

Eu me ajeito no banco, tentando aliviar um pouco da pressão do meu pau duro. Não consigo deixar de me perguntar o que Marissa faria se eu sugerisse isso. Ou, melhor ainda, simplesmente partisse para a ação. Eu sei que ela nunca teve um homem como eu, e sei que eu a deixo intrigada. Também tenho certeza de que alguma parte dela sabe sobre nós, que se lembra. Talvez isto seja importante. De um jeito ou de outro, ela está disposta a entrar nessa, a entrar nessa *comigo*. E saber que isso vai contra os seus princípios, que ela está se sentindo descontrolada e imprudente, é um forte aperitivo. Me faz querer lhe mostrar coisas que ela nunca viu. Ou fez. Ou sentiu.

Sim, Marissa é especial. Nunca conheci uma mulher com essa determinada... combinação: elegante, discreta, mas disposta a se liberar quando estou por perto. E estou louco para desfrutar esse momento com ela. Eu sei que ele não vai demorar muito, o que é perfeito para mim. Podemos simplesmente nos atracar e aplacar essa fome até saciá-la. Ambos ficaremos satisfeitos e depois tudo se acaba. Iremos continuar com as nossas vidas, seguiremos os nossos caminhos separadamente. Simples e decidido, claro e resolvido. Sem estardalhaço, sem confusão. Exatamente do jeito que eu gosto.

Estaciono o carro no meio-fio e desligo o motor. Em seguida olho para Marissa. Ela está me olhando com aqueles olhos azuis provocantes. Durante alguns segundos, não digo nada. Ela também não.

— Vou dormir na sua cama essa noite — digo finalmente, de modo prático.

— Tudo bem — responde ela simplesmente, confirmando o que eu já sabia.

Sem mais uma palavra, deslizo o corpo no banco e dou a volta no carro. Eu a ajudo a saltar e ponho a mão em suas costas para guiá-la até a calçada. Meus dedos estão loucos para apertar aquela bunda redonda e perfeita.

Quando chegamos à porta, ela tira as chaves da bolsa. Eu as pego e destranco a porta. Ela entra na minha frente e para logo depois. Eu tranco a porta atrás de nós e me viro para Marissa. Sem uma palavra, tomo a bolsa da sua mão e a coloco sobre a mesa, ao lado da porta, que ainda vazia, até que ela providencie um abajur novo.

Eu me curvo e a tomo nos braços, carregando-a para o seu quarto. Então a ponho no chão, de pé, perto da cama. Ela me observa enquanto eu me deito sobre o colchão, apoiado sobre o cotovelo.

Em silêncio, eu a fito. Ela fica completamente imóvel, enquanto deixo meus olhos percorrerem todo o seu corpo, do topo de sua cabeça platinada às pontas dos dedos do pé, que eu posso ver na sandália de tiras sexy que ela está usando.

Eu vou gostar de soltar esta fera. Ela quer se livrar do seu passado, se livrar de quem foi, mas primeiro precisa se livrar do controle. Portanto, irei tomá-lo.

DEZESSEIS

Marissa

— Vou te dar algo que você nunca teve. E você vai me dar o que eu quero — diz ele. É como se eu não tivesse escolha no assunto em questão.

Um pequeno arrepio percorre meu corpo. Eu sempre estive no controle. E, antes, eu nunca teria deixado um homem falar comigo desse jeito. Mas com Nash é diferente. Ele é diferente. Ele é selvagem. E perigoso. E eu estou pronta. Para tudo. Preciso, desejo. Eu sei que as coisas podem não passar disso, mas por um curto espaço de tempo, ele é meu. E eu sou dele.

— Solte o cabelo — ordena ele. Eu levo a mão até os grampos que mantêm o meu cabelo no lugar, acima do ombro, e os retiro, sem questionar, fazendo o que ele pede. Há algo excitante e um pouco safado sobre ser subserviente deste modo sexual. O calor se acumula na parte inferior da minha barriga.

Uma parte do meu cabelo cai em cascata nas minhas costas. Eu balanço a cabeça e o restante do cabelo se solta.

— Abra o zíper do seu vestido.

Nunca fiz um striptease antes. Eu nem saberia como fazer um que fosse sexy, portanto nem tento.

Por um momento, me sinto perdida. Talvez até um pouco envergonhada, o que é algo novo para mim.

Então me viro, ficando de perfil para ele, e começo a abrir o zíper. A alça cai do meu ombro e eu seguro o vestido, apertando-o contra o corpo, constrangida.

Olho para Nash e o vejo reclinar-se na cama, me observando. Seus olhos estão lançando chamas tão quentes que eu sinto a pele queimar. E eu gosto disso.

— Deixe-o cair.

Eu permito que meus braços trêmulos se afastem do meu corpo, e o vestido cai até a altura dos quadris, revelando o meu tronco inteiro, coberto apenas por um sutiã de renda, sem alça.

— Agora o sutiã.

Eu abro o sutiã, respirando fundo e sinto o ar bater na pele sensível dos meus mamilos duros. Os olhos de Nash estão neles. Posso senti-lo como se fosse um toque físico.

— Agora o resto.

Eu desço as mãos até o quadril e arrasto o vestido, até que ele caia em um montinho no chão, em volta dos meus tornozelos. Por baixo das pálpebras, olho para Nash novamente. Os seus olhos estão voltados para a minha bunda.

— E a calcinha.

Meu coração está batendo nas costelas quando engancho os dedos sob a fita lateral rendada da minha calcinha e a puxo pelas pernas. Não paro até elas chegarem aos meus pés, junto com o vestido. Fico inclinada, pronta para abrir a tira do meu sapato, quando Nash me faz parar.

— Não. Fique com eles. — Então volto à posição normal, mas permaneço virada, ainda de lado para Nash. — Agora vire-se de frente para mim — murmura ele, sua voz baixa e profunda. Eu inalo profundamente e prendo a respiração no instante em que me viro de frente para ele, coberta apenas por um rubor e meus stilettos de 500 dólares.

Seus olhos queimam penetrantes nos meus, antes de descerem e viajarem por todo o meu corpo. Lentamente, eles fazem seu caminho de volta. Nunca me senti tão constrangida por causa do meu corpo magro ou dos meus seios pequenos. No entanto, permaneço firme e permito que ele olhe o quanto quiser, embora eu esteja tremendo por dentro.

Quando ele fita meus olhos novamente, os dele estão ainda mais quentes.

— Você é perfeita — diz ele simplesmente. O alívio toma conta de mim, seguido rapidamente por um afluxo de sangue, fluindo calorosamente em todos os lugares certos, ao mesmo tempo. — Mamilos cor-de-rosa que pedem para serem sugados — sussurra ele —, uma barriga lisa que pede para ser beijada, e pernas longas que pedem para serem abertas.

Suas palavras são dedos deliciosos que acariciam minha pele. Um calafrio desce pelo meu peito até a minha barriga. Sinto um arrepio nos mamilos, como se ele realmente estivesse fazendo o que disse. O líquido quente e pegajoso jorra até a extremidade das minhas coxas.

— Quero saber do que você gosta, como você gosta de ser tocada. E você vai me mostrar. Coloque as mãos nos seus seios e os acaricie.

Já passei da fase de me sentir constrangida. Agora é tudo ou nada. E já cheguei até aqui. Portanto, é tudo.

Levanto as mãos e seguro os seios. Seus olhos acompanham os meus movimentos.

— Aperte-os — ordena ele, e eu obedeço, massageando-os em uma carícia lenta e suave. — Agora os mamilos — diz ele. — Belisque-os, faça com que eles fiquem duros.

Eu seguro o bico do peito entre o polegar e o dedo indicador e os acaricio, até eles ficarem parecidos com botões firmes.

— Isso aí, gata. Agora ponha uma das mãos entre as pernas.

Meu rosto está em chamas, mas só me dou conta disso vagamente. Estou entorpecida pelo olhar fixo e quente de Nash. Seus olhos são pretos como o pecado e estão semicerrados quando ele me observa. Eles acompanham o movimento da minha mão, conforme ela desce pela minha barriga até o lugar ansioso entre as coxas. Quando pouso a palma da mão na pele úmida, Nash molha os lábios com a língua. Meu pulso acelera na correlação direta.

— Adoro vê-la se dando prazer.

É inacreditavelmente sexy escutar suas palavras, tocar meu corpo enquanto ele me observa, sabendo que ele está gostando.

— Venha para a cama comigo.

Estou tão pronta para sentir suas mãos em mim que nem faço nenhuma pergunta. Simplesmente vou até a cama e sento ao seu lado.

— Deite de costas — ordena ele baixinho, seus olhos sempre nos meus. Eles são misteriosos e proibidos. Como o próprio Nash. Ele é inacessível, inalcançável. Ele é tudo que não devo querer, e mesmo assim eu o quero. Portanto, vou aceitar o que ele está disposto a me dar.

Eu me deito de costas e espero, enquanto seus olhos vagueiam pelo meu corpo novamente.

— Dobre os joelhos e coloque os pés na cama.

Obedeço.

Minha pele está úmida com o desejo, com a necessidade de ser levada por ele a lugares que nunca fui antes. Eu seria capaz de quase implorar para que ele me toque enquanto me olha. Mas ele não faz nada. Em vez disso, levanta e caminha até o pé da cama, e seus olhos encontram os meus por cima dos meus joelhos.

— Abra as pernas — sussurra ele. Eu afasto os pés. — Mais um pouco. — Deixo meus joelhos se abrirem um pouco mais. — Humm, perfeito. Agora me mostre onde você quer que eu a toque.

Uma pequena parte de mim está indecisa e envergonhada, mas se o que ele pede o trará a mim, o trará para *dentro* de mim mais rápido, estou disposta a dar-lhe o que ele quer.

Fecho os olhos e imagino que Nash está me tocando. Então deslizo uma das mãos até a barriga e por cima dos pelos, entre as pernas. Faço uma pausa lá, um momento de insegurança toma conta de mim. Meus olhos se abrem bruscamente e eu vejo Nash observando a minha mão. Enquanto estou parada, seus olhos encontram os meus. Eles estão flamejantes e ardentes e, sem uma palavra, me animam.

Lentamente, abaixo um dedo e o enfio dentro de mim. Os olhos de Nash descem à minha mão novamente. Eu retiro o dedo e massageio o clitóris. Meu corpo tem um espasmo com o contato. Estou tão pronta para ele que, se ele não se apressar, vou terminar antes de começarmos.

A aflição se apodera de mim. Meus dedos se movem em um ritmo frenético que satisfaz o meu corpo, enquanto minha outra mão encontra o meu mamilo novamente. O estímulo, juntamente com o seu olhar, é uma sobrecarga de sentidos. Dou um gemido, incapaz de me conter. Vejo o músculo no seu maxilar se contrair, quando ele cerra os dentes. É quando me dou conta de que, no seu jogo, o vencedor se tornou a vítima. Ele está se torturando.

Eu me encho de coragem. Afasto mais ainda as pernas e esfrego o clitóris, meu corpo se contorcendo com meu toque e o olhar fixo dele. Insiro outro dedo ao lado do primeiro e movimento os dois juntos, para dentro e para fora.

Os lábios de Nash se abrem só um pouquinho e eu ouço sua respiração ofegante. Ele está tão excitado quanto eu. Essa certeza envia uma onda elétrica de desejo pelo meu corpo que vai até os meus dedos incontroláveis.

Rápido como um raio, Nash avança e agarra o meu pulso, seus dedos em volta dele como bandas de aço, interrompendo o meu movimento. Seus olhos mantêm contato com os meus, conforme ele afasta minha mão do meu corpo e a leva à sua boca. Ele roça as pontas dos meus dedos para a frente e para trás no seu lábio inferior, deixando-os úmidos. Eu fico sem fôlego quando ele começa a lambê-los.

— Nossa, seu gosto é delicioso — murmura ele antes de sugar meus dedos.

Sinto o calor escorregadio da sua língua ao longo dos meus dedos sensíveis, conforme ele os lambe. Sinto a sensação até a alma. Perco o fôlego na surpresa deliciosa ao sentir seus dentes mordiscarem a ponta do meu dedo. Os músculos entre as minhas pernas se contraem firmemente na antecipação devassa.

— Isso só me faz querer mais — sussurra ele. — E algo me diz que você quer que eu faça mais. — Conforme ele fala, coloca um joelho sobre a cama, ajeitando os quadris entre as minhas pernas. Ainda segurando meu pulso, sinto sua mão livre começar a descer até a parte interna da minha coxa, até o calor insuportável no centro do meu corpo.

Ele empurra um dedo longo dentro de mim, me deixando sem fôlego. Em seguida, o enfia mais profundamente, conforme empurra o quadril para a frente.

— Abra o zíper da minha calça — ordena ele em tom áspero, soltando finalmente o meu pulso. Então ele coloca outro dedo dentro de mim, curvando ambos ao retirá-los.

— Agora. — Minha compreensão está lenta, suas palavras mal penetram a rede sensual que os seus dedos estão tecendo em mim.

Curvando-me ligeiramente na altura da cintura, consigo alcançar o seu zíper. O botão já está aberto e posso sentir sua ereção forçando contra o dorso dos meus dedos, quando abaixo o pequeno fecho dourado.

A calça se abre para revelar seu membro grande e grosso. Sem nem mesmo pensar, enfio a mão e envolvo os dedos nele, na pele macia por cima da rigidez quente. Ouço o silvo por entre seus dentes, pouco antes de ele enfiar um terceiro dedo dentro de mim. Com força e profundamente, ele me penetra, conforme eu aperto seu pênis.

— Não tenho camisinha, mas sou saudável. Suponho que você... se proteja.

Só consigo dar um aceno de cabeça, no instante em que meu dedo desliza por cima da ponta umedecida dele e ele se inclina sobre a minha mão.

Ele geme.

— Você vai gozar para mim como nunca gozou antes. E eu vou lambê-la até você gozar novamente. Com a minha língua dentro de você.

Ele retira os dedos de mim e ajeita a posição ao deslizar as duas mãos nos meus quadris para erguê-los. Guiando a cabeça à minha entrada, ele levanta os olhos até os meus, pouco antes de me puxar com força em sua direção, e meu corpo escorrega molhado por cima do dele. Com as pernas entrelaçadas em volta da cintura dele e minha costas arqueadas, ele mergulha dentro de mim repetidas vezes até eu sentir o estouro da represa.

Deixo escapar um grito, o prazer mais intenso do que qualquer coisa que algum dia imaginei. A sensação me domina completamente, me captura, me transporta. Estou em um mundo onde só Nash e eu existimos, só o que acontece entre nós. Só a paixão que compartilhamos.

Nash reduz seu ritmo a um movimento profundo, a fricção acentua cada onda do meu orgasmo. Antes que os espasmos do meu prazer diminuam, ele gira meu corpo na cama, até meu quadril ficar mais uma vez apoiado no colchão. Ele sai de dentro de mim e fica de joelhos, enganchando as minhas pernas por cima dos seus ombros e enterrando o rosto na carne quente, pulsante.

Meu corpo tem um espasmo involuntário ao primeiro toque da sua língua quente. Suavemente, ele lambe a minha carne intumescida até meu orgasmo quase terminar, então ele se torna mais agressivo.

Ele pega minha perna, pousa o braço na minha barriga e abre as minhas partes com os dedos, antes de levar a parte rígida no topo da minha abertura à sua boca para chupá-la e fazer carícias com a ponta da língua. Mais uma vez, sinto a tensão aumentar. Então aperto o edredom e passo os dedos da mão livre no seu cabelo longo, mantendo-o junto a mim.

— Ahhh, Nash. Isso é muito bom.

— Me deixe fazer isso, gata. Mais uma vez. Me deixe provar tudo.

A vibração das suas palavras me estimula ainda mais, enquanto ele enfia um dedo da outra mão em mim, empurrando-me para mais perto do limite.

Em seguida, Nash coloca as mãos na parte de trás dos meus joelhos e ergue o meu quadril, afastando as minhas pernas ao máximo, abrindo-me completamente para ele e sua boca perversa. Ele faz movimentos com os dedos para dentro e para fora, enquanto lambe e roça a língua, cada vez mais rápido.

Eu me derreto no segundo orgasmo em ondas lentas, excitantes. Sinto meu corpo apertar seus dedos.

— Isso. Goze para mim. — Nash abre mais as minhas pernas e esfrega o meu clitóris com o polegar, enquanto empurra a língua dentro de mim, engolindo cada gota da umidade que meu corpo derrama para ele, para o seu toque. Só de pensar no que ele está fazendo, que ele quer me provar desse jeito, é o bastante para renovar os espasmos do meu clímax.

Quando meu corpo está em êxtase e quase entorpecido de prazer, Nash rasteja e para entre as minhas pernas. Por entre as pálpebras semicerradas, eu o vejo apontar sua cabeça intumescida à minha entrada. E logo ele está dentro de mim e eu fico ofegante novamente.

Ele me abre tanto, que faz uma pausa para me permitir ajustar antes de sair e mergulhar em mim. Cheio de umidade, ele sai e enfia novamente.

Seus lábios encontram os meus e ele geme na minha boca. Eu engulo seu gemido junto com meus próprios sons de relaxamento. Provo a doçura salgada do meu corpo na sua língua. Fico emocionada ao ver que isto era o que ele tanto queria de mim: a minha essência, a prova do meu prazer.

Seus lábios são ansiosos nos meus. Famintos. Suas mãos são ásperas nos meus seios. Insistentes. Seu corpo entra profundamente em mim. Desesperado.

Meu mundo inteiro está em chamas. Não sei se estou me aproximando do terceiro orgasmo ou se ele conseguiu reacender as brasas do último, mas sinto meu corpo apertar o seu, explorando-o, implorando seu relaxamento.

Ele afasta a boca da minha o bastante para sussurrar no meu ouvido:

— Diga que posso gozar dentro de você. Quero que você sinta tudo.

Suas palavras fortalecem as contrações do meu corpo em volta do dele. Mais do que qualquer coisa, quero senti-lo gozando dentro de mim.

— Pode — respondo ofegante.

Com um rosnado surdo, sinto seu corpo se enrijecer quando o primeiro jato quente do seu orgasmo me preenche. Mais dois impulsos e logo Nash reduz o ritmo, roçando seu quadril no meu, esfregando-se em mim, o líquido quente caindo dentro e fora, ao mesmo tempo. A sensação é violenta na sua intensidade. Cravo as unhas nas suas costas para não despencar da beira do mundo.

— Humm, é isso aí, gata. Sinta tudo.

Suas palavras são como gasolina em uma chama já enorme. São um toque físico que me mantém no topo de cada onda do meu clímax.

DEZESSETE

Nash

Eu sabia que fazer sexo com essa mulher seria muito bom. A satisfação que sinto agora, em cima dela, ainda dentro dela, meu peito grudado ao seu, nós dois molhados de suor, é somente uma prova do quanto eu precisava disso.

Muito.

Demais.

Espero totalmente que o meu desejo por ela comece a diminuir gradualmente. Isso sempre acontece. Nenhuma mulher prende minha atenção por muito tempo, e é tudo sempre estritamente sexual enquanto dura. Além disso, ainda tenho a sensação de que Marissa se lembrará qualquer dia desses. E, quando isso acontecer, quando ela perceber o que aconteceu, ela vai me odiar. Com toda razão. Foi uma coisa muito errada.

Acho que é um bom sinal que eu esteja começando a me sentir mal em relação a isso. Culpa é um saco, mas talvez signifique que estou começando a me lembrar de como é ter um pouco de humanidade. Eu havia perdido este sentimento há muito tempo, vivendo entre os animais. Os criminosos. A escória da escória.

Mas posso abrir mão de voltar a sentir culpa. Faz sentido o fato de que este seria o primeiro sentimento a atravessar a grossa cicatriz, o único forte o bastante para penetrar os meus anos de exílio emocional.

Marissa se mexe sob meu corpo, ajeitando-se, instalando-se para um longo aconchego. Minha reação imediata acontece dentro dela. O sangue corre para minha cabeça macia, deixando-a quase enrijecida. Estou pronto para mandar ver novamente, o que não é incomum acontecer comigo. Tenho um apetite sexual muito sadio e preciso de pouco tempo de recuperação.

Porém, é a minha segunda reação que acho estranha e incômoda. Os músculos dos meus braços de fato se contraem e eu quase a puxo para mais perto de mim. *Isso é muito incomum.*

Talvez seja somente porque não tive esse contato nenhuma vez durante algumas semanas. É, só pode ser isso. Eu senti falta da proximidade de uma mulher. De qualquer mulher.

Essa justificativa não me faz sentir nada melhor. Não faz com que eu me sinta nem um pouco mais confortável. E não estou gostando disso.

Então me livro do emaranhado dos nossos braços e pernas, rolo à outra extremidade da cama, me levanto e visto a calça.

— Estou com sede — digo casualmente. — Quer alguma coisa?

Marissa está sentando na cama agora, com os braços em volta do tronco, cobrindo-se. Ela parece mais confusa do que magoada. A expressão confusa não me aflige. É a parte magoada que me atormenta. Odeio quando uma mulher fica toda sentida e irritada porque não sou o tipo carinhoso e amoroso. Elas deveriam perceber isso após dez minutos de conversa comigo, mas não percebem. Ou acham que podem ser aquela que vai me conquistar. Mas isso simplesmente não vai rolar.

— Humm, não. Acho que so... vou ao banheiro e me preparar para dormir.

Aceno a cabeça e vou até a cozinha, deixando-a com todos os seus rituais de mulher.

Pego uma cerveja na geladeira e vou para o sofá, na intenção de fazer uma análise dos fatos, revisando os meus planos no caso de a situação de Dmitry não sair como espero. Naturalmente, mesmo se tudo der certo, todas as outras partes teriam de se ajustar perfeitamente também. E isso não acontece com muita frequência. Portanto, me convém ter tantas opções quanto for possível.

Minha mente está analisando as diferentes partes e participantes no grande esquema deste caos, quando uma imagem de Marissa gemendo sob meu corpo surge e desvia minha atenção. Rapidamente penso nas caras dos membros da máfia russa. Em dois minutos, estou pensando nela novamente, na maciez da sua pele e no cheiro gostoso do seu pescoço.

Tomo outro grande gole da cerveja, examinando-a de perto e me sentindo culpado mais uma vez. Culpado pelo que fiz há muito tempo.

Cacete, ela vai ficar com raiva.

Talvez Marissa nunca se lembre. Talvez nunca venha a descobrir. Não sei por que me preocupo, mas espero que ela não descubra. Não é minha intenção fazer com que ela me odeie, nem *querer* que isso aconteça.

A intumescência dentro da minha calça está me impedindo de raciocinar, portanto bebo o resto da cerveja, jogo a garrafa no lixo e volto para o quarto.

Vamos ver o quanto ela está disposta a jogar o jogo agora.

Quando chego à porta, Marissa está ajeitando as cobertas para voltar para cama. Ela para e me olha. Fitamos um ao outro durante pelo menos dois minutos antes de Marissa soltar as cobertas e se virar para ficar totalmente de frente para mim.

Entro no quarto lentamente e paro diante dela, dando-lhe uma última oportunidade de mudar de ideia. Acaricio o cabelo em sua testa, fitando seus lindos olhos azuis. Quando ela não mostra nenhuma hesitação, nenhum sinal de resistência, tomo seus lábios em um beijo de arrasar. O problema é que, dentro de poucos segundos, não sei quem vai estar arrasando quem.

Esfrego a toalha espessa e macia no peito e nos braços, secando as gotas de água e pensando em como me sinto descansado. Acho que não dormia assim tão bem há muitos meses. Talvez anos.

É isso que um sexo gostoso faz a um homem.

Seco a barriga, observando a linha vermelha onde fui apunhalado. Ela não me incomoda nem um pouco esta manhã e parece estar cicatrizando perfeitamente. Continuo secando o corpo.

Os músculos no meu braço se flexionam, atraindo minha atenção para a tatuagem sinuosa, semelhante a um pergaminho, que cobre o meu braço direito, do cotovelo ao ombro. Penso no significado de cada curva e espero que talvez, somente talvez, os dias de incerteza sobre se eu viveria para ver o próximo raiar do sol tenham ficado para trás. Talvez eu nunca faça outra tatuagem no braço.

Por alguma razão, Marissa surge na minha mente. Ela é tão diferente de todas as mulheres que tive na minha vida nos últimos sete anos. Ela é como um lembrete de como a vida poderia ter sido, o que deveria ter sido para mim. E é legal experimentar um pouco disso, mesmo que seja tarde demais e que não passe de uma ilusão. A minha vida nunca poderá ser o que estava destinada. Meu futuro está estabelecido até certo ponto. Inevitável. Inexorável. Inalterável.

Resmungo diante dos meus pensamentos, na sensação da armadilha em que me vejo. Eu não gosto do inevitável. Não gosto de nada que não possa controlar.

Fico parcialmente aliviado quando ouço vozes. Por um lado, elas são uma distração bem-vinda. Mas, por outro, fico apreensivo quando escuto a voz de um homem, uma voz que não reconheço imediatamente.

Visto-me rapidamente e vou até a sala. Não me sinto nem um pouco satisfeito ao ver o amigo de Cash, Gavin, sentado no sofá, diante de Marissa, com um ar totalmente descontraído e conversando animadamente, como se estivesse à vontade.

Quando paro ao lado da mesinha de centro, de braços cruzados sobre o peito, Marissa olha para mim, fazendo Gavin levantar os olhos também.

— Bom dia, companheiro. Parece que vocês estão muito bem — diz Gavin. Não pude ouvir o indício do seu sotaque do banheiro, mas agora posso. Não é forte, mas dá para notar.

Sua conduta é amistosa. Mas ainda não gosto dele.

Minha resposta é um grunhido.

— O que você está fazendo aqui tão cedo?

— Estava a caminho da boate. Pensei em dar uma passada por aqui para ver se estava tudo bem com Marissa.

Fico furioso ao perceber que ele não está intimidado por mim. Ele é quase tão grande quanto eu, portanto eu não esperaria que o meu tamanho o impressionasse, mas sou muito mais bruto do que Cash, e não pensaria que um cara como este poderia pressentir o perigo. E que se esquivasse dele. Neste momento, ele está se arriscando muito. Não sei por que sua presença aqui me irrita, mas irrita, e ele deveria ser esperto o suficiente para perceber isso e dar o fora daqui.

— Bem, você já deu a passadinha. E como você pode ver, ela está ótima. Eu estou com ela. Vou mantê-la em segurança. Não há mais motivo para se preocupar com Marissa.

Os olhos azuis agudos de Gavin se apertam. Ele não esboça nenhuma reação, nem faz menção de ir embora, o que só me irrita ainda mais.

Marissa pigarreia, chamando a nossa atenção. Ela abre um largo sorriso.

— Quem quer café da manhã? — pergunta ela ao se levantar.

— Não queremos dar trabalho. Acho que vou comer algo depois. Vou com Gavin à boate. Tenho mesmo que falar com Cash.

O sorriso de Gavin é alegre, como se ele achasse divertido o fato de eu ter atrapalhado suas intenções. Não acho nem um pouco divertido.

Babaca.

Marissa somente olha para mim e para Gavin. Ninguém diz nada até Gavin se levantar.

— Você não precisa ir embora, Gavin. E não é trabalho nenhum preparar alguma coisa, Nash — diz Marissa de forma simpática.

— Você não precisa de mais incômodo, Marissa. E eu posso garantir que este cara é problema. E se ele se preocupa com você, ele ficará longe. — Eu me viro para Gavin, desafiando-o a discutir. — Certo, Gavin?

Nunca fui muito de ficar embromando.

Gavin sorri novamente.

— Engraçado, eu estava pensando a mesma coisa em relação a você.

— Estou aqui para manter Marissa em segurança, não para trazer mais problema para ela.

— Você está dizendo que a sua mera presença não a coloca em mais perigo?

— Estou dizendo que posso mantê-la em segurança. Para ser honesto, não posso dizer que não trago perigo para ela, porque provavelmente trago. Mas isto é diferente.

— Eu também posso. Provavelmente mais do que você. Talvez devêssemos deixar que Marissa decida.

Eu trinco os dentes. Esse cara está pedindo para levar uma porrada.

— Acho uma boa ideia, especialmente para mim. Ela já disse que quer que eu fique.

Embora isso não seja exatamente o que aconteceu, duvido que Marissa vá refutar.

Gavin olha para Marissa.

— É verdade?

— Sim, eu disse que ele pode ficar aqui.

Gavin ri e acena a cabeça na minha direção.

— Não exatamente como ele fez parecer, mas entendo a sua situação. Uma mulher bacana como você vai sempre tentar agir de forma educada. Só quero que você saiba que se precisar de qualquer coisa, você tem o meu telefone. É só ligar que eu venho.

Ele já deu o telefone a ela? Mas que po...

Gavin se vira para mim, todo presunçoso e arrogante.

— Acho melhor irmos andando então, certo, companheiro?

Ele dá um tapinha amistoso no meu ombro quando passa por mim. O problema é que o gesto é um pouco firme demais. O que me faz querer arrancar o braço dele e encher o cara de porrada.

Trinco os dentes, contendo o impulso. Tento esquecer o gesto de Gavin e me dirijo a Marissa. Olho bem nos olhos dela, levanto as mãos para segurar seu rosto e me curvo em sua direção.

Não pretendia que o beijo fosse discreto, como seu fosse uma despedida, mas também não pretendia que fosse tão... intenso. É como se fôssemos inflamáveis, como se tivéssemos um padrão predefinido entre nós: fogo.

Seus lábios são o bastante para me deixar ansioso em todos os lugares certos. O chato, no entanto, é que não posso fazer nada em relação a isso. Em vez de levar Marissa de volta ao quarto e fazer todo tipo de sacanagem com ela, tenho que acompanhar esse babaca filho da puta de volta à Dual.

Quando levanto a cabeça, fico surpreso ao ver que Marissa parece zangada, em vez de excitada, como eu. Ela expressa raiva por alguns segundos, antes de pôr as mãos nos meus ombros e ficar na ponta dos pés para sussurrar no meu ouvido. Suas palavras não deixam dúvida em relação à sua fúria.

— Se algum dia você me beijar assim novamente só para provar alguma coisa, eu dou um pontapé no seu saco. E não vou me importar se tiver alguém olhando.

Quando volta à posição original, ela está sorrindo educadamente, mas seus olhos parecem faíscas brilhantes. Na verdade, estou ainda mais excitado.

Não posso deixar de sorrir.

Cacete. Ela pode ser bem agressiva.

— Acho justo — digo, antes de me virar para Gavin. Disparo um sorriso largo e frio para ele.

Espero que o babaca presunçoso esteja se contorcendo por dentro.

DEZOITO

Marissa

Limpei a cozinha, passei cera no chão, lavei o banheiro, tomei banho e dei um trato nos pés. Quando sento na beira da cama, inspecionando o meu quarto, percebo que não há absolutamente nada que eu possa fazer para não pensar em Nash. Eu sabia que ele iria mexer com meus sentimentos; isso aconteceu quase imediatamente. Há algo nele que é tão familiar, algo além do fato de ser irmão gêmeo de um cara com quem eu saía. Ele me atrai como um laço físico.

Ajuda o fato de que eu estava preparada para me apegar a alguém como ele. Eu queria me perder em algo fora do normal, distante do que é esperado na minha vida. Eu precisava disso, precisava *dele*. Ainda preciso. Mas não esperava que fosse tão... intenso.

A cada poucos minutos, minha mente volta à noite passada, às suas mãos e seus lábios, ao seu corpo e às suas palavras. Fico excitada em poucos segundos. Sem contar com o suor que meu corpo produziu enquanto eu limpava a casa.

Minha atração por ele não é uma coisa tão ruim assim. É a distância emocional que sinto que está me incomodando. Imaginei que ele entraria na minha vida e sairia logo, como um raio, cheio de eletricidade, desaparecendo sem deixar marcas. Mas em algum nível, devo ter esperado que ele fosse um pouco mais aberto comigo, um pouco mais... sensível. Mas parece que a única coisa que ele sente é a minha presença física, o meu *corpo*. E, naturalmente, raiva. Muita raiva. Esse sentimento está sempre presente, pairando abaixo da superfície. É como se nada fosse mais forte do que isso, nenhum sentimento, pessoa ou emoção.

Acho que ele se perde em mim quase do mesmo modo que eu me perco nele, só que ele é muito mais temporário e passageiro. Assim que sua mente apaga a nossa conexão física, o desejo, ele volta àquele passado deplorável e ao seu presente igualmente deplorável.

O que mais me incomoda é começar a suspeitar que não haja nada que eu possa fazer em relação a isso. Não tenho como mudar as coisas, não tenho como fazer diferença na vida dele e em seu coração, como acho que Nash vai fazer na minha.

Em um relacionamento, nem sempre os dois lados saem sem ganhar nem perder. Uma pessoa normalmente sai mais magoada, enquanto a outra fica numa boa. Mas, nesse caso, provavelmente haverá sofrimento em um dos lados. E provavelmente eu sairei perdendo. Ainda assim, aqui estou, pensando nele, esperando ansiosamente a próxima vez que o verei ou terei notícias suas.

Você está parecendo uma adolescente vivendo uma terrível paixonite.

Ou talvez uma masoquista.

Há mil razões para ficar longe de Nash e só uma para não fazer isso. Mas esta única razão é forte o bastante para me segurar bem aqui, no meio dessa história.

Ele é o fruto proibido. E estou tentada demais, além do que posso resistir.

Com um muxoxo de frustração, vou até o closet para colocar uma roupa de trabalho apresentável. Preciso sair de casa. Mas eu não quero ir para o trabalho. Acho que uma ida à biblioteca será tanto distrativa *quanto* produtiva. Pelo menos posso continuar tentando abrir um processo, um processo sobre o qual pouco sei contra pessoas sobre as quais não conheço quase nada.

Após três horas e meia frustrantes, volto para casa, considerando a hipótese de ligar para um dos meus professores e pedir orientação. Eu hesito por saber que seria completamente humilhante reconhecer que eu sabia onde a minha carreira iria parar por ser uma garota rica e mimada, com um futuro garantido, que não tinha nada a ver com direito criminal. Não sentia a menor necessidade de prestar atenção no que havia sido ensinado nas aulas.

Só que agora preciso disso. Assim como as pessoas com as quais me preocupo. Quero justiça não só para mim, mas para Nash e Olivia. E um pouco para Cash, eu acho. Ele *realmente* desempenhou um papel muito importante ao me resgatar.

Ainda tenho muitos sentimentos confusos em relação a Cash. O que menos me agrada nele é que me lembra alguém que não quero mais ser, alguém em quem prefiro nem pensar novamente. Mas quando o vejo, é disso que me lembro: a antiga Marissa. E não gosto disso.

Cada pensamento meu é banido para um canto afastado, quando me aproximo da porta do apartamento. É a primeira vez que atravesso essa porta sozinha, desde a noite que alguém me esperava do outro lado. E embora meu cérebro diga que estou sendo ridícula, que não era a mim que eles queriam e que não há nenhuma razão para eles me pegarem novamente depois que me deixaram ir embora, meus músculos estão tensos. Estou apavorada, na calçada, olhando para a porta, sem ninguém por perto para me ajudar.

O *toque* abafado do meu telefone soa dentro da bolsa. Forço os músculos para agir, enfiando a mão trêmula na bolsa para pegar o aparelho. Em seguida, pressiono o dedo trêmulo no botão na parte de baixo do retângulo para iluminar a tela.

É uma mensagem de texto. Sete letras. Duas palavras. Um sentimento. Algo tão simples. Ainda assim capaz de mudar tudo.

Tudo bem?

É Nash.

Não reconheço o número e não há nada na mensagem que possa identificar quem a mandou. Mas sei de quem é. No fundo da minha alma, sei quem a mandou. Como se ele estivesse atrás de mim, comigo, uma sombra sempre protetora. O efeito é profundo a esse ponto.

Talvez seja o fato de saber que não estou realmente sozinha, não importa com que frequência eu me sinta assim. Talvez o fato de saber que há alguém por perto que se preocupa com o que acontece comigo. Talvez seja somente o fato de a mensagem ser de Nash. Talvez o fato de saber que ele estava pensando em mim e se deu ao trabalho de mandar uma mensagem. Ou por simplesmente saber que quis se certificar de que eu estava bem, e ao menos *pensou* em se certificar de que eu estava bem. Talvez o fato de saber que parece que ele sempre está por perto quando preciso dele, embora ele não necessariamente planeje estar.

Qualquer que seja a verdadeira razão, seja uma dessas, nenhuma dessas ou uma combinação de todas elas, o forte domínio do medo desaparece, não completamente, mas o suficiente para deixar prevalecer o pensamento racional. Digito minha breve resposta.

Sim.

Em seguida, guardo o telefone de volta na bolsa. Eu sei que não terei uma resposta dele, mas isso não importa. Embora eu saiba que é um erro, que isso provavelmente não vai me levar a nada de bom, caminho em direção à porta com um sorriso no rosto e esperança no coração.

Sinto-me muito mais tranquila quando estou seguramente do lado de dentro, com a porta trancada. Não vou mentir. Verifiquei todos os armários e debaixo de ambas as camas, mas isso foi só por segurança, certo? Certo.

Tiro o blazer e o penduro no closet. Ao passar pelo banheiro, pego uma faixa de cabelo e o prendo em um coque, antes de acabar de trocar de roupa.

Estou tentando enfiar as mechas rebeldes de cabelo loiro no topo da cabeça, quando a campainha toca. Minhas mãos param em pleno ar. Num gesto reflexivo, meu pulso acelera. Minha mente busca por nomes e rostos de pessoas que poderiam estar me visitando em um horário tão estranho.

Sei que não pode ser Nash; ele não é tão educado. Ele tentaria a maçaneta primeiro e, quando percebesse que a porta estava trancada, bateria. Com força, tenho certeza. A menos que soubesse que a chave no chaveiro do BMW de Cash abre a minha porta. Eu não contei a ele. Bem, ele está dormindo aqui comigo, mas não lhe dei *tanta* liberdade Isso exigiria um nível muito elevado de confiança.

Faço uma nota mental para pegar de volta aquela chave de Cash.

Em seguida, volto a pensar em quem poderia ser meu visitante. Não deve ser o meu pai. Nem ninguém do escritório. Papai está trabalhando, e qualquer outra pessoa telefonaria antes.

Quem mais pode ser?

Digo a mim mesma que estamos em plena luz do dia, e que a probabilidade de ser alguém com más intenções é quase nula. Mesmo assim, olho pelo olho mágico antes de abrir o trinco de segurança.

Fico confusa diante do que vejo. Cabelo loiro na altura do ombro, um belo rosto, minissaia justa e camiseta confortável, tudo em uma sósia da Christina Applegate. É a amiga de Olivia, Ginger. E ela parece irritada. A pergunta é: por que ela está aqui?

Provavelmente à procura de Olivia.

Viro a chave na fechadura e giro a maçaneta, abrindo a porta.

— Oi — digo em tom afetado. Estou desconfortável. Percebo que meus instintos são identificados quando Ginger fala. A conversa *não* começa bem.

— Acho que nós duas podemos concordar que você tratou Olivia muito mal a maior parte da vida dela, mas — diz ela enfaticamente — eu darei a você uma última chance de compensá-la, antes que eu seja forçada a dar um pontapé na sua bunda e roubar o seu homem.

Fico essencialmente muda diante de seu discurso, portanto não é nenhuma surpresa que eu encontre uma resposta a apenas uma pequena parte dele.

— Não tenho homem nenhum.

— Com certeza tem — diz ela com um sorriso. — Eu vi como você olhava para o outro irmão. E não consigo entender *de jeito nenhum* como um útero pode cuspir três caras como aqueles, mas agradeço a Deus todos os dias por tal fenômeno.

Percebo algumas coisas neste início de conversa com Ginger. Primeiro, ela não faz ideia do que está acontecendo com Cash e Nash. Obviamente, ela supõe que Nash seja de fato um terceiro irmão.

A segunda coisa que percebo é que gosto de Ginger. Posso ver totalmente porque Olivia gosta tanto de sua companhia.

— Bem, você não pode roubar o que eu não tenho.

— Por favor — fala ela revirando os olhos e fazendo um desdenhoso aceno de mão. — Mesmo se ele *foi* seu, se eu quisesse, poderia tê-lo. Os homens não resistem a mim quando jogo o meu charme. — O sorriso que ela dá é fatal e sedutor. Com certeza está brincando.

Eu acho.

— A questão é: você é uma garota muito bonita e pode tê-lo se realmente quiser. Mas — continua ela, assumindo um ar de advertência — se você magoar Olivia, acabo com você. Simples e claro. Certo?

Sinto o impulso de rir, mas me controlo. Tenho a impressão de que Ginger poderia ficar bem agressiva se achasse que eu não a levava a sério.

— Certo — concordo suavemente. — Afinal, o que a traz aqui, além de ameaças de lesão física?

Seus olhos se iluminam.

— Uma festa surpresa. Está a fim?

Apesar da vida de privilégios que tive, nunca fui a uma festa surpresa. Nunca realmente quis. Até agora. Parece um lance legal. E estou precisando de um lance legal. Cacete, estou precisando de *qualquer coisa*. Embora eu esteja fazendo algumas modificações básicas que devem ter o efeito oposto, parece que a minha vida se tornou *ainda mais* intensa e complicada do que era antes. Ainda assim, prefiro isso em vez do sofrimento mascarado, pouco disfarçado no qual eu era aprisionada antes. A qualquer momento.

Qualquer.

Momento.

— Eu sei que deveria fazer mais perguntas antes de combinar qualquer coisa, mas vou simplesmente me jogar e dizer sim, imediatamente. O que você tem em mente?

— Posso entrar? Ou você vai me deixar do lado de fora o dia todo?

— Ah, desculpe — digo, dando passagem para que ela possa entrar. Ginger entra na sala enquanto fecho a porta. Ela para bem na frente da mesinha de centro e se vira para mim. Então franze o cenho, como se estivesse me avaliando. Eu paro e olho para a esquerda e para a direita. — O que foi?

— Sabe, acho que você realmente mudou. Você definitivamente não está me atacando como uma "filha da puta em cima de dois palitos".

Sorrio, sem saber ao certo o que ela acabou de dizer.

— Humm... obrigada?

Ginger sorri e se joga em uma extremidade do sofá.

— De nada. Mas as suas pernas são mesmo muito finas.

Ahhh, então é isso o que significa os "dois palitos".

Olho para as minhas pernas, abaixo da minha saia, e depois olho para Ginger, que cruza as pernas diante de mim.

— Elas não são muito mais finas que as suas.

— Eu não disse que isso era um problema. Elas são melhores para se enroscar em volta da presa, não acha?

Sorrio novamente. Realmente, essa garota é uma figura.

— Nunca pensei nisso por esse ponto de vista, mas acho que você tem razão.

— Claro que tenho razão. Isso é algo com o qual você deveria se acostumar. Não adianta argumentar. Pergunte a Olivia. Ela dirá. Eu sou cheia de hormônios em ebulição e sabedoria. E, nos fins de semana, vodca — acrescenta ela com uma piscadela.

— Você não trabalha nos fins de semana?

Pensei ter ouvido de Olivia que ela era bartender.

Ginger se vira para mim com olhar inexpressivo.

— Aonde você quer chegar? — Quando gaguejo para dizer algo, ela começa a rir. — Estou brincando. Que tipo de funcionária eu seria se aparecesse bêbada todo fim de semana?

— Uma péssima?

— Isso mesmo. E sou uma ótima funcionária. E você pode contar isso a Cash. Como estou pensando seriamente em me mudar para a cidade, vou precisar de emprego. E, sabe, qualquer emprego no qual haja uma chance de dar de cara com um ou uma dúzia de homens gostosos é o emprego ideal para mim.

— Vou me lembrar de mencionar esse detalhe.

— Ótimo. Agora vamos aos negócios. O aniversário de Olivia é amanhã, e eu gostaria de preparar uma festa surpresa para ela.

— O aniversário de Olivia é amanhã? — Chego à conclusão de que realmente sou uma pessoa terrível. Não só ela é minha parente, como moramos juntas, e eu não sabia o dia do seu aniversário. E naturalmente ela nunca mencionaria isso. Porque ela é uma boa pessoa. E isso é o que as boas pessoas fazem. — Minha Nossa, eu sou mesmo uma "filha da puta em cima de dois palitos", não sou?

— Vamos dizer que você é uma *ex* "filha da puta em cima de dois palitos". E "ex" não significa porra nenhuma, certo? Como ex-namorados. Ninguém dá a mínima para eles. Passado é passado. Esqueça e siga em frente. O mais importante é aprender com os nossos erros e fazer melhor na próxima vez. E agora é sua oportunidade. Tá dentro?

Ginger já está me deixando empolgada.

— Claro! Pode contar comigo — concordo entusiasticamente, rindo ao dizer palavras que não combinam comigo.

— Ah, gostei — diz ela animada, inclinando-se na minha direção de forma conspiradora. — Bem, consegui que Tad concordasse, portanto podemos fazer a festa lá. O pai de Olivia está sabendo e eu já falei com todas as amigas dela, isso quer dizer que a minha parte já está feita. O problema é que eu não tinha o telefone de ninguém de Atlanta, por isso tive que vir até aqui para falar com você. — Ginger apanha sua bolsa vermelha e brilhosa e pega o seu celular. — Mas estou cuidando disso agora. Pronto — diz ela ao me entregar o seu iPhone. — Digite o seu número aí. E o do Cash também, se você tiver. Somos todos uma grande família feliz — afirma ela sorrindo. Sua expressão fica um pouco séria. — Só lamento não compartilharmos tudo. Aqueles gêmeos são gostosos pra cacete! E aquele terceiro irmão também. E até o estrangeiro. Caraca! — Ela abana o rosto e cruza as pernas do outro lado. — Adoro homem com sotaque.

— Você deve estar se referindo a Gavin. Acho que ele não está saindo com ninguém. Pelo menos que eu saiba.

— Jura? — pergunta ela, arqueando a testa com interesse. — Eu sempre achei que era educado se assegurar de que suas melhores amigas também transassem no seu aniversário. Talvez seja um hábito do sul e Olivia foi educada do mesmo jeito.

Rio abertamente.

— Ou talvez seja um hábito de Ginger.

— Melhor ainda — diz ela, subindo e descendo as sobrancelhas. — Os hábitos de Ginger são *sempre* uma boa ideia.

— Estou começando a ver como você chega a essa conclusão.

Ela acena a cabeça e pisca para mim.

— Eu sabia que iria gostar de você. E você é inteligente também. Duas coisas que eu exijo em uma amiga. Eu e você vamos nos dar muito bem.

— Que bom.

Ginger se inclina no sofá, como se fosse me contar um grande segredo.

— Não sei se Olivia disse a você, mas dou ótimos conselhos sobre sexo, então se tiver acesso àquele homem maravilhoso e não souber o que fazer, não hesite em me chamar. Eu sempre tenho algumas ideias. — Ela acena a cabeça como se tivesse feito sua boa ação do dia.

Mensagem de serviço público da Ginger.

— Se ele me der trabalho, pode deixar que vou chamá-la.

— Amiga, se o cara *não* der trabalho, ele não é metade do homem que parece ser. O outro, o mais durão, parece conseguir deixar uma mulher em frangalhos só com um olhar. Eu ficaria muito decepcionada se ele não virasse sua calcinha pelo avesso e o seu mundo de pernas para o ar.

Por um segundo, eu me pergunto se deveria dizer que ele já fez as duas coisas, mas decido ficar quieta. Por mais que a ache engraçada ou pense que vou gostar dela, Ginger é uma estranha. E ainda cultivo discrição o suficiente para me ver inclinada a ficar de boca fechada. Portanto, é o que faço.

— Mantenho você informada. Que tal?

— Acho justo, mas se considere avisada que eu gosto de detalhes, então se você me ligar, esteja pronta para me contar tudo. Além disso, trabalho melhor se tiver a descrição completa do que está rolando. E sou uma pervertida total. Não podemos esquecer isso. — Ela dá outra piscadela para mim.

— Duvido que eu vá esquecer isso tão cedo.

— Muito bem — diz ela, me dando um tapinha no joelho.

Puxa, me amarrei nela. Como poderia não gostar dela?

DEZENOVE

Nash

Depois de uma manhã frustrante, eu esperava que meu dia fosse melhor. Mas não foi. Estou tão frustrado agora, voltando à casa de Marissa, quanto estava quando saí de manhã.

Fui com Gavin até a boate, mais para me assegurar de que ele não resolveria voltar para fazer uma visita a Marissa. Não que eu seja ciumento. Não sou desse tipo. Não tenho ciúmes de mulher. Posso muito bem deixá-las. Há sempre outra por perto. Nenhuma razão para ficar apegado a uma em especial. Portanto sei que o problema não é esse. Acho que é principalmente porque ele estragou uma parte da manhã. E eu simplesmente não gosto de pensar naquele babaca australiano dando em cima de Marissa. Isso me deixa puto. Eu não gosto dele e não o quero por perto. Ponto final.

Cash tinha levado Olivia à faculdade e, quando voltou, ele e Gavin foram cuidar de uns assuntos da boate. Nada que eu tivesse qualquer interesse. Assim que tive certeza de que Gavin estava completamente ocupado, me mandei.

Eu estava inclinado a voltar à casa de Marissa. E é exatamente por isso que não voltei. É cedo demais. Eu não deveria querer vê-la de novo ainda. Nem para transar. Portanto não voltei.

Mas isso não me impediu de pensar nela o tempo todo. Pela mesma razão, fiquei afastado, de propósito, à noite também. Mandei algumas mensagens, só para me certificar de que ela estava bem. Usei as mesmas duas palavras todas as vezes.

Tudo bem?

E a sua resposta foi a mesma todas as vezes.

Sim.

É a coisa responsável a fazer, principalmente levando-se em conta que ela só está nessa encrenca por causa da minha família. O mínimo que posso fazer é me assegurar de que ela não acabe morta.

Mas isso não significa que tenho que ficar com ela cada minuto, todo dia. E o fato de *querer* voltar me impediu de fazer exatamente isso.

Não gosto de me sentir inseguro, e há algo em relação a ela que está começando a me fazer sentir assim. Penso em Marissa com muita frequência, mesmo quando tento não pensar. É como se eu não conseguisse manter o total controle da situação. E isso é inaceitável. Portanto, eu a evitei.

Passei a maior parte da tarde e da noite na casa de Cash "Nash" examinando livros de direito. Não, eu não estudei direito, mas tenho massa cinzenta suficiente para ser capaz de ler a lei e interpretá-la, sobretudo quando tenho uma conexão de internet e acesso a todos os materiais de referência de que eu possa precisar, com objetivos de esclarecimento.

O que consegui compreender é provavelmente o mesmo que tanto Cash quanto Marissa já sabiam: há muitos elementos para uma ação de crime organizado. Embora seja definitivamente factível, no nosso caso, seria necessária a cooperação de mais de uma pessoa. E o que sei, por extensa experiência passada, é que você raramente pode contar com outras pessoas para fazer a coisa certa.

Razão pela qual eu queria um plano B. Também planos C e D. Na verdade, tantos quantos fossem possíveis.

Meu plano A é e sempre será enfiar uma bala em Duffy e em todos os outros envolvidos que eu puder identificar e em quem conseguir pôr as mãos. Não posso dizer que nunca tive sangue nas mãos ou homens mortos na consciência. Mas, considerando-se as consequências, se eu for pego fazendo isso em solo americano... não me importaria se pudéssemos resolver tudo pelo caminho legal. Não é exatamente o meu sonho passar meus últimos dias na prisão.

Minha raiva volta, raiva até por estar nessa situação. E, com ela, a frustração. E o desejo de parar de pensar, por algum tempo.

Piso mais fundo no acelerador. Lembro a mim mesmo que não estou correndo só por causa de Marissa; estou correndo em direção a uma distração muito necessária. Só isso.

A expectativa aperta o meu estômago e sinto que o sangue se apressa para a parte de baixo, quando penso em penetrar no seu corpo macio, quentinho. Quero dizer, sexo é sexo, mas tenho que reconhecer que o nosso é bom demais. Muito bom!

Sinto o rosto se contrair em uma carranca, quando paro o carro e tenho que estacionar atrás de um Mercedes. Ele poderia pertencer a qualquer pessoa, mas eu não gosto de vê-lo aqui, seja quem for o proprietário. Muito provavelmente é de alguém da antiga vida de Marissa, aquela que ela odeia e da qual quer escapar, portanto, automaticamente não gosto desta pessoa.

É um E-Class, preto reluzente, com vidros escuros. Não preciso me esforçar muito para imaginar que ele pertence a algum advogado babaca refinado.

Fico puto na mesma hora. Na verdade, *mais* puto ainda. Então, desligo o motor e olho o relógio no painel.

E por que alguém está fazendo uma visita tão tarde, afinal de contas? São quase nove horas.

Caminho rapidamente pela calçada, até a porta. Não bato; simplesmente viro a maçaneta e entro, sem anunciar. Se Marissa não gostar, que se foda. E se quem for que a está visitando não gostar, que se foda também. A menos que a tal pessoa prefira partir pra porrada, o que me deixaria muito satisfeito. Quebrar alguns ossos poderia me fazer sentir bem melhor sobre a situação. Sobre a vida, de modo geral.

Minha irritação se transforma em ódio, quando vejo o advogado da biblioteca sentado no sofá, diante de Marissa. O tal Jensen não sei de quê. As coisas só pioram pelo modo que Marissa está vestida. Ela está usando uma espécie de blusa de renda, sexy, que envolve seus seios perfeitamente, e uma saia que deixa suas pernas ainda mais esguias. Seu cabelo está preso, com alguns fios soltos por cima dos ombros. Ela parece que acabou de sair debaixo de um homem feliz. E que está pronta para mais.

Quem ela pensa que está tentando impressionar?

Marissa sorri quando paro na entrada da sala.

— Cash — diz ela com ênfase. — Você se lembra do Jensen, da biblioteca, não é?

Minha única resposta é um grunhido de anuência.

— Encontrei algumas informações e imaginei que Marissa poderia considerá-las úteis — diz ele educadamente, se justificando.

— Com certeza — digo em tom sarcástico. — E achou que não poderia esperar até de manhã, certo?

Jensen ri sem graça e olha para Marissa.

— É... bem, tenho que ir ao tribunal logo cedo, portanto vou chegar no trabalho antes do amanhecer, e esse é um caso importante, e eu não sabia quando teria uma chance de passá-las a ela, se não viesse até aqui.

— Muita gentileza sua — digo em tom mordaz. — Bem, agora que você já entregou, acho que precisa ir embora. Para descansar antes do grande dia, certo?

Jensen pigarreia e fica de pé.

— Tem razão — diz ele, olhando para Marissa. — Realmente preciso ir. Obrigado pelo café e espero que o que eu trouxe ajude.

Marissa também se levanta.

— Muito obrigada, Jensen. São informações muito úteis e realmente fico agradecida por você ter se dado ao trabalho de procurá-las e trazê-las para mim.

— O prazer é meu. De verdade.

Fico observando o sorriso de Marissa para este impostor. Por alguma razão, tenho vontade de quebrar o pescoço esquelético desse cara.

— Se houver qualquer coisa que eu possa fazer para ajudá-lo, me avise. Eu te devo uma.

— Vou aceitar sua proposta — fala ele com um sorriso predatório.

Meu sangue está fervendo.

Então ele se vira e passa por mim, para ir até a porta. Marissa o acompanha, disparando um olhar sério de desaprovação ao passar por mim.

Antes de Jensen sair, meu telefone toca no bolso. Pego o aparelho e olho a tela iluminada. Meu pulso acelera quando identifico o número. Era o mesmo que eu havia discado recentemente.

Dmitry.

O momento não poderia ser pior. Não posso falar na frente desse cara; aliás, nem na frente de Marissa. Mas não vou embora enquanto ele não for. Ou seja, enquanto eu não vir suas lanternas traseiras desaparecerem.

Guardo o telefone de volta no bolso e sigo o Babaca Pomposo até a porta.

— Vou sair com você. Tenho que dar um telefonema e não quero perturbar Marissa, já que ela está se preparando para dormir.

Sei que o meu comentário parece muito íntimo. Talvez até um pouco sugestivo. Mas não o bastante para Marissa se irritar. Poderia ser um comentário perfeitamente inocente. Não é, mas poderia ser. Não é culpa minha se o Babaca Pomposo deduzir que Marissa e eu estamos dormindo juntos. Mas isso contribuiria para impedir que ele leve umas porradas num futuro próximo.

— Tudo bem — concorda ele bruscamente. — Marissa, me ligue se precisar de alguma coisa. Minha secretária pode me encontrar, mesmo se eu estiver no tribunal, e eu posso retornar a ligação.

Quanta gentileza, penso com ironia.

— Tentarei não incomodá-lo — diz ela em tom amável.

— Você nunca incomoda — responde ele suavemente. Após despi-la com os olhos por alguns segundos, o Babaca Pomposo volta a olhar para mim. Há um ar desafiador em sua expressão que me irrita. — Quando você quiser. — Não sei se ele quis dizer isso como interpretei, mas parece ser isso mesmo o que ele quer dizer, que está pronto para se lançar sobre Marissa. Não que isso importe. Ele vai perder. Eu jogo para ganhar. Sempre.

— Depois de você — digo, acenando a cabeça em direção à porta.

Jensen abre a porta e sai. Espero até que ele esteja um pouco distante e me viro para Marissa. Ela não diz nada, e eu também não. Seus olhos não estão brilhando de raiva, mas há algo neles. Só não sei o que é.

Sem uma palavra, saio e fecho a porta. Espero até que o Babaca Pomposo entre no carro e desça a rua, antes de me sentar diante do volante do BMW e ligar o motor.

Faço uma pausa apenas tempo o bastante para apertar o botão redial, antes de colocar o carro em marcha e descer a rua, para longe de Marissa. Dmitry não atende; só consigo uma saudação da caixa de mensagens. Disco novamente. A mesma coisa. Paro no sinal e verifico o telefone. Como eu esperava, ele havia deixado uma mensagem.

— Nikolai — diz ele com sua voz rude, de sotaque forte. — Você não conseguirá falar comigo nesse número. Não é mais seguro. Entrarei em contato em breve. Aguarde meu telefonema.

Um clique avisa o fim da mensagem. Em seguida, aperto o botão replay e ouço a mensagem novamente. *Não é mais seguro*. Alguma coisa aconteceu, mas o quê? E por quê? Por que agora? Tem algo a ver com a sua associação comigo? Eles podem ter descoberto que ele me protegia, o outro filho de um traidor?

Uma onda de fúria cresce dentro de mim. Raiva impotente. Quero sangue. O sangue deles. Nas minhas mãos, para matar a minha sede de vingança. Mas parece que, a cada passo que eu dou, eles reagem com um contragolpe. Amarrando as minhas mãos.

Minha frustração chega ao nível máximo e eu preciso de uma válvula de escape, para liberar essa ansiedade. Um rosto vem à minha mente. Estou nervoso demais para pensar por que isso acontece, ou no bom senso de ir ao seu encontro. Simplesmente ajo.

Giro bruscamente o volante, fazendo a volta com o carro. Cantando pneu, desço a rua à toda velocidade. De volta à casa dela. De volta para ela.

Freio bruscamente quando paro ao longo do meio-fio. Em seguida, pulo para fora do carro e bato a porta atrás de mim. Ao chegar à porta de sua casa, novamente não me preocupo em bater. Giro a maçaneta e entro direto, agradecido por ainda estar destrancada. O fato de estar destrancada, algo incrivelmente estúpido da parte dela, só acrescenta combustível ao fogo da minha raiva.

Atravesso apressadamente a sala, em direção ao quarto de Marissa. A porta do banheiro está parcialmente aberta e posso ver seu reflexo no espelho. Ela está em frente à pia, com um tubo de pasta de dentes em uma das mãos e a escova na outra.

Marissa já trocou de roupa. Está usando uma camisola curta. Não é algo sem graça nem explicitamente sedutor, mas é sexy pra caramba.

Parece mais algo com o qual uma menina poderia vestir sua boneca. É bem feminino e cor-de-rosa, e cai em linha reta até a parte de cima da sua coxa. As finas alças de cetim a mantêm nos ombros, como um vestido de verão. O que a difere de qualquer coisa que uma boneca ou uma criança poderia usar é o tecido. Ele é quase transparente. Posso ver a sombra dos seus mamilos, bem como seu umbigo e o contorno da sua calcinha. É ao mesmo tempo inocente e provocante, e quero arrancá-la do seu corpo.

Abro a porta, que bate no prendedor de porta, na parede. Suas mãos param no ar. Seus olhos encontram os meus no espelho. E ficam arregalados. Marissa não diz nada.

Eu me aproximo para ficar atrás dela. Com os meus olhos fixos nos seus, fico de frente para ela e agarro seus seios. Então os aperto, talvez um pouco mais forte do que pretendia, e ela estremece. Mas não me preocupo. Agora tenho que ser selvagem. E agora preciso que ela aceite isso.

Como se respondesse a mim, sinto seu mamilo se retesar sob a minha mão. Talvez eu não tenha sido selvagem demais. Ou talvez ela goste de carinho selvagem.

Sinto a tensão na minha calça. Com a minha mão livre, tiro a escova e a pasta de dentes da sua mão e arremesso tudo na pia.

Coloco as mãos nos seus quadris e levanto sua roupa. Como ela não se opõe, puxo a camisola por sua cabeça e a lanço no chão, atrás de mim.

Seus mamilos estão retesados e prontos para o meu toque. Seu peito se distende e volta ao normal, com a sua respiração acelerada. Seu lábio inferior treme em antecipação. Claro, ela gosta desse jeito, mesmo que nunca admita.

Seguro seus seios e a puxo para trás, para junto de mim, contra o meu peito. Ela deixa a cabeça pender um pouco, mas me olha por baixo das pálpebras.

— Você é tão fo... sexy — digo num gemido, me corrigindo a tempo.

Então acaricio os mamilos intumescidos com as pontas do dedo, beliscando-os levemente. Seus lábios se abrem e eu ouço uma breve arfada. Pressiono a parte de baixo do meu corpo, esfregando meu pau duro contra ela. Ela arqueia as costas e empina aquela bunda firme, redonda, roçando-a para a frente e para trás, em mim. Eu trinco os dentes com tanta força que poderia arrancar um dedo.

Em seguida, desço as mãos até seu quadril, mantendo-o parado enquanto me movimento junto dela. Curvo a cabeça até o seu pescoço e suavemente cravo os dentes na sua pele perfumada. Suas pálpebras se fecham.

Então deslizo a mão até a sua barriga, enfio os dedos na borda da sua calcinha e mais abaixo, para acariciar sua carne quente.

Seus lábios se abrem ainda mais e ela ajeita a postura. Só um pouco, apenas o bastante para que eu tenha melhor acesso.

Ah, ela gosta disso. Ela quer isso. Mas quero ver o desespero nos seus olhos.

Ela mexe o corpo contra a minha mão. Eu sei o que ela precisa, onde ela quer que eu ponha os dedos. Mas quero que ela espere um pouco mais.

Sem abrir sua vulva, passo a mão nela, provocando-a. Posso sentir a umidade e isso me faz pulsar com o desejo de penetrá-la.

Mas no momento, quero olhar nos seus olhos mais do que qualquer coisa. Levo a outra mão ao seu quadril. Com um movimento rápido, rasgo sua calcinha. O elástico fino arrebenta facilmente com a força. Ela perde o fôlego na surpresa, mas não abre os olhos. Eles ainda estão fechados. Mas não os quero fechados. Eu os quero abertos. Quero ver a sua reação. Quero que ela saiba que estou furioso e que vou conseguir o que quero, sem pedir. E ela irá me dar.

Quero saber que ela me aprova desse jeito.

Dou um tapa na sua bunda e rosno:

— Abra os olhos. — Seus olhos se abrem e se focam nos meus. Eles estão carregados de desejo. E aprovação. E excitação. — Muito bem — digo, recompensando-a, deslizando um dedo da outra mão entre os seus lábios inchados. Ela está escorregadia de desejo. Esfrego a ponta do dedo sobre

168

o nó firme, na parte de cima dos seus lábios, e suas pálpebras se fecham novamente. Dou-lhe um pequeno beliscão e ela geme. — Abra os olhos — exijo novamente.

Obediente, ela abre os olhos para encontrar os meus. Eles demoram a focar. Marissa está rendida. Eu acaricio seu mamilo com a outra mão e pouso os lábios na sua orelha.

— Você quer saber o que está se passando em minha mente? Isso está dentro da minha cabeça: raiva — digo em tom áspero, ao enfiar dois dedos entre as suas pernas e no calor escorregadio do seu corpo. Puxo os dedos para fora um pouco e logo volto a enfiá-los, profundamente e com força. Bruscamente. Sinto seus joelhos cederem, mas mantenho-a junto a mim e a faço transar com meus dedos.

— Mas você gosta, não é? Você gosta de mim assim. Você quer que eu consiga o que quero. Você quer se liberar comigo, não é?

Mais rápido e com mais força, empurro os dedos dentro dela. Sua respiração se torna mais rápida e mais ofegante. Quando sinto seus músculos se contraírem em volta dos meus dedos, apertando-os, coloco o polegar no clitóris e faço pequenos círculos, cada vez mais rápido. Vejo o corpo dela se contrair e não suavizo, até Marissa ficar sem fôlego e esperando, à beira do orgasmo.

Então paro.

Tiro a mão de seu peito e a levo à minha calça, abrindo o zíper. Em seguida ponho a mão no meio das suas costas para empurrá-la para a frente. Ela se apoia na bancada de granito, enquanto coloco o joelho entre as suas pernas, abrindo-as um pouco mais.

— Quero que você me peça — digo entre os dentes cerrados. — Peça para que eu meta o meu pau em você e penetre seu corpo molhado. Peça ou vou embora.

Não estou no controle de nada nesse momento. Esse é o verdadeiro Nash. Isso é tudo que há agora. Fúria. Raiva. E desejo incontrolável.

— Por favor. Quero você dentro de mim. Por favor — pede ela, ofegante.

— Peça pra que eu meta em você.

— Por favor, meta em mim.

Levo as mãos ao quadril dela e a penetro, profundamente e com força. Ela está tão molhada que vou ao ápice em três movimentos. Ouço um rugido alto, zangado. Sou eu, o som do meu corpo ao penetrá-la vigorosamente.

Ao derramar o fluido quente no seu corpo, sinto os espasmos dos seus músculos se tornarem cada vez mais fortes. Sua respiração vem em gemidos profundos e intensos, enquanto as ondas do seu orgasmo inundam seu corpo.

— Você gosta disso, não é? Gosta da sensação de me ter dentro de você, não é, gata?

Puxo-a com força contra mim, fazendo movimentos dentro dela. Olho para baixo e vejo meus dedos apertarem sua bunda redonda, perfeita. A saliva jorra na minha boca. Quero cravar meus dentes nela. Quero ver a marca vermelha que vou fazer e depois acariciá-la com os lábios e a língua.

O desejo de me perder nela é mais forte do que nunca. Perder-me no seu corpo, no seu gosto, no seu cheiro. Impulsivamente, saio dela e caio de joelhos, cedendo ao desejo de morder sua bunda. Ouço o seu grito, então dou uma lambida no local, acariciando o outro lado com a mão.

Então coloco as mãos no seu quadril e a viro de frente para mim. Com as mãos na sua pele, toco a parte interna das suas coxas e abro suas pernas. Em seguida passo a língua na abertura dos seus lábios, chupando o clitóris enquanto penetro seu corpo molhado com um dedo. Ela está escorregadia com os nossos fluidos combinados e ainda se contraindo suavemente, com seu orgasmo que começa a diminuir.

Volto à posição normal, levo o dedo molhado aos seus lábios afastados e deslizo-o na sua boca.

— Isso é o resultado de nós dois juntos. Prove.

Obediente, ela coloca meu dedo na boca e fecha os lábios em volta dele, sugando-o, seus olhos em chamas, fixos nos meus.

Quando o meu dedo está limpo, pego a escova e a pasta de dentes, e os entrego a ela. Automaticamente, ela pega os objetos da minha mão.

Sem dizer uma palavra, fecho a calça, me viro e saio.

Esfrego os olhos, que estão ardendo, e a autoestrada interestadual diante dos faróis fica embaçada por um instante, até eu conseguir recuperar o foco. Olho o relógio do painel. São quase duas da manhã. Não sei exatamente que horas eram quando saí da casa de Marissa, mas sei que estou dirigindo há muito tempo. Eu sabia que estava na hora de voltar quando atravessei o Tennessee.

Depois que a deixei no banheiro, fui para o carro. Assim que liguei o motor, quis parar e voltar. Essa é a única razão pela qual não fiz isso: porque eu queria. E querer não é um bom sinal.

Eu já me sentia culpado por transar com ela com tanta raiva, e isso não deixou um gosto bom na minha boca. Não lido muito bem com sentimento de culpa, muito menos culpa em relação a uma mulher. É exatamente por isso que evito complicações emocionais com o sexo oposto. Nos últimos anos, não fiquei em um lugar tempo o bastante para isso ser um problema, mas me lembro muito bem da vida antes do exílio; como é estar envolvido com uma garota. Agradeço, mas estou fora.

Fico irritado por desejar voltar ao apartamento dela. Continuo dizendo a mim mesmo que é porque estou cansado. Mas não é só a cama que insiste em ocupar a minha mente. Bem, pelo menos não uma cama *vazia*.

Eu mandei uma mensagem pouco depois das onze, só para me certificar de que ela estava bem. Não acho que ela esteja correndo qualquer tipo de perigo, mas eu seria idiota se não fosse, pelo menos, cauteloso. Minha pergunta foi a mesma que fiz antes.

Tudo bem?

E a resposta dela foi a mesma palavra simples de todas as vezes que perguntei.

Sim.

Mas já faz um tempinho. Com certeza ela estará dormindo quando eu voltar. Isso deve tornar as coisas um pouco menos… confusas.

Sinto um alívio quando vejo o meio-fio familiar, e mais ainda quando vejo que todas as luzes estão apagadas. Caminho até a porta e deslizo a chave, que Cash havia dito que era daquela porta, na fechadura. Acho que os dois realmente não tiveram tempo para resolver completamente o que rolou entre eles. Sem fazer barulho, caminho até a porta do seu quarto. Está aberta e posso ver seu corpo sob as cobertas. O quarto está iluminado pela luz da lua que espreita entre as cortinas.

Percebo que um gesto delicado seria cair no sofá. Por sorte, não sou o tipo delicado, portanto Marissa deveria esperar que eu fosse para a cama. Para sua cama. Pelo menos ela *deveria* esperar isso de mim.

Sem fazer barulho, tiro as botas e a roupa, deito na cama e escorrego debaixo do lençol. Ela está deitada de lado, de frente para mim. Espero seus olhos se abrirem e que fale ou se mexa, mas ela não faz nada, então fecho os olhos e descanso no travesseiro.

Alguns minutos depois, pouco antes de adormecer, ouço sua voz. É baixinha na escuridão, mas mesmo assim me assusta. E o toque suave da mão dela me arrepia.

— O que significa isso? — pergunta ela, deslizando os dedos sobre a tatuagem no meu braço.

— Você me deu um puta susto. Pensei que estivesse dormindo.

— Não conseguia dormir enquanto você não estava aqui.

Não sei se isso significa que ela estava com medo de ficar sozinha ou se estava preocupada comigo. Gosto de saber que se preocupa comigo, mas ao mesmo tempo fico irritado *por* gostar disso.

— Bem, estou de volta, então pode dormir.

— Não posso ainda. Estou muito ansiosa. Fale comigo. Fale da sua tatuagem.

— Não falo sobre ela. Nunca.

— Mas você pode falar essa noite, não pode? Por favor.

Algo em sua voz, no resplendor vago dos seus olhos, que posso ver na escuridão, me atinge, atinge a grossa cicatriz.

Suspirando, fecho os olhos novamente e me lembro de lugares, de pessoas e de eventos que eu gostaria de esquecer. Só que não consigo. Nunca vou conseguir.

— Quando fui para o navio, não tinha nenhuma ideia do tipo de negócio em que aqueles caras estavam envolvidos. Pensei que fosse apenas um navio cargueiro. Achei que iríamos transportar mercadoria do ponto A para o ponto B e voltar para buscar mais. Ele não era grande o bastante para transportar muitos contêineres, e todos que consegui ver o interior estavam cheios de pneus. Eu não tinha nenhuma razão para pensar que havia algo irregular. — Faço uma pausa quando me lembro do dia em que testemunhei pela primeira vez um acordo para algo, que de pneus não tinha nada. — Até fazermos nossa primeira viagem ao Oceano Índico e ao Mar da Arábia.

Marissa chega mais perto para se aconchegar ao meu lado e colocar a cabeça no meu ombro, seus dedos sempre traçando desenhos no meu bíceps.

— Na primeira vez, fiquei praticamente só observando. Permaneci no navio, enquanto alguns membros da tripulação enchiam engradados que eram colocados atrás dos pneus, em um barco menor, e os levavam à costa. Tudo se desenrolava em plena luz do dia e podíamos ver o que acontecia na praia. Eu achava estranho que nós estivéssemos em uma ilha praticamente abandonada. Quando ouvi os tiros e vi dois dos homens do nosso navio caírem no mar, entendi o motivo. Descobri que algo ilegal estava rolando.

"Naquela noite, Dmitry, o cara com o qual meu pai me pôs em contato, veio até o meu quarto e disse que, se eu não ficasse de boca fechada, ele não poderia me proteger; e que não haveria lugar no mundo onde eu pudesse me esconder. Ele foi muito direto em relação a isso, e eu sabia que ele estava falando sério. Não fiz perguntas, mas tentei ficar fora de circulação o máximo que pude. Um dia, alguns meses depois, ouvi Dmitry discutindo com Alexandroff, o capitão do navio do qual eu falava.

"Conforme mencionei, Yusuf tinha me ensinado um pouco de russo, portanto eu sabia o bastante para juntar partes da conversa, sobretudo quando ouvia o nome *Nikolai* ser mencionado. Esse era o nome que Dmitry me chamava, e eu era o único no navio conhecido por esse nome.

"Perguntei a Dmitry sobre isso depois. Ele me contou que Alexandroff ficara desconfiado de mim e que eu tinha que tomar parte no próximo negócio ou ele me colocaria para fora do navio, que era o código para me dar um tiro na cabeça e jogar meu corpo no mar."

A respiração de Marissa é suave. Mantenho os olhos fechados, mas imagino a expressão de horror em seu rosto lindo. Não quero vê-lo, porque ele irá se modificar se eu lhe contar a história inteira. Mas talvez seja melhor. Talvez ela se dê conta de que sou uma pessoa terrível e não queira se envolver. Talvez Marissa exija que eu fique bem longe dela.

Não sei se eu iria, ou se poderia ficar. Mas ela pode tentar.

— O que você fez? — pergunta ela baixinho.

— Eu não tive escolha a não ser concordar, portanto Dmitry tomou providências para que eu o acompanhasse na próxima negociação. Ele disse que faria todo o possível para me proteger, para me manter fora de tudo. Eu só precisava ir, apenas para mostrar que eu não era uma espécie de traidor.

"Dessa vez foi com um grupo diferente de criminosos, uns que Dmitry sabia que eram um pouco mais razoáveis, e achava que poderia ser um modo seguro de provar algo a Alexandroff. Então ele me deu uma arma, me mostrou como disparar dois dias antes da negociação, e depois desembarquei com ele, para vender armas a terroristas."

Marissa não fala nada durante alguns minutos. Talvez ela esteja planejando uma estratégia para sair dessa, mesmo estando ao meu lado, com o corpo apertado contra o meu.

Sua pergunta me surpreende. Ela é bastante intuitiva, ao que parece.

— Você precisou usar a arma?

Sei que minha resposta provavelmente cimentará a decisão sobre a qual já está cogitando, mas ela precisa saber. Marissa tem que saber que sou nocivo. É melhor para nós dois que seja assim.

— Precisei.

— É... É esse o significado das tatuagens? Pelas pessoas que você... por cada vez que você teve que usar a arma?

— Não — respondo. — Há uma faixa para cada transação que sobrevivi. Às vezes a arma não era necessária. — Faço uma pausa antes de acrescentar. — Mas, muitas vezes, foi.

Sinto que ela se mexe junto de mim. Seu calor desaparece. Sua reação, sua decisão me atinge mais do que pensei que iria atingir, mais do que eu gostaria de admitir. Mas imagino que é melhor que seja agora. Não posso me permitir ficar envolvido. E é melhor para ela não se envolver também.

Mantenho os olhos fechados, pronto para dar a ela a indiferença fria, silenciosa que me é natural. Se ela for embora, não saberá que não dou a mínima. Não a deixarei ver isso.

Mas então ela me surpreende. Primeiro sinto seu cabelo roçar sobre meu peito. Em seguida, sinto o leve toque dos seus lábios no meu rosto quando se curva para me beijar.

— Sinto muito pela vida que você teve que levar. Você era tão jovem — diz ela, com a voz carregada de emoção. — Você não merecia isso.

Sua mão se estende pelo meu peito, enquanto espalha beijos por todas as partes do meu rosto e pescoço. Sinto gotas cálidas. Não percebo que são lágrimas, até uma cair nos meus lábios e eu sentir o gosto salgado.

Marissa beija minha barriga, minha perna direita e a barriga novamente, deslizando os lábios e a língua ao longo da parte interna da minha coxa.

Não é com frequência que vejo bondade nas pessoas. Ou que elas me surpreendam com sentimento de compaixão. Porém Marissa faz isso. Acabei de dizer que sou um criminoso assassino, e, em vez de tomar outro rumo, ela chorou por mim.

Algo queima profundamente dentro do meu peito. Não tenho tempo para pensar ou negar essa sensação, ou inventar um plano para me libertar dela. Marissa se encarrega disso quando seus lábios se fecham em volta da minha cabeça intumescida. Marissa faz com que eu não pense em nada além dela. E apaga todos os outros pensamentos com o primeiro toque da sua língua. Fico feliz em deixá-los para trás.

VINTE

Marissa

Eu poderia ficar horas observando Nash dormir. Relaxado, a forma austera da sua boca fica mais suave, e a raiva que parece arder permanentemente na profundidade escura dos seus olhos não aparece, deixando-o simplesmente lindo. Sem complexidades.

Não há como negar que ele é gêmeo. É quase idêntico ao irmão, portanto suas feições *não* me são estranhas. Mas, de certo modo, são. Há coisas sutis que noto de imediato, e que o diferenciam do irmão, coisas como uma pequena cicatriz que interrompe a suave linha da sua sobrancelha direita, as mechas mais claras do seu cabelo adquiridas no período em que passou no navio, e o bronzeado da sua pele. Na minha opinião, ele é dez vezes mais bonito, mais inflexível que Cash. E certamente muito mais perigoso.

Eu me dou conta do que estou fazendo ao fitá-lo.

Pare de olhar para ele! Você está parecendo a namorada obsessiva e esquisita que fica observando o cara enquanto ele dorme.

Eu me forço a rolar para longe dele e sair da cama. Não faço barulho. Nash é tão forte que é fácil esquecer que ele foi esfaqueado há pouco tempo. Com certeza seu corpo precisa de descanso.

Vou até o banheiro para um banho mais do que necessário. Enquanto lavo o cabelo, deixo a mente voltar à conversa que tive com Nash ontem à noite, às coisas que me contou. Meu coração dói só de pensar no que ele passou, de pensar no que provavelmente viu e fez em consequência dos erros de outra pessoa. Não é à toa que ele é um cara zangado e amargo. E, para completar, a perda da mãe (essencialmente sua família inteira) é algo horrível. Chego à conclusão de que é uma demonstração de força de caráter ele ter sobrevivido dessa forma.

Mas penso que algumas características de Nash podem ser destruídas para sempre, se é que chegaram a sobreviver.

Livro-me dos pensamentos deprimentes. Não gosto de pensar na possibilidade, bem real, de que ele nunca sentirá nada por mim além do que sente agora, de que nunca seremos capazes de ter uma relação mais significativa.

Mas eu sabia disso desde o início. Ele mesmo me disse que iria me magoar. Acho que fui bastante estúpida ou bastante arrogante para pensar que eu poderia ser diferente, que ele poderia mudar por mim.

Conforme a água lava o meu corpo, chego à conclusão perturbadora de que se alguém puder ajudar Nash a voltar a ser sensível, provavelmente será alguém muito mais bacana do que eu. Alguém como Olivia. Alguém com menos bagagem, alguém que não tenha o coração tão ferido como ele. Juntas, nossas partes poderiam fazer uma pessoa inteira. Mas eu duvido.

Meus pensamentos sombrios só pioram quando saio do banheiro e vejo não só uma cama vazia, mas um apartamento vazio. Não há nenhum bilhete, nenhuma indicação de onde ele foi ou de quando poderá estar de volta. Nada. Apenas um eco das minhas preocupações, um eco que diz

"Nash é indelicado porque ele simplesmente não se preocupa. E nunca irá se preocupar".

Sinto uma pontada de dor em algum lugar próximo ao meu coração. Pela primeira vez na vida, meus sentimentos por um homem não têm nada a ver com o meu ego. *Gostaria* que fosse o caso. É muito mais fácil lidar com orgulho ferido do que com esta crescente sensação de desesperança.

Conforme volto ao quarto, ouço o toque de uma mensagem. Desvio da mesa que fica ao lado da porta onde estava minha bolsa e meu telefone. Eu o coloquei para carregar ontem à noite e não voltei para pegá-lo. Nash me distraiu.

E como!

Uma palpitação quente dança na minha barriga só de pensar nele, de pé, atrás de mim diante do espelho, ontem à noite. Eu sei que não devia ter me mostrado satisfeita com sua atitude tão rude e furiosa. Eu devia me opor, como uma mulher com algum respeito próprio faria. Como qualquer ser humano. Mas não me arrependo por tê-lo deixado ir em frente. Por alguma razão, era como uma das trocas mais honestas que tivemos até aqui. Ele não estava segurando nada, não estava fingindo ser nada nem ninguém. Ele foi apenas Nash. O Nash bruto, furioso, sexy, fazendo o que queria e o que precisava. E ele queria isso de mim.

Sei que eu não deveria tentar interpretar suas atitudes, mas, pelo visto, não consigo evitar. Tão rapidamente quanto a desesperança se instala, uma pequena semente de esperança cresce para esmagá-la.

Estou certa de que me sentirei completamente diferente em alguns minutos ou em algumas horas. Parece que fiquei bipolar desde que conheci Nash.

Quando pego o telefone, eu me critico por ver e sentir coisas que não existem e me colocar diante de uma decepção devastadora. O que encontro só dá ao meu coração louco mais razão para alimentar esperança.

Estou com Cash. Ligue se precisar de mim. Consigo chegar em casa em poucos minutos.

Digito minha breve resposta e tento não abrir um sorriso bem largo.

Tudo bem.

Em casa?

Meu otimismo retorna dez vezes mais forte. Por um momento, não penso em nada além do fato de ele estar sendo atencioso, generoso, sensível. E de ter mencionado "chegar em casa".

Mas ao mesmo tempo que toda essa esperança toma conta de mim, o pensamento racional se manifesta, em algum lugar no fundo da minha mente. Ele está me avisando que me apaixonei por Nash, me apaixonei pra valer. E o negócio é o seguinte: sou bastante inteligente para saber que uma paixão dessas pode acabar comigo.

Para sempre.

O identificador de chamada me faz suspirar. Ele diz: *Deliane Pruitt*. Minha secretária. É a quarta pessoa do trabalho a me ligar nas últimas duas horas.

O que aconteceu essa manhã? As comportas da bisbilhotice se abriram?

— Bom dia, Del. Como vai? — cumprimento-a em tom simpático.

— Bom dia. Está podendo falar?

— Claro.

— Certo. Bom. Todo mundo está sabendo do seu retorno, e estou recebendo ligações de pessoas que querem marcar almoços e reuniões e arrecadações de fundos. Você vem trabalhar hoje?

A pergunta me irrita, assim como o fato de todo mundo pensar que só porque estou de volta ao país, estou trabalhando. Naturalmente, sei que eles estão apenas fazendo o que sempre fizeram. Estou sempre disponível para essas coisas. Os almoços e as arrecadações de fundos sempre foram mais divertidos do que qualquer coisa, e uma "reunião" é somente um codinome para um encontro social para beber em um restaurante sofisticado.

Um pensamento me ocorre, deixando-me momentaneamente muda.

— Marissa? — A voz de Del me traz de volta à conversa.

— O quê? Ah, desculpe. Humm, não, não marque nada na minha agenda ainda. Não sei quando volto ao escritório. Ou volto ao trabalho, no que diz respeito ao assunto. Tenho algumas coisas que preciso resolver primeiro. — Faço uma pausa antes de formular uma pergunta, uma pergunta relacionada ao pensamento que me ocorreu. Uma pergunta para a qual não sei se quero a resposta. — Hummm, Del, alguém ligou a respeito das contas de Peachburg? Já está na hora de eles acompanharem.

Meu pai e eu fomos verificar as contas de Peachburg nas Ilhas Cayman. Na época, não percebi nada no fato de ele levar uma "equipe" para ajudar e se familiarizar com as contas, mas agora parece haver muito mais. Agora faz sentido.

— Não, senhora. Acho que Garrett Dickinson está tratando a maior parte disso agora.

O choque é arrasador. A decepção da realidade cai no meu peito como um gorila de mil quilos. Minha suspeita estava certa.

— Tudo bem, obrigada. Entro em contato quando tiver uma data para abrir minha agenda.

— Sim, senhora. — Estou quase desligando quando Del me interrompe. — Marissa?

— Sim?

— Está tudo bem? Quero dizer, você pode falar comigo se precisar.

Posso ver que sua oferta é sincera. Aliás, acho que a sua gentileza chega a doer. Não que eu tenha sido rude com Deliane alguma vez, mas nunca a tratei como nada além de uma funcionária. Inferior. Nunca lhe dei mais atenção do que uma mediadora para todas as pessoas que conheço e as atividades nas quais estamos envolvidas. Ela podia ser uma máquina por todo o crédito que lhe dei.

Mas agora vejo claramente que ela é uma pessoa verdadeira, uma pessoa muito melhor do que eu. Ela está estendendo uma oferta de ajuda e consolo para alguém que nunca lhe deu mais do que o mais básico dos gestos educados. Ela está se prontificando a ajudar alguém que não merece sua consideração.

— Obrigada, Del. Pode deixar — digo, embora saiba que não vou fazer isso. Ela não merece que eu descarregue tudo nela.

— Você tem meu número. Pode me ligar a qualquer hora.

— Fico feliz em saber disso, Del. Darei notícias.

Depois que desligamos, deixo o celular cair sobre o tapete, entre os meus pés. Relembro os anos desde que me formei na faculdade de direito e passei no exame da Ordem. Penso em todos os processos que meu pai me "incluiu" ou quando disse que estava me "preparando para assumir o controle". Cada um, por uma razão ou outra, acabou sendo projeto de outra pessoa enquanto ele me desviava para outra coisa. Cada reunião que ele alguma vez pediu que eu participasse era mais uma espécie informal de recepção do que algo mais consistente, algo no qual de fato revíssemos números ou falássemos de negócios. Na verdade, meu pai me preparava para ser a esposa de alguém influente. Ele me ensinou como me portar na presença de algumas das pessoas mais ricas e mais poderosas do mundo. Me ensinou como levantar toneladas de dinheiro por causas que nos fazem parecer pessoas decentes e me ensinou como dar uma festa pra ninguém botar defeito. Mas nenhuma vez ele confiou em mim com algo de fato importante, que exigisse o conhecimento que levei anos de faculdade para obter.

Nunca. Nenhuma vez.

Desde o início, ele me viu como a esposa de um político, alguém que ele pudesse controlar para usar em troca de favores e influência quando precisasse. Ele criou e preparou um fantoche, nada mais. E essa constatação é devastadora.

Todos os tipos de lembranças casuais vêm à tona de forma arrasadora: meu pai pedindo que eu cantasse para um diplomata asiático quando eu era criança; meu pai se recusando a me deixar sair com qualquer rapaz que não fosse filho dos seus amigos influentes; meu pai me matriculando na faculdade de direito quando eu ainda estava indecisa sobre que carreira escolher; meu pai me apresentando a todos "os amigos certos" na faculdade; meu pai pedindo que eu usasse um vestido quase transparente e "esquecesse" a minha roupa de baixo quando fui com ele a um jantar no iate de um magnata do petróleo. Eu tinha 17 nos na época. Não argumentei porque ficava sempre tão feliz quando meu pai me dava atenção, que não me preocupava com o que ele pedia que eu fizesse. Foi assim toda a minha vida, qualquer coisa para ganhar a aprovação do meu pai, qualquer coisa para ganhar um sorriso ou um tapinha no ombro. Até onde posso lembrar, eu competia pela sua atenção, clamando por seu amor e fazendo qualquer coisa para adquirir o mínimo que fosse. Eu nem sequer me dei conta do quanto isso era pervertido ou mesmo me toquei de que estava me tornando um monstro. Como meu pai, eu não dava atenção a ninguém além de mim e via tudo e todos como um meio para alcançar um objetivo. O meu objetivo. O objetivo do meu pai.

Eu passei a ser a lembrancinha especial desde que fui capaz de "atuar". Uma prostituta. Nem sempre por dinheiro e nem sempre utilizando sexo, mas uma prostituta, de qualquer forma.

Como se tivesse vivido uma vida em estado de torpor, eu me sinto confusa e esmagada, esmagada pela dura luz da realidade.

Desde o sequestro, tenho me sentido como uma estranha no mundo à minha volta. Agora sei por quê. Era uma mentira. Tudo isso. Uma grande mentira.

Sentindo-me claustrofóbica, visto uma calça comprida, calço um sapato de salto e pego a minha bolsa. Tenho que me concentrar em algo real, algo verdadeiro. Senão, posso acabar quebrando como um cálice de cristal, explodindo em uma chuva de gotas de diamante brilhantes que batem no chão e desaparecem no vazio.

As lágrimas estão escorrendo pelo meu rosto quando entro no carro e desço a rua, para longe do que me é familiar. O telefone indica a chegada de outra mensagem. Olho para o aparelho e meu coração fica ainda mais apertado dentro do peito.

Duas palavras. De alguém para quem nunca serei boa o bastante.

Tudo bem?

Eu as ignoro enquanto meus soluços preenchem o interior silencioso do carro. Conscientemente, penso em Olivia. Devo a ela o pouco da bondade que posso ter dentro de mim. Devo a ela tirar as associações perigosas da família do seu namorado das ruas, para que ela fique fora de perigo, se eu puder.

Vou de carro até o joalheiro que minha família e a maior parte dos sócios na empresa costumavam comprar joias e incrustações deslumbrantes. Dou um sorriso amargo ao estacionar em um lugar do lado de fora da loja pequena e modesta.

Sempre pensei que estávamos no negócio da justiça, apesar de lidarmos com assuntos corporativos e financeiros. Mas não, nunca foi isso, com certeza. Acho que em algum nível, eu sempre suspeitei que meu pai usava pessoas influentes para obter certas coisas, mas nunca quis admitir isso. Nunca realmente quis ver além da bela mentira exterior. Eu aceitei tudo. Eu o deixei me usar em algumas das suas manipulações. Porque era tola.

Como as joias que meu pai comprava aqui, eu não passava de um ornamento brilhante para ficar balançando apenas diante das pessoas certas. Sem me dar conta disso, eu tinha entrado no negócio de deslumbrar pessoas. E aprendi com mestres como usar algo brilhante e luminoso para esconder dos outros o que havia por baixo da superfície. Não sou nada além de um espaço para incrustar um diamante numa joia. Sou oca por dentro. Cheia de nada. Vazia.

Esfrego os olhos e me arrasto no banco do carro. Um sino delicado informa a minha entrada na loja. Uma vendedora me cumprimenta logo em seguida. Ela me chama pelo nome.

— Sra. Townsend, como é bom vê-la novamente. Como podemos ajudá-la hoje?

— Estou procurando algo como uma esmeralda. Para uma amiga.

A loja é dividida em áreas diferentes para cada tipo de produto. A pessoa pode passar de uma sala à outra por portas contíguas, mas se ela souber o que quer, um funcionário a levará simplesmente à sala com o tipo de joias ou pedra que ela está procurando. Sei por experiências anteriores que esmeraldas, rubis e pérolas estão na terceira sala à esquerda, portanto sigo a moça pelo longo e largo corredor, lançando os olhos em cada sala luxuosamente mobiliada, conforme passamos.

Um perfil familiar chama a minha atenção e o meu passo vacila. Eu o reconheceria provavelmente em qualquer lugar, especialmente em um lugar como este, onde o seu rabo de cavalo e seu cavanhaque são particularmente estranhos.

É Nash. Mas o que ele está fazendo aqui? Ele tinha dito que estava com Cash, o que significa que mentiu.

Ele está sozinho na sala, com apenas um funcionário. Está vendo pulseiras, provavelmente de diamantes, considerando-se a área em que está. Mas por quê? E para quem?

Ele deve ter perguntado a Cash onde poderia comprar joias. Este lugar não é exatamente conhecido. Mas por que ele iria mentir para mim? A menos que não quisesse que eu soubesse, não quisesse que eu fizesse perguntas.

Me sinto traída e prestes a chorar, e pulo de susto quando a funcionária se dirige a mim.

— Gostaria de ver as pulseiras de diamante em vez disso?

—Humm, não. Não, só estou interessada em esmeraldas.

Apresso-me para me afastar da entrada, não querendo ser pega em uma situação tão humilhante. Sinto os pés pesados enquanto sigo a moça até os fundos da loja. Estou tendo dificuldade em me concentrar na razão de ter vindo aqui. Meu entusiasmo em escolher um presente maravilhoso para Olivia diminuiu agora.

Só preciso de alguns minutos para encontrar o presente perfeito para ela, mas pesquiso um pouco mais. Não quero arriscar a esbarrar em Nash.

Quase 45 minutos depois, efetuo a compra e posso ir embora. Quando estou me dirigindo à saída, olho atentamente cada sala. Sinto-me aliviada ao perceber que não há nenhum sinal de Nash.

Quando estou entrando no carro, meu telefone toca novamente. É uma mensagem. E ela faz meu coração doer. Novamente.

Tudo bem?

Mais uma vez eu a ignoro. Nash está jogando um jogo que está além da minha capacidade de resistir. Pensei que pudesse segurar a onda, mas acho que me dei muito crédito.

Recuso-me a derramar uma lágrima sequer. Dou a mim mesma uma bronca silenciosa, algo para me ajudar a manter o foco no ponto necessário.

Estou indo para casa preparar a mala e depois vou para Salt Springs. Verei se Ginger precisa de ajuda para comprar alguma coisa para a festa de Olivia. Dei o número de Cash a Ginger. Se ela não disse a ele para convidar Nash ou se Cash não pensou nisso, a culpa não é minha. Ele pode ficar em Atlanta e ficar se perguntando para onde foi todo mundo.

Esse pensamento me dá certa satisfação. Gosto da ideia de que ele irá se dar conta de que não me tem sob controle. Tudo o que aconteceu até agora foi o que eu *deixei* acontecer. Tenho sido uma participante condescendente. Mas no instante que eu decidir que as coisas têm que parar, elas irão parar. Ponto final.

Uma voz baixinha, irritante, fala no fundo da minha mente. Ela está rindo de mim, perguntando se eu realmente acho que será tão fácil simplesmente me afastar de Nash.

Exatamente como fiz com a mensagem de Nash, eu a ignoro.

Meu queixo dói de tanto trincar os dentes de determinação, mas me sinto de certa forma realizada uma hora depois, quando fecho minha pequena mala. A perspectiva de sair desse apartamento, sair de Atlanta, parece extremamente agradável no momento.

Ouço a porta da frente bater e meu coração fica descompassado no peito. Eu me pergunto se sempre terei essa reação, seja ela racional ou não. Assim que o meu cérebro entra em ação, ele me lembra que deve ser Olivia ou Nash. Ou Cash, embora isso seja muito improvável. Eles são os únicos que possivelmente têm as chaves, e eu tranquei a porta.

Espero, um pouco ofegante, os passos fazerem o seu caminho até o meu quarto. Quando o corpo grandalhão de Nash enche a entrada, meu coração dispara. Ele está tão incrivelmente lindo. E tão incrivelmente furioso.

— Por que car... razão você não respondeu minhas mensagens?

— Eu não sabia que tinha que fazer isso.

Seus dentes estão cerrados. Posso praticamente ouvi-los rangendo. Ele sibila por entre eles.

— Você não *tem que* fazer isso. É só uma questão de cortesia. Pensei que putas ricas e esnobes se preocupassem em fingir que têm educação e em representar direitinho.

Embora eu saiba que ele provavelmente está falando isso de forma geral, mesmo assim causa dor ouvi-lo me comparar a esse tipo de mulher.

— Talvez porque nós, *putas* ricas e esnobes, nem sempre sigamos as regras.

Vejo a raiva nos seus olhos escuros.

— Eu não quis dizer isso.

Imagino que não quis mesmo, mas me recuso a aliviar a consciência dele lhe dando lição de moral.

— Talvez você devesse aprender a controlar sua língua.

— Acredite, eu não digo nem metade do que penso quando estou perto de você.

— Bem, então talvez você devesse dizer o que passa pela sua cabeça.

Nash atravessa a sala com passos firmes e para a poucos centímetros de mim. Com quase 1,75m, sou alta para uma mulher, mas a estatura dele ainda se destaca diante de mim. Resisto ao impulso de recuar. Em vez disso, levanto o queixo e fito seus olhos, com ar desafiador.

— Confie em mim, você não vai querer ouvir.

— Talvez não, mas talvez eu *precise* ouvir.

Seus dedos agarram a parte superior dos meus braços como faixas de aço e ele me puxa com força contra o seu peito. Tenho a sensação de que ele gostaria de me sacudir.

— Já não te dei razões suficientes para me odiar? Para ficar bem longe de mim?

— Talvez agora você tenha *finalmente* conseguido — digo através da linha apertada dos lábios. Ele não é o único que pode ficar com raiva.

— O que há de errado com você?

— Nada que *você* tenha que se preocupar.

Fitamos um ao outro, ambos sem vontade de ceder nem um milímetro, mas ambos sem querer ir embora. Pela primeira vez, posso ver além da sua fachada cuidadosamente elaborada. Ele não quer me desejar, não quer sentir nada por mim, mas acho que ele está começando a sentir, apesar de todos os avisos e razões para evitar isso.

Depois do que parece uma eternidade, Nash solta meus braços e dá um passo para trás. Ele leva a mão ao cabelo para ajeitar o rabo de cavalo. Seus olhos se voltam em direção à cama.

— Vai sair?

— Na verdade, sim. Não que seja da sua conta.

Ele volta a me olhar, franzindo o cenho.

— Você ia pelo menos se dar ao trabalho de me contar?

Eu franzo o cenho, imitando seu gesto.

— Eu tinha pensado em mandar uma mensagem pra você depois.

Já que você é tão entusiasta desse método para contar suas mentiras.

— Depois, é?

Posso ver as faíscas nos seus olhos novamente.

— Você não entra em contato para me contar cada detalhe da *sua* vida e do *seu* dia.

É uma sensação boa dar umas alfinetadas nele, principalmente considerando sua recente ida à joalheria, sobre a qual ele mentiu. Mas, quando vejo seus lábios se contorcerem, percebo que as minhas farpas não estão sequer fazendo cócegas. Ele está se divertindo.

De todos os momentos para ter senso de humor...

É algo irritante. *Ele* é irritante!

— Tem alguém com raiva aí? — pergunta ele em tom sarcástico.

Tenho vontade de bater o pé. Mas não quero dar satisfação a ele.

Quando Nash dá mais um passo para chegar mais perto de mim, não há raiva desta vez. Há algo mais em seus olhos. E faz os meus joelhos fraquejarem.

Ele estende a mão e enrola uma mecha do meu cabelo em volta do seu dedo e puxa levemente, até meu nariz quase tocar o seu. Sua voz é um pouco mais que um sussurro quando ele fala.

— Posso ser muito... terapêutico se você precisar se livrar dessa raiva. Quer que eu te mostre?

Fitar os olhos dele e ouvir o tom aveludado da sua voz me deixa atordoada. Fascinada. Hipnotizada. Não fosse sua ida secreta à joalheria, eu colaria meus lábios nos seus e mergulharia neste delírio, como uma pedra na água.

Mas não posso superar a mentira tão facilmente. Entre todas as coisas que consigo tolerar em relação a ele, que eu consigo deixar passar e dar conta, a desonestidade não é uma delas. Como a maior parte da minha vida é construída em cima de mentiras, preciso de algo que seja verdadeiro e honesto. E pensei que Nash seria algo assim.

Mas estava enganada.

Com o olhar fixo nele, dou um passo determinado para trás. Deixo uma gota de frieza se mostrar na minha voz.

— Vou me lembrar disso.

Ele ergue as sobrancelhas. Não sei se é num tom de surpresa ou desafio, mas o gesto causa um leve tremor nas minhas costas.

— Perfeito. — Lentamente, Nash se vira e caminha de volta à porta. Em seguida, olha para trás, no último minuto, seus lábios ainda curvados. — Vou deixar você acabar de fazer as malas, então.

Não me movo até ouvir a porta bater. Ao levar a mala para a sala, não consigo deixar de me sentir como se tivesse acabado de perder uma batalha.

VINTE E UM

Nash

Cash mencionou o aniversário de Olivia por alto. O presente dela foi uma das coisas que fui escolher com ele hoje. Mas, na verdade, ele queria que eu o acompanhasse para me perguntar se eu seria seu padrinho. Ele está pensando em pedir Olivia em casamento.

— Sei que parece muito rápido, razão pela qual não vou fazer isso agora. E definitivamente não perto do seu aniversário. Mas quero dar um passo adiante e comprar o anel, para já estar com ele, quando for o momento certo chegar — disse Cash, essa manhã, a caminho da joalheria.

— Para que você precisa de mim, então? Não sou nenhum perito em diamante.

Cash deu de ombros.

— Principalmente porque eu queria perguntar se você seria o meu padrinho.

Tenho certeza de que o meu choque ressoou no carro como o som de um tambor.

— Não leve a mal, cara, mas por quê?

— Sem dúvida, conheço Gavin há mais tempo. Ele seria a escolha lógica. E, na verdade, também gosto bem mais dele. — Ele me deu uma olhada e sorriu de modo irônico.

Sei que ele provavelmente falou a verdade. Sem dúvida, ele *realmente* gosta mais de Gavin. Mas o que ele quis dizer é que sou seu irmão. Somos o mesmo sangue. E é uma coisa que não pode ser apagada, um laço que não pode ser quebrado, não importa o quanto sejamos afastados.

E entendo o que ele sente. Sinto o mesmo.

— Mas sou seu irmão. Entendi.

Ele desvia o olhar da estrada por um tempo considerável e depois me olha novamente, e assente com a cabeça. Foi assim que me dei conta de que estávamos numa boa.

— E então, topa?

Levei um ou dois minutos para considerar o que ele tinha perguntado, bem como a minha disposição de assumir tal compromisso. Eu não aceitaria se não estivesse certeza que poderia dar conta do recado.

— Sim, topo.

Cash assente novamente. Ele sabia que eu quis dizer que, aconteça o que acontecer, se eu estiver vivo no dia do seu casamento, estarei lá. Serei seu padrinho.

Depois disso, caímos em um silêncio razoavelmente confortável. Fui com ele até a joalheria mais fora dos padrões que já vi. O lugar parecia mais uma casa velha transformada em uma loja elegante. Havia salas diferentes para cada tipo de joia. Eu nunca tinha visto nada igual. Cash disse que era uma que seu escritório de advocacia aprovava. Ele provavelmente tinha comprado algo para Marissa lá, embora eu não tocasse no assunto. Não exatamente por respeito a ele; mais porque eu realmente não queria saber.

Ele escolheu uma bela pulseira para Olivia para o seu aniversário, depois entrou sozinho com uma mulher em uma sala, onde havia diamantes soltos. Certamente queria algo exclusivo, feito especialmente para ela.

Babaca submisso.

Ver todas as joias e pensar na namorada que eu poderia ter, aquela para quem eu poderia ser capaz de comprar coisas assim, só me deixa de mau humor. E depois, como Marissa não respondeu às minhas mensagens... Bem, eu estava muito puto quando cheguei ao apartamento dela. Mas encontrá-la lá irritada... Cacete! Foi bem excitante. Gostaria que ela estivesse um pouco mais disposta a descarregar um pouco daquela energia.

Não consigo evitar ficar intrigado quando penso no modo como ela agiu, como se eu tivesse feito algo errado. Eu *fiz* algo errado, algo completamente errado, mas não creio que ela saiba alguma coisa a respeito. Se soubesse, Marissa provavelmente teria me colocado para fora do apartamento e jurado nunca falar comigo novamente. Mas ela não fez nada. Portanto, duvido que ela saiba algo sobre *isso*. Mas o que mais pode haver? Eu praticamente disse a ela que sou um cara desprezível. Ela sabe que não sou o tipo de homem do qual ela precisa. Pelo amor de Deus, eu contei a ela que sou um assassino e ela me chupou.

Talvez ela tenha tido uma crise de consciência desde então. Talvez. Mas não parece provável.

Mulheres!

É exatamente por isso que eu evito ficar muito apegado. A maioria delas é louca e traz mais preocupação do que merecem.

Eu deveria me afastar desta. Só que...

Dou uma porrada no volante, frustrado. Eu não sei o que vem depois do *só que*.

Vou pelo caminho que Cash me instruiu. Não sei se ele pretendia me convidar para a festa de aniversário de Olivia, mas depois de falar com Marissa, eu mesmo me convidei. Imagino que é onde ela estará. Cash foi simplesmente gentil em me dar as coordenadas.

Vejo a boate logo adiante e viro à esquerda para entrar no estacionamento. Em uma cidadezinha brega como Salt Springs parece ser, imagino que este seja o único lugar em muitos quilômetros onde se pode tomar uma bebida. Isso ou Olivia tem uma porrada de amigos. Seja qual for a resposta, o estacionamento está lotado de carros e caminhonetes.

Não é novidade para mim entrar em uma boate como esta. Sei exatamente o que esperar, e nunca me sinto decepcionado. As pessoas se mantêm distantes. Os homens me olham com ar de competição; as mulheres, como se eu fosse uma sobremesa. Realmente não dou a mínima para o que eles pensam. Normalmente tenho só uma coisa em mente. Transar ou ficar bêbado.

Esse é o único caminho essa noite e esta boate diferencia-se de todas as outras. Essa noite, não estou aqui para transar nem ficar bêbado, embora, se isso acontecer, não vou reclamar. Para ser franco, não sei realmente porque *estou* aqui, mas sei que tem algo a ver com Marissa. Dei a impressão de que tomaria conta dela, que a protegeria. Não posso fazer isso se estiver a horas de distância. Isso também tem um pouco a ver com o que quer que a tenha irritado. Estou curioso. E não me importaria em explorar seu pequeno mau humor. Afora isto, não tenho nenhum interesse em descobrir qual é o problema dela. Não tenho nada por que pedir desculpa. Pelo menos nada que ela saiba.

Meu olhar é atraído por ela imediatamente. Não que ela seja necessariamente fácil de notar na multidão. Este lugar está tão cheio de loiras que eu poderia ficar intoxicado pela substância química. Mas o cabelo de Marissa é um loiro natural, bem fácil de distinguir entre as loiras artificiais em volta dela. Além disso, há algo nela que atrai o meu olhar, não importa o quanto o lugar esteja cheio.

Além disso, ela está sozinha. Provavelmente nunca esteve numa boate como esta. A Dual deve ser a coisa mais próxima a esse lugar, que não é assim tão parecido, visto que é mais como um clube.

Ela parece um peixe elegante fora d'água, embora ela tivesse tentado se vestir de acordo com o local. Seu short jeans curtinho é um tanto novo demais e sua camiseta é provavelmente de marca. Minha suposição é que custou mais do que algumas dessas pessoas ganham em um mês. E seu sorriso é duro, como se estivesse desconfortável. Tenho que dar a ela algum crédito pela tentativa, entretanto. Ela veio porque está tentando ser bacana com a prima, porque está tentando demonstrar isso. Mesmo que signifique fazer isso em território inimigo.

A garota tem coragem.

Quando seus olhos pousam em mim, eu os vejo ficarem congelados em pontos azuis frios, no oval perfeito do seu rosto. Ela desvia o olhar em direção à pista de dança e à multidão se mexendo toda desajeitada.

Não me aproximo dela. Em vez disso, vou ao balcão e peço uma cerveja. Quando o bartender desliza a garrafa verde diante de mim, imediatamente me arrependo da minha escolha. Meu pau se contrai em reação.

Você queria sacanear Marissa e Cash, mas a única pessoa que ficou na merda foi você!, penso, enquanto tento esquecer aquela noite.

Forço meus pensamentos para algo diferente antes que o meu corpo saia do controle. Nova Orleans é uma daquelas coisas que não presta para nada. Se ao menos eu tivesse a sorte de Marissa e não me lembrasse de absolutamente nada disso…

Um peito bonito e macio roça no meu braço. Olho à minha esquerda e vejo uma loira magra, de seios grandes ao meu lado. A cadeira do outro lado está vazia, portanto ela tem bastante espaço. Ela simplesmente não quer usá-lo. Prefere a minha atenção em vez disso.

Ela pede uma margarita, em seguida vira os olhos exageradamente maquiados para mim.

— Não pense que eu "já o vi aqui antes".

— É porque você não viu — respondo.

— Não achei que tivesse. Eu me lembraria de um homem como você.

Sorrio diante da sua tática explícita.

— Sim, com certeza, lembraria. — Levo a garrafa de cerveja gelada à boca e tomo um gole. Imediatamente penso em Marissa. A cerveja e o pensamento me deixam sedento, mas não por algo diante de mim.

Franzo o cenho ao engolir a bebida. De modo geral, bunda é bunda. Desde que pareça limpa e disposta e tenha um cheiro agradável, estou dentro. É para isso que servem os preservativos.

Mas não essa noite. Pela primeira vez em... bem, *anos*, meu apetite é muito específico. Há uma coisa que quero, uma pessoa. E não é a loira ao meu lado. É aquela sentada indiferente e sozinha, do outro lado do salão.

Acompanhando meus pensamentos, meus olhos se dirigem ao local onde Marissa está sentada e encontram os seus. Antes que ela desvie o olhar carregado de culpa, vejo a fúria. Fúria ciumenta.

Normalmente, não tolero esse tipo de coisa, mas, neste caso, acho interessante. Parece algo inadequado para ela, como um defeito secreto que está vindo à tona. Faz com que eu queira explorá-lo. Exatamente como o seu mau humor, mais cedo.

Seja qual for a causa, raiva é algo que eu consigo entender, me identificar. Mas isso me faz sentir atraído por ela, ligado a ela de um modo que não quero. Gosto de ser independente. Não preciso de raízes, laços ou envolvimentos. Marissa é o extremo oposto. Ela é do tipo que precisa de tudo isso.

Eu sou o tipo que vai embora. E ela precisa do tipo que fica.

Talvez ambos precisemos nos lembrar desse detalhe.

Com isso em mente, agarro a mão da loira com o peito pulando para fora da camiseta e a levo para a pista de dança.

VINTE E DOIS

Marissa

Sinto o coração despedaçado dentro do peito quando Nash conduz a garota entre os frequentadores do local. Eu não deveria ficar olhando. Mas não consigo evitar. Não consigo parar de olhar, da mesma forma que não consigo ficar longe dele, quando poderia ter evitado tudo isso.

Eu sabia o tipo de homem que ele era, o tipo de homem que ele *é*. Qualquer mulher com metade de um cérebro logo vê o tipo de homem que ele é só de olhar para ele. Nash é do tipo que vai esmagar seu coração. Sem refletir nem olhar para trás, antes de sair da sua vida.

Não que ele não deixe isso bem claro.

Isso só faz com que eu me sinta ainda pior. Faz com que eu me sinta uma idiota, além de todo o resto.

Enquanto o observo dançar com a loira piranha, o que ele faz muito bem, à propósito, não consigo evitar uma sensação de imensa decepção. Parece algo louco, sem dúvida, mas acho que alguma parte da pessoa que eu me tornei esperava encontrar o amor em um lugar inesperado, de modo inesperado. Nash é as duas coisas.

Se ele tivesse se apaixonado por mim, se eu fosse a mulher que poderia curá-lo e fazê-lo amar novamente, teria sido um modo maravilhoso de começar minha nova vida. Mas acho que não era para ser. Talvez eu deva cortar todos os laços e encontrar o meu caminho, sozinha. *Completamente* sozinha. Nunca me vi tão sozinha antes. Talvez esteja na hora.

Na minha cabeça, isso remete um pouco a Antígona, destemida e indomável, mas, no meu coração, a sensação é apenas de solidão. E de vazio.

De repente, o salão e sua atmosfera de comemoração alegre me deixam sufocada. Deslizo o corpo no banco para escapar do peso que está pressionando meu peito, mas um aperto firme no meu ombro interrompe meu gesto. Ao me virar, dou de cara com a Ginger. Ela balança a cabeça, como se me dissesse para não ir embora, dá uma piscadela e, em seguida, se vira para falar com as pessoas.

— Quem gostaria de ver a aniversariante abrir seus presentes? — Mesmo com a música alta, a voz de Ginger pode ser ouvida facilmente. Com certeza, isto é um talento útil para uma bartender. Como se seguisse uma dica, alguém abaixa o volume da música e o mar de rostos se vira na direção de Ginger.

Volto a me sentar. Estou empacada. Não há como sair agora sem parecer grosseira e mal-agradecida. Então planto um sorriso no rosto, olho ao redor e vejo Olivia, evitando, de propósito, olhar para Nash e aquela... aquela... mulher.

Vejo Cash primeiro. Sua cabeça é visível acima de praticamente todas as outras no salão. Ele está sorrindo, seu queixo repousado no topo de uma cabeça de cabelos pretos e brilhantes. Me inclino um pouco à esquerda e vejo Olivia abraçada a ele, contra o seu peito, de frente para a multidão de amigos. Ela está sorrindo como a garota mais feliz do mundo.

Meu peito dói e meus olhos ardem. Eu a invejo. Não que eu me sinta ressentida pela felicidade de Olivia. De jeito nenhum. Só gostaria de ser como ela. De todas as formas.

Meu queixo treme e eu contenho as lágrimas. Nunca fui esta garota antes: emotiva, tristonha, possessiva, particularmente afetuosa, fora de controle; mas acho que ser uma pessoa melhor, ser gentil e compreensiva, não pode vir sem um pouco de dor. Eu só não tinha percebido que seria tanto.

Entretanto, ao olhar para Olivia, vejo a recompensa. Ela está em um salão repleto de amigos verdadeiros que a amam por quem ela é, não pela sua descendência ou pela forma como ela pode ajudá-los a subir na vida. Ela encontrou o amor da sua vida e o prendeu. E pode deitar a cabeça no travesseiro todas as noites sabendo que é realmente amada e que era um ponto brilhante num mundo escuro, aquele dia. Ela não precisa de riquezas ou posses materiais. Ela não precisa de um pai poderoso ou de um sobrenome importante. Ela não precisou de um diploma pomposo (e inútil). Ela é somente digna. Profundamente digna.

— O meu primeiro, o meu primeiro! — diz Cash, tremulando a mão em direção a alguém na multidão. Volto a olhar os rostos até ver Nash se aproximar para entregar a Cash uma caixa comprida, fina, enrolada em um veludo vermelho simples, embora luxuoso. Reconheço imediatamente de onde é a caixa e sinto um aperto no coração. Tenho a triste suspeita de que julguei Nash mal.

Olho Cash tomar a caixa que ele provavelmente deixara com Nash para esconder de Olivia e entregá-la a ela. Com o sorriso ainda contido, ela desata o laço aveludado e remove o material da caixa retangular. Cash se aproxima dela para levantar a tampa e os olhos de Olivia se arregalam.

— Ah, Cash! Que coisa linda!

Ela retira um bracelete. Mesmo da posição privilegiada onde estou, posso ver que ele tem três fileiras: uma de esmeralda com diamante em ambos os lados. É uma joia lindíssima e irá combinar perfeitamente com os brincos de esmeraldas que eu comprei para ela.

— É, mas não chega aos pés da sua beleza — ele diz sorrindo, quando ela se joga em seus braços. Ela entrega o bracelete a ele e, em seguida, estende o braço. Ele prende a faixa brilhante em volta dele, depois leva os dedos dela aos seus lábios. Ele não fala em voz alta. Suas palavras são destinadas apenas a Olivia, mas o silêncio é geral, e tão respeitoso em relação aos dois, que é fácil ouvi-lo. — Eu te amo, aniversariante. — Olivia joga os braços em volta do pescoço de Cash e sussurra algo em seu ouvido. Ele dá uma risada e a beija quando ela se inclina para trás. — Vou fazer você cumprir essa promessa.

— Seria uma pena se você não fizesse isso — diz ela, arrancando uma risadinha de todos que assistiam à cena.

Um por um, seus amigos se aproximam para entregar seus presentes. Alguns são bonitos; outros, engraçados. Alguns são puramente significativos, mas todos são carregados de carinho e têm a intenção de mostrar a Olivia que ela é amada. É inegável: Olivia é adorada. Profundamente. Por nada além da pessoa que ela é. E é assim que deve ser. Eu precisei de uma vida inteira para perceber isso.

Quando ninguém mais se aproxima para lhe entregar um presente, eu pego minha bolsa e retiro dela uma caixinha quadrada também embrulhada em veludo vermelho. Me sinto culpada só de olhar para a embalagem. Não pelo o que há no interior, mas por pensar o pior em relação a Nash, supondo que ele mentira para mim sobre onde havia ido. Eu o julguei como se ele fosse uma das pessoas com as quais estou acostumada; pessoas que mentem e traem e enganam sem pensar duas vezes. Não estou acostumada a pessoas como estas, pessoas honestas e gentis.

E Nash é uma delas.

Não sei se ele se preocupa comigo, mas ele se preocupava profundamente com a mãe e, evidentemente, ainda se preocupa muito com o pai e com o irmão, embora não admita. E eu diria que ele é bastante honesto também. Nash é o tipo de homem que diria apenas a verdade, independente de quanto ela possa machucar. Na realidade, ele já demonstrou isso. Ele me preveniu para que eu não me envolvesse com ele, só que eu não lhe dei ouvidos. Ele foi honesto desde o começo. E foi sincero sobre onde havia ido hoje. Ele *estava* com Cash. Na joalheria. Mas eu não dei a ele o benefício da dúvida. E agora devo aguentar as consequências.

Eu levanto para entregar meu presente a Olivia. Ela está sorrindo quando seguro sua mão e coloco a caixinha nela. Espero o seu olhar encontrar o meu antes de falar. Quero que ela saiba que estou sendo sincera. Quero que ela veja isso no meu rosto, nos meus olhos.

— Se eu pudesse escolher me parecer com alguém na vida, eu escolheria você. — Curvo-me ligeiramente para dar-lhe um beijo no rosto. — Feliz aniversário. Você merece toda a felicidade do mundo.

Seus olhos estão cheios de lágrimas quando me inclino. Ela engancha um braço em volta do meu pescoço e me abraça.

— Eu te adoro, prima — sussurra ela. E eu realmente acho que ela falou do fundo do coração.

— Eu te adoro também.

Quando me viro para voltar ao meu assento, vejo outra cabeça atravessar a multidão. Desta vez, Nash está se dirigindo à saída. E, na frente dele, puxando sua mão, a loira que estava ao seu lado no bar, mais cedo. Eu fico observando até ele sumir de vista e a porta se fechar. Nem uma vez ele olha para trás.

Nem.

Uma.

Vez.

Estou louca para Olivia abrir o meu presente e o dos outros para a festa recomeçar. Então vou poder escapar disfarçadamente. Eu preciso disso. Desesperadamente. Mal posso respirar, é como se alguém tivesse roubado todo o ar do salão. Dos meus pulmões. Da minha alma.

Quando a música volta a tocar e o pessoal está na maior animação, eu me mantenho junto à parede do salão e me dirijo à porta.

A brisa da noite fresca e tranquila bate no meu rosto, no instante em que saio da boate. Dou as boas-vindas ao impacto. Ele faz com que eu me sinta viva quando uma grande parte de mim sente-se morta e desanimada. Estou tão concentrada com a ideia de ir para o carro e soltar o oceano de lágrimas prestes a jorrar, que me assusto quando ouço uma voz bem atrás de mim.

— Pode dar uma carona a um velho senhor?

Então me viro, com uma das mãos ainda apertada sobre o coração acelerado, e vejo meu tio Darrin, pai de Olivia, sorrindo da sua cadeira de rodas, sua perna engessada esticada para fora da cadeira. Ginger o trouxera à boate; e eu imaginei que ele iria embora com ela.

— Desculpe. Você me assustou.

— Não era a minha intenção. Eu vi você saindo de fininho e te segui. Eu só estava esperando que Liv acabasse de abrir os presentes para pedir a Ginger para me levar pra casa. Sou velho e já passou da minha hora de dormir — diz tio Darrin com um jeito encantador.

— Claro. Meu carro está logo ali.

Ando mais lentamente para que Darrin possa me acompanhar. Por sorte, o estacionamento é pavimentado, caso contrário ele teria problemas com sua cadeira de rodas.

— Eu abriria a porta para você, mas esta coisa atrapalha.

— Ele olha para baixo, para o membro imobilizado. Acho uma atitude gentil da parte dele até mesmo pensar nisso. Eu tinha esquecido o cara bondoso, o verdadeiro homem do interior que ele é. Eu poderia apostar que ele não tem nenhuma malícia. Não conheço muita gente assim, muito menos tenho contatos com pessoas bondosas.

— Que tal me permitir abrir para você, só dessa vez?

Ele suspira em voz alta.

— Já que você insiste — diz ele em tom de brincadeira. Aperto o botão no chaveiro e ouço o clique das fechaduras, antes de abrir a porta do carona e segurá-la para o tio Darrin. Eu o observo ficar de pé sobre a perna que não está engessada e habilmente girar o corpo, saindo da cadeira de rodas para o banco do carro.

— Como um profissional, não é? — comenta ele enquanto dobra a cadeira de rodas. — O médico ainda não me liberou para usar muletas. — Aceno a cabeça, sem entender a razão disso. — Você pode colocar isso no banco de trás? Ou na mala? Não é pesado.

— Claro.

Logo depois de guardar a cadeira no banco de trás, sento no banco do motorista e ligo o carro.

Ele fica em silêncio durante a primeira metade do curto trajeto até a sua casa. Quando finalmente fala alguma coisa, não é o bate-papo trivial que eu teria esperado.

— Há algo diferente em você. Você não é a garota rica e mimada que era antes.

Eu poderia me sentir ofendida, mas não me sinto. Encaro isso como um elogio.

— Não sou mais. E não quero ser novamente.

Olho para Darrin e ele está acenando a cabeça, acolhendo minha declaração.

— Não pensei que você teria alguma chance diante daquele safado do meu irmão. Fico contente de ver que você é mais forte do que ele, mais forte do que o poder dele.

Olho para o meu tio novamente. Ele está me encarando, como se estivesse me vendo pela primeira vez. E como se aprovasse o que está vendo.

Digo o que realmente sinto.

— Obrigada.

— Nem sempre foi fácil para Olivia também por causa da mãe dela que sempre a atormentava sobre quem ela é e sobre as escolhas que faz. Vou dizer a você o que eu sempre disse a ela. Abra seus próprios caminhos na vida. Faça suas próprias escolhas e cometa seus próprios erros. Esse é o único modo de encontrar a sua felicidade, não a felicidade de alguém.

Não digo nada, apenas assinto com a cabeça. Suas palavras são tão intensas, repercutem tão profundamente, que eu não sei o que posso dizer como resposta. É como se eu tivesse esperado a vida inteira que alguém me dissesse isso, dissesse que é normal cometer erros, normal ser eu mesma, ter a minha personalidade. Mas durante a minha vida inteira, ninguém jamais permitiu isso. E nunca permitirá. Se eu quiser ser a Marissa que pretendo ser, terá que ser longe da minha família, dos meus amigos, da vida que eu sempre tive. Abrir meus próprios caminhos significa destruir tudo à minha frente.

E simplesmente não sei se sou forte o bastante para fazer isso.

Mas sei que preciso tentar.

Quando chegamos à sua casa, paro o carro, mas não desligo o motor. Eu saio e dou a volta para pegar a cadeira de rodas. Abro-a antes de empurrá-la até a porta do carona, agora aberta. Como o profissional que, em tom de brincadeira, ele disse ser, Darrin repete de forma inversa os movimentos que havia feito anteriormente, se apoia na perna não engessada e gira o corpo, antes de sentar pesadamente na cadeira de rodas.

Eu me posiciono na parte de trás da cadeira e pego as alças para empurrá-la.

— Você vai deixar o carro ligado a noite toda?

— Não vou ficar. Acho que vou para casa esta noite. Tenho alguns... caminhos para abrir amanhã.

Eu o vejo acenar a cabeça. Ele percebeu o que eu quis dizer. Ele permanece em silêncio até chegarmos diante da porta. Então gira a cadeira para ficar de frente para mim. Seu sorriso é satisfeito.

— Que bom — diz ele, com um brilho orgulhoso nos olhos. É algo que nunca vi antes, nem mesmo no meu pai quando me formei em direito. Faz com que eu me sinta capaz de fazer qualquer coisa.

Ele pega as chaves no bolso e destranca a porta. Antes que eu possa perguntar se ele precisa de ajuda, ele fala:

— Dirija com cuidado — diz, de forma carinhosa. — E não se sinta uma estranha. Você é sempre bem-vinda aqui. É família.

Aceno a cabeça e sorrio, antes de me virar para voltar ao meu carro. Minha garganta está tão apertada de emoção que duvido que eu consiga pronunciar uma única sílaba. Ao retornar ao carro, que havia deixado ligado, e sentar diante do volante, levanto os olhos e vejo tio Darrin na cadeira de rodas diante da porta. Ele acena mais uma vez. Eu retribuo o gesto e dou a ré. Em seguida, saio da entrada da garagem e direciono o carro na rua. Quando estou me afastando, olho para o espelho retrovisor. Tio Darrin ainda está na entrada, me observando enquanto eu me afasto.

VINTE E TRÊS

Nash

Minha boca está tão seca que eu poderia cuspir bolas de algodão. Preciso de algo para beber, mas a loira da boate está deitada sobre o meu braço, pressionando-o sobre o lençol preto.

Como um mágico que puxa a toalha de mesa por baixo dos pratos, eu puxo o braço rapidamente e rolo para a beira da cama. Não me preocupo em olhar para ela. Se ela acordou, problema dela. Se for estúpida o bastante para falar alguma coisa, fará por merecer a frieza com que está sendo tratada.

Eu saí da boate com ela ontem à noite para provar uma teoria. Para mim e para Marissa. E a única coisa que consegui comprovar é que só consigo pensar nela.

A loira, Brittni com *i* no final, não pareceu notar que eu estava distraído, nem pareceu se incomodar quando eu insisti em beber, antes de fazer qualquer coisa além de beijá-la. Mas mesmo assim, com a cabeça confusa em consequência da mistura de vodca e tequila, só conseguia pensar em outro gosto; outro cheiro. Outra garota.

Mesmo tendo bebido bastante, não conseguia esquecer que ela não era Marissa. Por sorte, Brittni havia bebido muito também. Apagou antes que eu tivesse de dizer que eu não estava a fim de fazer nada com ela, além de beber.

Vou embora antes que ela acorde. Mas não antes de tomar um copo d'água.

Visto minha camisa enquanto saio, cambaleante, do quarto. Encontro a cozinha com facilidade. O apartamento dela é praticamente do tamanho de uma caixa de fósforos.

Abro a geladeira, na esperança de achar água mineral. Mas não há nenhuma. Só Coca Diet e cerveja. Sem fechar a porta, pego um copo no escorredor e o mantenho diante da luz. Graças a Deus parece limpo. Coloco um pouco de água da torneira e bebo de um gole só. Em seguida, tomo mais um. Água é a melhor coisa para curar uma ressaca.

Ainda estou um pouco tonto, então me jogo no sofá para descansar, até me sentir melhor para dirigir. Deus me livre de ser parado pela polícia. Como o criminoso que sou, eu evito a polícia. *As pessoas decentes* se preocupam com multas. *Eu* me preocupo que alguém descubra quem sou e o que fiz e me jogue na prisão, sem chance de liberdade condicional.

Deslizo o corpo no sofá e apoio a cabeça na almofada, deixando a mente vagar durante algum tempo. Ela viaja de volta no tempo, a uma noite que vivo para lamentar, uma que me atormenta. É a noite que me tornei vítima do meu próprio jogo, vítima da minha própria necessidade de fazer meu irmão sofrer.

Estive em Nova Orleans há uns dois anos. Mesmo agora, consigo me lembrar do cheiro do ar com perfeita clareza. Eu inspiro, como fiz naquela noite, e lembro...

A brisa é suave e o cheiro de água salgada toma o ar. Deixo a música alta e a comemoração animada inundarem a minha mente, libertarem-na de todos os outros pensamentos. Por um breve momento, preciso esquecer quem sou, o que fiz e o que tenho à minha frente. Preciso me perder no momento, e não há lugar melhor para isso do que no Carnaval.

Sou anônimo. Nesta época do ano, todo mundo é anônimo no French Quarter. Não estou usando máscara nem fantasia como a maioria das pessoas, mas estou mascarado de outra forma. Ninguém me conhece aqui. E isso é exatamente o que eu quero.

As garotas exibem os seios nas sacadas ao longo da rua, acumulando colares de contas pelo seu gesto. As pessoas ficam bêbadas, a música é alta e a busca pelo prazer é a tônica da noite. O mesmo acontece nas casas luxuosas por onde eu passo.

Essa não é diferente.

Todas as portas envidraçadas estão abertas. Música e luz irrompem na rua, e risadas podem ser ouvidas, ao se misturarem com outros elementos da festa.

Algo quebra a monotonia da noite. Algo que chama minha atenção e me traz de volta ao presente, às minhas preocupações, mais do que qualquer coisa.

É alguém chamando o meu nome. E a voz é de mulher.

Mas quem me acharia aqui?

Olho ao redor e não vejo nenhum rosto familiar. Ouço meu nome novamente. Desta vez, presto atenção no som para descobrir de onde vem a voz.

Então a vejo.

Ela está na sacada da casa, debruçando-se sobre as curvas da grade de ferro trabalhado.

Meus olhos encontram os seus e sei que ela está falando comigo.

— Nash! Ah, meu Deus, o que você está fazendo aqui? Suba!

Ela abre um sorriso. Largo. Quase largo demais. Acho que está bêbada. Eu a vi apenas algumas vezes, mas foi o bastante para saber que ela é uma filha da puta. Mas não esta noite. Esta noite, Marissa, a namorada do meu irmão, está bem-intencionada. E eu estou interessado em me vingar.

Antes que eu possa ponderar o bom senso do gesto, viro para a calçada bem-iluminada da casa e me dirijo à porta. Ela não está trancada, então eu entro.

No hall, algumas pessoas olham na minha direção, mas nenhuma tenta me impedir quando me dirijo à escada, à direita. Não sei se é porque alguns pensam que me conhecem, porque acham que sou meu irmão, Cash. Meu irmão, impostor. Meu irmão que está se passando por mim.

A amargura familiar arde na minha garganta como ácido. Eu me deleito com o ardor, permitindo que ele alimente a antecipação crescente no meu estômago, a antecipação de uma pequena vingança.

Conforme subo os degraus, meu sangue se aquece. Sei que talvez não seja uma boa ideia correr o risco de me expor dessa forma. Só espero que toda essa gente esteja bêbada demais para se lembrar de ter me visto aqui. Ou pelo menos bêbada demais para não ter certeza disso, se o assunto surgir depois, durante uma conversa. Não deve ser difícil deixar isso passar despercebido. Especialmente para Cash. Ele acha que estou morto. Com certeza vai supor que todo mundo estava chapado demais para ter certeza do que viu.

Quando chego ao segundo andar, me deparo com um corredor que se estende para a esquerda e para a direita. É uma encruzilhada, parecida com a que me encontro, no momento. Eu poderia ir embora agora, enquanto ainda não houve dano. Sim, eu me sentiria privado da oportunidade de uma pequena vingança, mas não colocaria em risco meu status de falecido.

Ou poderia ir em frente. Poderia aproveitar esta noite, esta oportunidade, e, por alguns minutos, ter a satisfação de dar umas gargalhadas à custa do meu irmão.

Minha escolha é óbvia. Ignoro a voz que está me dizendo que isto é estúpido e viro à direita. Pelo que vi da rua, deduzo que Marissa esteja nessa direção, portanto sigo adiante.

Há três portas na casa que dão para a rua. A primeira está fechada, então a ignoro. A segunda está aberta e há um monte de gente do lado de dentro. É uma espécie de sala de estar e posso ver o outro lado, onde portas estreitas se abrem para uma sacada. Só pode ser esta.

Caminho pela aglomeração de corpos, em direção às portas. Ouço algumas pessoas falarem algo como se me conhecessem. Sorrio educadamente, mas não respondo. Não quero conversar com ninguém. Eu só tenho um objetivo. Posso avistá-la na sacada. Posso vê-la na sacada.

Ela está usando um vestido brilhante, azul-marinho que se ajusta ao seu corpo como uma segunda pele. A parte de cima ressalta seus seios formando uma curva sexy abaixo do seu queixo; e a parte de baixo tem uma fenda central até a metade da coxa. Ele se abre em duas partes, dando a aparência de uma cauda, conforme flutua sobre o chão. Seu cabelo loiro longo cobre os ombros em ondas grossas, algumas partes trançadas, com conchas nas pontas. Não precisa ser nenhum gênio para compreender que ela é uma sereia.

Paro para observá-la, deixando a raiva crescer dentro de mim. Meu irmão é um canalha sortudo. Leva uma vida maravilhosa, a minha vida. Ele se formou em direito e arranjou emprego em um importante escritório de advocacia de Atlanta. Desfruta de boa reputação e está transando com a filha do chefe (com certeza com seu consentimento). E o melhor de tudo? Ela é simplesmente maravilhosa. Fria como gelo, mas maravilhosa.

Mas ela vai ter um pouco de calor esta noite. Depois vai sofrer um pouco de humilhação para voltar a esfriar. Vou irritá-la muito, sempre fingindo ser meu irmão, e deixar para ele a tarefa de esclarecer a bagunça e explicar por que agiu como um babaca insensível. Enquanto isso, quero sentir um gostinho da vida boa. Para mim é algo mutuamente vantajoso.

Continuo atravessando a sala e chego à sacada, evidentemente bem no meio de algo engraçado. Marissa está se acabando de rir, apoiando-se em uma morena baixinha, como se ela fosse a única coisa que a mantém em pé. E talvez seja. Marissa está completamente bêbada.

Quando um garçom de smoking passa por mim, saindo da sacada, eu pego uma cerveja na sua bandeja de prata. Já está sem a parte de cima. Bem conveniente.

Eu fico do lado de fora das portas, tomo um longo gole da garrafa enquanto espero Marissa me notar. Quando ela finalmente me vê, grita de alegria e se joga em mim, lançando os braços em volta do meu pescoço e colando o seu corpo ao meu.

Em seguida, recua para me olhar, seu rosto perto do meu e seus braços ainda em volta dos meus ombros.

— Não podia imaginar. Juro. Esta é a melhor surpresa de todas. Pensei que você estivesse falando sério quando disse que estava ocupado.

Dou de ombros, virando a cabeça para tomar outro longo gole da minha cerveja. Meu pau faz um movimento brusco quando sinto sua língua na minha garganta. Pelo visto, ela se aquece rapidinho quando está bebendo.

— Estou tão contente por você ter mudado de ideia — sussurra ela, esfregando seu peito no meu. — E adorei a peruca. Você fica bem de cabelo mais comprido.

Meu cabelo está solto, a franja caída em ambos os lados do rosto, até o queixo. É de espantar que ela tenha me reconhecido. Ou pelo menos achar que me reconheceu.

Impulsivamente, passo o braço em volta da sua cintura e ergo seu corpo, até seus pés saírem do chão. Lentamente, eu a empurro para trás até sentir a grade atrás dela. Então coloco-a de volta no chão.

— Por que ficou tão contente? — pergunto, evitando falar muito para reduzir as chances de ela descobrir quem eu realmente sou.

— Porque preciso de alguém para me beijar nesse exato momento. E só há garotas aqui. — Ela faz uma pausa para olhar ao redor. Eu faço o mesmo. Mas não há mais ninguém na sacada agora. — Bem, havia — diz ela entre risadinhas. Pelo visto, todo mundo voltou para o lado de dentro. Somos apenas eu e Marissa e o meio milhão de pessoas andando nas ruas abaixo de nós, algumas delas, com certeza, observando.

— Bem, estou aqui agora — digo, fitando seus olhos amendoados. Ela pode ser uma filha da puta frígida a maior parte do tempo, mas possui certo ímpeto. Posso vê-lo no convite sensual do seu olhar fixo, na curva sexy da sua boca.

— É mesmo. — Ela se inclina para junto de mim, colando os lábios nos meus. Embora o beijo seja afetuoso, como se ela soubesse quem está beijando, o gesto não tem verdadeira... paixão. Eu me pergunto se isso é tudo que ela e Cash compartilham. Esta espécie de química tão superficial e mecânica.

Então lembro a mim mesmo que não dou a mínima para eles ou para o relacionamento deles. Subi aqui por uma razão. É apenas um bônus saciar a minha sede de vingança com lábios como estes, com uma mulher como esta. Ela é bem diferente do tipo de mulher que normalmente encontro quando estou em terra firme.

Passo a mão em suas costas, enrolo os dedos no seu cabelo e inclino a sua cabeça para trás e para o lado, aprofundando o beijo. Deslizo a língua na dela e sinto a vibração do seu gemido. Ela parece um pouco insegura no início, mas não demora muito a reagir.

Ela enfia os dedos no meu cabelo e me mantém junto a si. Ela está gostando disso, o que só irá tornar as coisas bem melhores para mim.

Então deslizo a mão pelo seu cabelo, indo até embaixo, até a pele macia das suas costas nuas. Coloco a mão entre ela e a grade e aperto sua bunda. Pressiono seu quadril contra o meu e dou-lhe uma pequena amostra do que está entre as minhas pernas. Fico satisfeito quando seus dedos se contraem e puxam meu cabelo.

— Está gostando? — *sussurro em sua boca.*

Posso sentir sua respiração ofegante soprar no meu rosto.

— Sim.

— E assim? — *pergunto, forçando o meu corpo rígido contra o seu.*

Ela dá uma espécie de gemido rouco e se inclina para olhar para mim. Há uma pergunta em seus olhos. Por um segundo penso que fui desmascarado, que ela sabe que não sou Cash. E, para ela, tampouco Nash.

Mas ela não faz a pergunta. Se é porque duvida de si mesma ou porque realmente não quer saber, eu não sei. Mas ela não pergunta nada e apenas entra na minha onda.

— Eu gosto mais ainda.

Em seguida, puxa minha cabeça para mais perto da sua e ergue a perna, passando a panturrilha ao longo da parte externa da minha coxa, abrindo-se para mim um pouco mais.

Acaricio seu quadril até sentir a pele da sua perna. Então passo a mão por baixo do seu vestido até sua calcinha. Com um movimento rápido, rasgo o tecido fino. Sinto suas unhas se cravarem minha cabeça. Isso só me incita a continuar.

Minhas claras intenções de humilhá-la e, por conseguinte, meu irmão, ficam diluídas no desejo ardente pela garota sexy e audaciosa nos meus braços. Mas a sede de vingança é muito forte. Não desaparece completamente. Entretanto, quero levá-la a um lugar aonde ela nunca iria, a um lugar onde ela não fica inteiramente confortável. Mesmo que ela não se lembre e que Cash nunca descubra, eu vou saber. E isto é o que importa. Eu vou saber.

Viro o corpo ligeiramente para o lado e coloco a mão entre as suas pernas. Enfio um dedo nela. Ela está tão molhada que chega a escorrer. O sangue flui ao meu pau e eu solto um gemido em sua boca conforme ela mexe o quadril com o toque da minha mão.

Retiro o dedo de dentro do seu corpo e movo a cabeça para trás, apenas o bastante para que eu possa ver o seu rosto. Seus olhos estão arregalados, suas pupilas, dilatas com a excitação.

— Abra — digo simplesmente, fitando sua boca.

Seus lábios se abrem e eu deslizo o dedo entre eles. Meu estômago se contrai firmemente quando ela os fecha e chupa. Eu poderia apostar que ela nunca fez isso antes. Mas posso estar enganado. Então vou um pouco mais além.

Retiro o dedo da sua boca, fico atrás dela e pego a garrafa de cerveja com a mão direita. Coloco-a entre os nossos corpos e levo o vidro gelado à parte interna da sua perna. Seus lábios brilhantes se abrem numa arfada. Isso me abastece como gasolina.

Ela está excitada. Mas até onde ela irá?

Arrasto a garrafa por sua perna ao calor que posso sentir no meio das suas coxas. Encosto a borda fria e ela treme visivelmente. Mas ela não me interrompe. Apenas olha para mim, arqueja e mantém os dedos no meu cabelo, seu rosto a poucos centímetros do meu.

— Você acha que consigo te fazer gozar na frente de outras pessoas?

Ouço sua respiração falhar. Ela a controla conforme escuta, seus olhos passam rapidamente por mim como se confirmassem que não estamos de fato sozinhos. Acho que ela está tão envolvida agora que esqueceu que estamos praticamente em público.

Ela não responde. Mas também não se move. Então coloco a ponta da garrafa dentro dela. Sinto seus joelhos vacilarem e passo o outro braço em volta do seu corpo, apoiando-a conforme enfio a garrafa. Muito, muito lentamente, eu a retiro. Seus lábios tremem.

Ela fecha os olhos e sua respiração fica mais profunda e mais rápida. Ela está quase lá. Posso praticamente sentir isso.

— Olhe para mim. Quero ver você.

Quando ela abre os olhos, enfio a garrafa nela de novo, mais profundamente desta vez. Ela morde o lábio para conter o grito. Eu deslizo a garrafa para dentro e para fora, girando o braço, mexendo a garrafa dentro dela, proporcionando mais prazer com cada movimento sutil. Eu repito o gesto várias vezes, numa sucessão rápida. Sinto sua mão puxar meu cabelo e soltar, puxar e soltar até seus olhos se fecharem novamente. Vejo sua boca se abrir e sinto sua respiração bater no meu rosto. Sei que ela está gozando. Gozando para mim, o cara com quem acha que está saindo. Gozando para mim, diante de milhares de olhos estranhos. Colo os lábios nos seus, lambendo sua língua, enquanto ela curte, enquanto transa com a garrafa que enfiei entre as suas pernas.

Quando sua respiração se acalma, mordo seu lábio inferior, um pouco antes de me afastar para olhar para ela. Seus olhos sonolentos se abrem levemente e olham para mim. Ela não está sorrindo, nem está intrigada; está apenas me olhando. Curiosa. Talvez um pouco confusa.

Puxo a garrafa do seu corpo e dou um passo para trás. Com os olhos nela, levo a garrafa à boca. Intencionalmente, inclino a garrafa, aos poucos, até o líquido frio bater na minha língua. O sabor de Marissa mistura-se docemente com a bebida fria. E eu engulo.

— *A melhor cerveja que já tomei* — digo.

Eu me afasto dela e, sem mais uma palavra, me viro e volto pelo caminho que vim. Não olho para trás até descer os degraus.

Quando me viro, vejo Marissa de pé, no topo da escada, me olhando. Fitamos um ao outro por alguns segundos. Com um sorriso presunçoso, me viro e saio pela porta. Sem outro relance a casa ou a Marissa, desapareço na multidão.

Caminho ao longo da rua, tentando deixar para trás o que acabou de acontecer. Mas nem as luzes, a música, as pessoas, a euforia da noite podem tirar Marissa da minha cabeça. Quanto mais me afasto, mais penso nela. A expressão em seu rosto, o toque dos seus lábios, a paixão que repousa abaixo da superfície. Meu corpo pulsa com isso. A pior parte é saber que não vai adiantar nada procurar outra pessoa. Ela é a única que poderia me satisfazer esta noite. E não posso tê-la.

Talvez ela nunca venha a saber disso, mas ela ganhou a noite. Esta noite, Marissa fez de mim uma vítima do meu próprio jogo.

— O que você está fazendo?

A voz inoportuna de Brittni me pega de surpresa, trazendo-me de volta à dura realidade.

— Estou indo embora — digo, em tom inexpressivo. — Obrigado pelas bebidas.

Mesmo no escuro, posso ver sua boca aberta, chocada e ofendida. Mais do que nunca, eu não dou a mínima. Há somente uma pessoa cuja opinião realmente começa a me importar. Só não sei o que fazer sobre isso.

VINTE E QUATRO

Marissa

O clique da fechadura se abrindo me acorda. Presto atenção, tentando descobrir se estava sonhando com o som ou se ele havia sido real. O barulho da porta se fechando me faz ter certeza de que havia sido real. Muito real.

Meu coração dispara dentro do peito, enquanto a minha mente analisa as opções. Estou me preparando para sair da cama e me trancar no banheiro, quando ouço o leve tinido metálico de chaves na mesa, no hall. É onde eu sempre coloco as minhas chaves. Por alguma razão isso me faz sentir menos ameaçada. Se alguém estivesse forçando a entrada com más intenções, provavelmente não deixaria a própria chave na mesa.

Um pensamento passa pela minha cabeça, um rosto.

Nash.

Quando ele aparece na porta do quarto, eu o reconheço imediatamente. A forma como ele anda me é familiar, como se eu fosse capaz de identificá-lo em qualquer lugar, desde que eu pudesse ver uma silhueta.

Ele não diz nada enquanto se aproxima da cama. Estou ao mesmo tempo excitada e um pouco irritada, por ele ter saído da boate ontem à noite com uma loira piranha. Só consigo pensar nisso quando o vejo.

— Onde está sua amiga? — pergunto, tensa.

No início, ele não diz nada. Posso ver seus movimentos e ouvi-lo tirar a roupa, conforme ele se despe. Apesar da minha irritação, o desejo toma conta de mim, me deixando ofegante e ansiosa.

Ele contorna a cama, olhando para mim no escuro. Posso ver o suficiente do seu rosto para perceber sua expressão. É séria. Determinada. Intensa.

— Eu descobri algo esta noite.

O colchão cede onde ele pousa o joelho. Sinto seus dedos roçarem a minha pele quando ele coloca o meu ombro. Ele faz uma pausa, como se esperasse minha reação.

— O quê?

Meu estômago está em chamas. Elas fluem pelo meu âmago e descem pelas minhas pernas, quando ele, lentamente, remove as cobertas.

— Descobri que, por mais que eu fechasse os olhos e tentasse ignorar, por mais que eu quisesse que ela fosse...

— Sua voz é tão baixa que tenho de me esforçar para ouvi-lo, até no silêncio. — Ela não era você.

Meu coração disparado pulsa no meu peito.

A mão de Nash fica imóvel quando chega ao meu quadril. Ele está esperando minha permissão, minha aceitação. Minha participação.

Eu a cubro com a minha. Agora ambos esperamos, imóveis, mudos, sem fôlego. É como se algo importante estivesse sendo decidido. Ou sendo declarado.

Então, intencionalmente, fico de costas e levo sua mão ao meu peito. Eu o ouço perder o fôlego.

— Me mostre — exijo simplesmente. Eu sei o que pretendo que ele me mostre. Sei o que espero ter sido sua intenção quando disse que desejava que ela fosse eu. O que não sei é se ele fará o que estou pedindo, se me mostrará que está nessa também. Assim como eu.

Ele não dá nenhuma resposta verbal, mas sua reação é tão clara como se ele tivesse feito uma afirmação. Ele deita na cama, junto de mim. Então fita meu rosto, seus olhos brilhando como diamantes negros, na lasca do luar que flui pela fresta da cortina. Ele me olha, seu polegar distraidamente acariciando meu mamilo.

Finalmente, ele aproxima a cabeça da minha, e seus lábios roçam os meus suavemente.

— Não sei o que fazer com você — sussurra ele.

— Apenas me ame — respondo, colocando a mão na parte de trás da sua cabeça para puxar sua boca mais firmemente contra a minha. Não quero que ele fale e acabe com o momento. Só quero que ele me ame, como se não fôssemos duas pessoas dilaceradas, com um futuro impossível. Pelo menos podemos ter isto: este momento, esta sensação, esta noite perfeita.

Meu coração, minha alma e meu corpo vibram com o seu toque. As mãos e os dedos de Nash, seus lábios e sua língua me acariciam como se fossem feitos para não fazer mais nada na vida. Com habilidade, ele leva meu corpo excitado a um nível extremo, antes de deslizar entre as minhas pernas e se posicionar na minha entrada.

É como se o mundo inteiro estivesse em pausa, esperando na antecipação ofegante por ele me penetrar e aliviar a tensão que só Nash pode me proporcionar.

Meus olhos estão fechados e cada nervo no meu corpo está concentrado no lugar onde nossos corpos estão se tocando mais intimamente. Sua voz me surpreende quando ele fala.

— Olhe para mim.

Abro os olhos e eles encontram os de Nash. Ele me encara por vários longos e enigmáticos segundos, antes de flexionar o quadril e entrar em mim, pouco a pouco, de forma lancinante. E quando está todo dentro de mim, me preenchendo muito além da parte física, ele cola os lábios nos meus, em um beijo que alcança minha parte mais reservada e apavorada.

Quando sinto o toque da sua língua, o afeto se transforma em paixão, e meu corpo aperta o dele. Ele começa a se mexer dentro de mim, me levando implacavelmente em direção a um prazer que só experimentei nos seus braços, no seu toque.

Meu orgasmo é diferente de todos os outros. Ele flui em mim como mel quente, lento e doce.

— Adoro sentir você, tão apertada e molhada em volta de mim — sussurra ele, reduzindo a velocidade da sua tortura deliciosa para prolongar o meu prazer.

Ele não para, até a terra voltar a se firmar abaixo de mim. Então, com uma suavidade que nunca tinha visto nele antes, ele sai de mim e me vira de barriga para baixo.

Estou sem energia, sem vontade nem desejo de resistir, quando ele ajeita um travesseiro sob meu quadril. Sinto como se não tivesse nada mais a oferecer quando seus lábios me tocam.

— Adoro esta bunda — diz ele baixinho, beijando meu rosto e mordiscando-o levemente. Suas mãos acariciam a minha bunda, em seguida descem por minhas coxas para abrirem delicadamente as minhas pernas. Ele desliza um dedo dentro de mim e, para minha surpresa, sinto uma torrente de calor inundar meu estômago. Novamente. — Mais uma vez — diz ele. Sinto o seu peso sobre a minha bunda quando ele se debruça no meu corpo e sussurra no meu ouvido: — Você pode fazer isso pra mim? Pode gozar pra mim mais uma vez?

Não sei a resposta, portanto não digo nada. Mas quando seu dedo desce para roçar o meu clitóris, sinto que há uma possibilidade.

Suas pernas forçam as minhas a se afastarem, e sinto sua cabeça grossa tentar a minha entrada, pouco antes de me penetrar. Essa sensação de preenchimento, essa gloriosa sensação, me faz gemer, e o meu corpo volta imediatamente à vida.

Ele geme quando sai e me penetra de novo.

— Foi isso o que pensei.

Eu me apoio sobre os cotovelos e arqueio as costas, dando a ele a possibilidade de uma penetração mais profunda.

— Ah, que delícia — sussurra ele, agarrando meus quadris e me puxando com mais força contra si.

Sinto a ponta do seu dedo no meu clitóris novamente, fazendo círculos rítmicos numa sincronia perfeita com os impulsos do corpo dele. Não demora muito antes que eu sinta a familiar e crescente tensão.

Balanço o corpo contra o de Nash. Sua respiração começa a ficar ofegante e sei que ele está quase gozando, o que me excita ainda mais. Quando ele repentinamente para, atrás de mim, sinto a vibração de sua própria explosão e o que provoca a minha. Juntos, chegamos ao clímax, meu corpo apertando o dele, e o dele latejando dentro do meu.

Quase distraidamente, ele esfrega as mãos nas minhas costas e na minha bunda, repetidas vezes em círculos suaves, largos. Pouco antes de sair e relaxar em cima de mim, sinto seus lábios entre os meus ombros. Parece que ele sussurra algo, mas a escuridão consome o que ele diz, para nunca ser ouvido novamente.

VINTE E CINCO

Nash

O toque do meu telefone me acorda. Viro o corpo na cama, ainda grogue. Com sono, pego o aparelho barulhento e dou uma olhada na tela. Num pulo, me sento na cama, totalmente acordado. Não há nenhum nome associado ao número, mas, de toda forma, sei a quem ele pertence: Dmitry.

— Alô?

— Nikolai, me encontre em duas horas — diz ele com seu sotaque forte. Em seguida, me dá o endereço de um motel, em uma cidade que fica a aproximadamente uma hora de Atlanta. — Quarto 11. Venha sozinho. Conversaremos melhor quando você chegar.

Ouço o clique da conexão interrompida. Então pouso o telefone e o fito durante alguns minutos, espantado com a realidade da minha vida.

Uma merda dessas só se espera que aconteça em filmes.

Da forma mais calma possível, tentando não acordar Marissa, eu me levanto e tomo um banho. Com Dmitry, não há hesitação. Ele é uma das poucas pessoas em quem *quase* confio. Mesmo com uma mensagem tão ambígua e sinistra, farei o que ele pede. Ah, vou ser cauteloso, naturalmente. E vou armado. Mas vou. Ele sabe qual é o meu maior objetivo, mais do que ninguém. E tenho a impressão de que o que ele reserva para mim tem a ver com isso.

São apenas nove horas, mas dá para ver que o dia vai ser quente e úmido. Minha camisa já está colando nas costas depois de cinco minutos no carro de Cash.

Se eu for agora, devo chegar aproximadamente meia hora adiantado, o que é muito melhor do que chegar tarde. Posso sentar a uma distância razoável e observar o lugar por alguns minutos, antes de aparecer.

Durante a viagem, meus pensamentos são uma combinação estranha entre Marissa e todas as emoções não desejadas que ela inspira em mim, e a raiva e amargura que têm me consumido, pelo que parece ser uma eternidade. O mais estranho, no entanto, é que, com muita frequência, percebo que minha mente se desvia da vingança, da morte e da perda para Marissa. Muitas vezes.

Estou enganado em relação a tudo? Pode haver um futuro para nós? Posso finalmente ter a vida que eu deveria ter tido, desde o início? É tarde demais para um cara como eu? Eu me daria bem com uma mulher como Marissa? Eu tenho alguma chance de merecê-la?

Você é um pu… idiota por sequer pensar em uma coisa tão estúpida como essa!

Porém, mesmo ao me repreender, controlo o linguajar. Mesmo quando ela não está por perto, quando ela não pode me ouvir, eu me censuro. Por ela. Por respeito a ela.

Continuo confuso em relação ao que estou pensando ou fazendo quando chego à interseção, em frente ao motel. O local parece o sonho erótico de um serial killer, com sua pintura descascada, as portas enferrujadas e uma placa de neon piscando de forma irregular. Poderia muito bem estar escrito: "Bates Motel".

Lentamente, guio o carro para a direita, em vez de cruzar a interseção para o motel. Entro em um posto de gasolina abandonado e me dirijo a um pequeno arvoredo, nos fundos do estacionamento. Acho que dá ver o quarto 11 de lá.

E dá. Paro o carro e fico observando. E esperando.

Consigo ver as cortinas que cobrem toda a janela. Dmitry não está perto do vidro a ponto de me permitir vê-lo. Vejo apenas uma sombra contra a luz fraca no interior do quarto.

O tempo se arrasta, até que eu finalmente resolvo aparecer. Dirijo de volta pelo mesmo caminho que fiz para chegar aqui e, desta vez, pego a outra direita na interseção, o que me leva ao lado da entrada do motel.

Evito passar pela recepção e pelo homem gordo, de óculos, que está sentado atrás do balcão, vendo TV. Em vez disso, vou para a parte lateral, em direção à fileira de vagas, em frente às portas dos quartos. Vou até o fim e estaciono em frente ao número 20.

Pelo canto do olho, observo atentamente cada veículo e cada janela de todos os quartos por onde passo, classificando-os nos mínimos detalhes. Nada parece fora do normal. Mas isso não significa que não haja algo errado.

Bato à porta do quarto de número 11. Na terceira vez que bato no metal frio, um dos dois algarismos que formam o número 11 se solta e fica balançando, pendurado pela parte de baixo.

Que maravilha.

A cortina da janela se abre novamente. Desta vez consigo identificar Dmitry. Sinto um pequeno alívio.

A porta se abre apenas o suficiente para me permitir entrar. Dmitry está atrás dela, portanto tenho uma visão completa da sala vazia. Minha tensão se alivia ainda mais.

Ele fecha a porta e me abraça. Então me dá um tapa forte nas costas e segura meu rosto nas mãos, como fazem muitos russos, e beija ambas as faces. Em seguida, dá-lhes um tapa também.

— Você parece bem, Nikolai — diz Dmitry, indo até a cômoda que ele usa como minibar. Em seguida, enche dois copos de vodca e me serve um. Eu bebo tudo de um gole só.

— Por que está escondido aqui, Dmitry? O que aconteceu? — Dmitry suspira no seu copo, fitando o fundo como se pudesse encontrar respostas, antes de tomar um gole. Antes de responder, ele vai até a cama e senta na beira do colchão. Pela faixa de luz que atravessa a pequena fresta nas cortinas, posso vê-lo melhor. E percebo ver que ele não parece bem.

Dmitry é alto para um russo, mas não tão alto quanto eu. Eu diria que ele é atarracado. Isso, somado à posição firme do seu maxilar quadrado e seus olhos azuis de aço, faz com que ele intimide a maioria das pessoas. Mas duvido que conseguiria fazer isso hoje. Seu cabelo desgrenhado loiro escuro e cinza parece que não vê água há vários dias, e seu rosto não é barbeado há pelo menos três dias. Mas é o formato de sua boca que revela algo. Ele mostra tristeza. E cansaço.

— Meu Deus, você parece que não dorme desde a última vez que eu o vi. O que aconteceu?

— Eu sei quem matou sua mãe, Nikolai.

Franzo o cenho, intrigado.

— Eu também. Foi por isso que você me trouxe até aqui? Pra me contar quem era o atirador?

— Não. Não só isso. — Ele faz uma pausa. É um gesto dramático, seja essa sua intenção ou não. Permaneço tenso até ele continuar. — Eu o chamei porque ele está comigo. Aqui. Amarrado. Esperando por você.

Meu coração dispara contra as minhas costelas. Tudo no mundo desaparece, exceto eu e o homem diante de mim. E a possibilidade de sete anos de um imenso desejo culminar bem aqui. Dmitry me deu o único presente que homens como nós podem dar um ao outro: a satisfação da vingança. A desforra.

Meus ouvidos estão tinindo tão alto que mal posso ouvir minha própria voz, quando pergunto:

— Onde?

— No outro quarto — diz ele, inclinando a cabeça em direção a uma porta que dá para o quarto ao lado.

Sinto-me desorientado quando caminho até a porta e giro a maçaneta. É um momento surreal, é mais do que a minha mente consegue processar, quando entro e dou de cara com Duffy, amarrado a uma cadeira no meio do quarto, uma mordaça na boca e um rasto de sangue seco abaixo do seu nariz.

Seus olhos encontram os meus. Um deles está quase fechado de tão inchado. Mas o outro está normal. E nele há resignação. Não duvido, nem por um segundo, que um homem como ele saiba que a probabilidade de encontrar um fim terrível e prematuro é extremamente grande. Poucos homens conseguem ver a morte se aproximar. Mas este consegue. No instante em que atravessei a porta, ele deveria saber que sua vida havia acabado. Sem Cash aqui para me deter, posso ter a vingança pela qual esperei sete longos anos.

O metal frio toca a pele da minha mão direita. Olho para trás e vejo Dmitry. Ele havia colocado um silenciador na minha mão. Depois de todo esse tempo, ele sabe o tipo de arma que eu carrego e o tipo de supressor de ruído que se ajusta a ela.

Eu tomo o dispositivo das mãos dele e o jogo no chão.

— Não. Vou fazer as coisas do meu jeito. — Então me abaixo para alcançar o cano da minha bota e retiro a longa e ameaçadora faca curva, que sempre mantenho escondida ali. Em seguida viro o cabo, para que a borda afiada da lâmina possa reluzir na luz fraca. — Vou deslizar isto entre as suas costelas e enfiá-la no seu coração traidor para vê-lo sangrar até que não haja mais uma gota de vida no corpo dele. Quero que ele experimente uma pequena parte da dor que senti quando ele reduziu minha mãe a pedaços, na marina, naquele dia.

Ando lentamente em direção a ele, percebendo cada detalhe, saboreando cada doce segundo que leva à única coisa na qual pensei todos esses anos. Cheguei a pensar que nunca conseguiria me vingar. Mas hoje vou conseguir. Hoje irei me livrar do ódio reprimido.

Paro diante de Duffy, minha mão aperta o cabo de faca com tanta força que meus dedos chegam a doer. Olho para o olho que não está inchado e me sinto confuso pelo que vejo.

Vejo tranquilidade. Este é um homem que está resignado com a própria vida. E com a própria morte. Ele está pronto para isso. Provavelmente até ansioso por isso.

E neste momento eu a vejo.

Marissa.

Ela não está no quarto, mas poderia estar, de tão forte que é sua presença. Consigo senti-la como se ela estivesse bem na minha frente, tocando meu rosto. Posso visualizar seus belos olhos azuis. E as lágrimas que estão rolando abaixo deles.

Sinto o calor dos seus dedos tornar-se frio no instante em que sua imagem se desvanece. E, num piscar de olhos, desparece. Ela desaparece.

Eu me encontro em outra encruzilhada, como aquela em Nova Orleans. De um lado está Marissa. Do outro lado está... todo o resto.

Se eu levar isto a cabo, não há volta. Todos os homens que matei nos últimos sete anos foram por legítima defesa. Nunca tirei a vida de ninguém a sangue-frio.

Sou inteligente o bastante para saber que este evento irá me modificar. Significa tomar um rumo do qual nunca poderei voltar, fazer uma escolha com a qual poderei ou não ser capaz de conviver. Isso irá fundamentar o meu futuro a um nível que não serei capaz de mudar, como o fato de ter de sair do país. Serei um homem perseguido pelo resto dos meus dias. E nunca poderia envolver Marissa numa confusão dessas.

O Nash que está aqui neste exato momento tem algumas possibilidades diante de si. O Nash que enfiar uma faca no homem que assassinou sua mãe não terá nenhuma. Só tenho uma opção. Fugir.

— Nikolai?

É Dmitry querendo saber o que estou esperando. Ele me entregou de bandeja tudo que eu sempre quis. E estou vacilando.

Com o coração acelerado, vejo que isso não é mais tudo que eu quero. Quero uma vida. Uma vida de verdade. Com um pouco da normalidade que não tive o prazer de desfrutar, por quase uma década. Talvez até uma vida que eu possa compartilhar com alguém. Talvez...

Não quero me precipitar. E não quero tomar nenhuma decisão apressada. Sentindo a necessidade de um pouco de lucidez, eu me afasto de Duffy e volto para o outro quarto.

— O que há com você? Não é isso o que quer? Desde que o conheci, você sempre falou isso.

Olho para Dmitry, para seus olhos azuis confusos. É isso que o está incomodando? Ele temia que eu ficasse apavorado? Ou que eu não ficasse?

Nos últimos anos, ele tem sido como um pai para mim. Ele me protegeu tanto quanto pôde, na vida que fui forçado a levar e, de certa forma, acho que eu era a família que ele nunca teve. O cara sou eu daqui a vinte anos, a pessoa na qual vou me transformar se tomar este rumo. Mas eu quero isso? Eu quero essa vida? A satisfação de tirar a vida do assassino que está no outro quarto compensa? Compensa transformar a mim mesmo num assassino?

A adrenalina toma conta da minha mente. Ela é clara e rápida, e o pensamento penetra como uma águia, suas garras mortais fincando no meu cérebro e agarrando-se nele com firmeza.

— Vou poupar a vida dele com uma condição — digo a Dmitry.

— Qual?

— Que ele testemunhe contra o homem que o mandou cometer o crime. Preciso fazer justiça pela minha mãe, mesmo que não seja do jeito que eu gostaria.

— Isso só vai resolver um problema. E isso se ele concordar.

— É, o testemunho dele só vai resolver um problema. Mas e se conseguir mais? Meu pai testemunharia se eu pudesse garantir que daria certo e que nos isso nos manteria seguros.

A ideia toma força na minha mente. Suas raízes se tornam mais profundas, e sua base fica mais sólida. Um otimismo que não sentia há muito tempo toma conta de mim.

— Você precisaria dispor do suficiente para pegar Slava e o seu conselheiro, Anatoli, no mínimo. Mas não creio que nenhum de nós realmente estaria seguro, a menos que você conseguisse pegar Ivan. Eles são os únicos realmente leais a Slava. Para falar a verdade, acredito que Konstantin, um velho conhecido e o quarto no comando, poderia se interessar diante da oportunidade de subir na hierarquia. Ele sempre foi um cretino ambicioso. E deve ser correligionário na organização, se é que existe tal coisa. Talvez pudéssemos conseguir uma trégua, de alguma forma.

Como um véu, vejo o cansaço e a desesperança se dissiparem das feições de Dmitry. Ele vê um caminho melhor, melhor do que o assassinato.

Ele nunca tentaria me dissuadir da minha vingança, mas fica óbvio agora que ele gostaria de ter feito isso. Mas ele me ama demais. Sou o filho que ele nunca teve.

— Com Duffy, podemos pegar Anatoli. Ele de fato ordenou o golpe, certo?

— Pelo que eu sei, sim. Ele é quem normalmente cuida desse tipo de situação.

— E através do meu pai podemos pegar Slava. Eu sei que ele ajudou a lavar o dinheiro e a adulterar os livros para Slava. Então só teríamos que pensar numa maneira de pegar Ivan. E se conseguirmos o suficiente para um caso de extorsão, como meu irmão tem planejado todo este tempo...

Dmitry vai até a janela, afasta um pouco a cortina e olha o estacionamento e a área ao redor. O pequeno gesto poderia ter passado despercebido para qualquer um, mas eu o conheço bem o bastante para saber que ele está encrencado.

— O que houve, Dmitry?

— Sabe de uma coisa, eu sempre quis mais desta vida. Nunca pensei que envelheceria ainda no contrabando, vivendo como um criminoso. Eu devia ter saído antes. Devia ter corrido o risco, como o seu pai fez.

— Dmitry, depois que isso tudo acabar, vou ajudar você a sair, se é isso o que você quer fazer. Tenho dinheiro. Bastante, na verdade. Economizei quase tudo que ganhei nos últimos sete anos. Está tudo em um paraíso fiscal, rendendo. Assim que resolver essa situação, poderei te oferecer um novo começo.

Mesmo de perfil, posso ver que seu sorriso é triste.

— Eu nunca poderia permitir que você fizesse isso. Você é jovem. Tem uma vida inteira pela frente. Tem um futuro. Um homem como eu? Pouco me resta. O que mais importa agora é como viver o que ainda me resta.

— O que você quer dizer?

— Eu conheço Ivan porque trabalhamos juntos há muitos anos. Antes mesmo de conhecer o seu pai. Foi assim que entrei nesta parte do negócio. Ele é o cara que dirige a operação de contrabando.

Ah, merda! Merda, merda, merda!

As peças se encaixam. Sei o que isso significa. O que *deve* significar, quer dizer.

Não quero me empolgar demais. Se Dmitry não testemunhar ou se eu estiver deixando passar algo, isso pode não dar em nada. Mas há uma chance de resultar numa grande transformação. Algo que possa "tirar todos nós deste buraco". Contratação de assassino de aluguel, lavagem de dinheiro, fornecimento de armas a terroristas dos Estados Unidos — é o suficiente para um processo de crime organizado. Pelo menos até onde eu sei. E se o processo correr dentro do esperado, é o bastante para deixá-los na prisão pelo resto da vida.

E qual seria a grande virada? A cereja no topo do bolo? O testemunho de Duffy libertaria o meu pai. Tudo isso poderia finalmente acabar. Para sempre. Poderíamos enfim voltar a ser uma família, a ter uma vida e um futuro. Poderíamos ser quase perfeitos novamente.

— Dmitry, sei que é um enorme risco para você e...

— Chegou a hora, Nikolai. Depois de todos esses anos, estou cansado. E você foi a única coisa boa na minha vida. Quando você se for, vai ser somente... vazio. Está na hora de acabar com isso de uma vez por todas.

— Eu me referia ao dinheiro. Eu poderia...

Dmitry me interrompe novamente e se aproxima para pôr a mão no meu ombro.

— Com que eu gastei o meu dinheiro? Para quem eu tinha que comprar presentes? Que tipo de vida eu levava que exigia muito dinheiro? Tenho economias também.

Verdade. Tudo verdade. Tenho uma rápida lembrança da vida dele. Durante vários anos. E isso não é vida. Pelo menos não para uma pessoa decente. E, apesar de todas as suas fraquezas, falhas e erros, Dmitry é uma pessoa decente.

— Quer dizer que você vai testemunhar?

Prendo a respiração, enquanto espero por sua resposta. Mas ela não demora a chegar. E muda tudo.

— Sim, vou.

— Então vamos falar com Duffy.

VINTE E SEIS

Marissa

Eu estou saindo do chuveiro quando ouço meu telefone tocar. Sinto meu estômago revirar, e uma pontada no meu coração diz que pode ser Nash. Porém, de modo inverso, cada parte racional do meu ser espera que não seja. Tenho que começar a ser realista em relação a ele. Em relação a nós.

Quando acordei, ele já tinha ido embora. Eu não deveria ter ficado surpresa. Mas depois da noite passada, minhas expectativas aumentaram muito, o que só serviu para me deixar abalada esta manhã, quando descobri que ele havia sumido.

Quantas vezes tenho de me lembrar de que não temos como dar certo? Só faríamos espalhar as partes do que nos restar, a uma distância tão grande que provavelmente nunca seríamos completos novamente. E embora eu me sinta assustada diante do que nos reserva, o que mais me assusta é saber que eu posso, de alguma forma, impedir Nash de conseguir encontrar paz algum dia, de trilhar um caminho na vida que o permita resignar-se; com seu passado, com seu futuro; consigo mesmo.

A melhor coisa que podemos fazer é ficar longe um do outro. Tenho certeza disso. Mas consigo resistir à atração que sinto por ele? Meu coração é capaz de se manter calado para permitir que a minha razão assuma o controle? Não sei a resposta, portanto só posso torcer que ele fique longe de mim. Dessa forma, eu tiro a decisão das minhas mãos.

Numa reação insensata, fico totalmente desanimada quando não identifico o número. É local. E o telefone de Nash não é.

— Alô?

— Marissa?

— Sim.

— É Jensen. Jensen Strong.

— Ah. Oi, Jensen. — Tento injetar um pouco de satisfação e entusiasmo na voz, para que ele não perceba o quanto eu gostaria que fosse outra pessoa.

— Espero que você não se aborreça, mas eu consegui o seu telefone nos registros dos tribunais. Que fique entre nós, eu subornei uma das funcionárias pra isso. Decidi que gerar o meu primeiro filho não era pedir muito da parte dela.

Dou uma risada.

— Bem, pelo menos não foi a sua alma. E eu me sinto devidamente lisonjeada. — E é verdade. É bom ter alguém tão interessado em mim a ponto de se dar a tanto trabalho só para conseguir meu telefone. Ainda bem que sou *eu* em quem ele está interessado, e não em quem eu sou ou pela minha rede de contatos.

— Espero que "devidamente lisonjeada" queira dizer que você jantaria comigo, como forma de gratidão.

— Pode ser. O que você tem em mente?

— Que tal esta noite? Às sete e meia? Um lugar elegante, à luz de velas, que a fará parecer ainda mais etérea do que você já é.

Realmente não estou a fim. De jeito nenhum. Mas deveria. Jensen é um cara bonito, inteligente, bem-sucedido, respeitado e que, além de encantador, está interessado em mim. Eu seria uma idiota se, no mínimo, não avaliasse a possibilidade.

E eu me sinto uma completa idiota.

Porque não estou a fim.

Embora ele tenha todas essas qualidades, falta um elemento crucial: ele não é Nash.

Não tem nada a ver com a aparência dele, seu emprego ou sua personalidade. É só que estou apaixonada por uma pessoa. E não é ele.

Mas eu não posso ficar com Nash. Nash é inalcançável. Uma pessoa solitária. Um cara arredio, que não está interessado em mim a não ser para uma distração temporária e bons momentos. Ele pode gostar de mim ao modo dele, mas não é um modo saudável para mim, um modo que eu possa aceitar. E eu não posso ficar suspirando por ele para sempre, o que é exatamente o que iria acontecer se eu esperasse um cara como ele.

Ele estaria sempre indo embora.

E eu estaria sempre esperando.

Mas ele é assim mesmo. É quem ele é. Eu sempre soube. Ele é cruel, grosseiro e angustiado. Não de propósito. Ele é assim e pronto. E não tenho como mudar isso. Não tenho como *mudá-lo*.

— Que tal um almoço, em vez disso? — digo impulsivamente. Almoço é algo menos íntimo, o que é bom. E também me tiraria de casa, o que faria com que eu não ficasse pensando em Nash o dia todo, o que também é bom.

Porque isso é exatamente o que iria acontecer. Eu ficaria pensando em cada palavra e em cada detalhe da noite passada, esperando que ele aparecesse, ligasse, mandasse uma mensagem ou... qualquer coisa.

Sempre esperando.

Mas sair vai ser bom pra mim. Além disso, tem a ver com trabalho. Posso conseguir informações e decidir como avançar com este caso. E com a minha vida.

Não posso ficar de "férias" do trabalho para sempre. E se não pretendo voltar, voltar a tudo que eu vivia antes, então tenho que seguir em frente. Hoje parece ser um dia tão bom quanto qualquer outro para dar o primeiro passo. E não há mal nenhum que a minha companhia no almoço seja um promotor. Passar algum tempo com ele pode me ser útil sob vários aspectos. E um almoço inocente não vai dar uma impressão errada.

Espero.

— Bem, não é o local que eu escolheria para deixar você encantada com a minha flauta, mas tudo bem — diz ele em tom de brincadeira. Não tenho um conhecimento profundo sobre filmes, mas *O âncora* é um que eu já vi. Várias vezes. E adorei. Isso já é meio caminho andado para eu começar a gostar de ter aceitado o convite para o almoço. Talvez eu me distraia o bastante para não pensar em Nash.

Talvez.

— Ah, meu Deus, adoro esse filme!

Jensen ri.

— Eu sabia que você tinha algo especial.

Eu gostaria de dizer o mesmo, mas da minha parte a sensação é de estar começando uma grande amizade. Nada mais.

Não suspiro de decepção, sentimento que toma conta de mim. Este é apenas um passo na direção certa. Tudo que posso fazer é dar um passo de cada vez. Talvez até aceitar uma refeição de cada vez.

— Onde você está?

Mordo o lábio, um pouco envergonhada por ter que admitir.

— É... ainda estou em casa.

— Eu passo aí pra te buscar em uma hora. Tudo bem?

— E se eu encontrar você lá? Tenho algumas coisas pra fazer depois.

Posso perceber que não é o que ele tinha em mente, mas ele aceita e diz quando e onde encontrá-lo.

— Tudo bem. A gente se vê então.

Ainda estou com o telefone nas mãos, pensando, muito depois de Jensen desligar. O toque do aparelho me assusta, me fazendo pular. Num gesto reflexivo, eu atendo a chamada.

— Por que você foi embora? Eu preparei um café da manhã delicioso e você perdeu.

É Olivia. Sorrio.

— Bom dia, amiga. Como se sente com 22 anos completos?

— Com a boca seca e uma tremenda dor de cabeça. — Ela diz em meio a uma risada.

— Isso significa que você mandou 21 anos para o espaço da forma certa.

— Bem, se é esse o caso, eu mandei 21 para o espaço de forma épica. Argh!

— Desculpe ter ido embora sem nem falar com você ontem à noite. É que... eu não estava me sentindo muito bem, então fui pra casa. Eu não quis ser estraga-prazeres.

Olivia fica calada, pensativa.

— E está... melhor agora?

— Humm, um pouco.

— Isso teria algo a ver com certo babaca que parece demais com o meu namorado?

— Humm, talvez.

— Ahã. Como eu desconfiava. Deteste que ele não seja como Cash. Acho que todo aquele tempo no mar acabou afetando o cérebro dele.

Eu sei que ela está tentando justificar o comportamento de Nash, e ela pode estar certa. Mas não penso assim. Acho que algumas pessoas são simplesmente incapazes de muita profundidade emocional. E Nash provavelmente é uma delas. Tudo que ele sente é raiva. Deve ser a única coisa que ele sempre vai sentir.

— Talvez — digo resumidamente.

— Afinal, quais são seus planos pra hoje? Quer fazer umas comprinhas?

— Tenho certeza de que qualquer plano que a levou a matar aula era melhor do que fazer compras com a sua prima.

— Matar aula não era parte dos planos. Essa ressaca insuportável meio que tomou essa decisão por mim.

— Então com certeza você não está a fim de passar horas indo de loja em loja, experimentando roupa.

— Por você? Topo qualquer coisa.

— Por que você faria isso por mim?

— Humm, porque você é família e eu te adoro. *Drrr!* — diz ela em tom de brincadeira.

— Família ou não, eu não mereço.

— Marissa, pare de falar isso. Quando você vai entender que não é o monstro que acha que é? Ou que pode ter sido algum dia? Às vezes, algumas coisas fazem a gente mudar. Completamente. Às vezes é algo bom, como encontrar sua alma gêmea. Às vezes é algo ruim, como ser raptada e temer pela própria vida. Pare de se punir pelo passado. Olhe pra frente. E saiba que você merece ser feliz. E ser bem tratada. Todo mundo merece uma segunda chance. E você não é diferente.

— Mas e se eu estragar tudo? E se eu não conseguir ser essa pessoa?

— Você já é essa pessoa. Só o fato de se preocupar já prova isso. Marissa, há um mês você não teria dado a mínima sobre um assunto como esse. Você não achava que havia algo de errado com você, e certamente nunca imaginou, nem por um segundo, que poderia de fato cometer um erro. Quer você goste ou não, aquela garota já era. Para sempre. Você só precisa encontrar forças para deixá-la ir e ser quem você é *agora*.

— E se eu não conseguir?

— Não sei a resposta pra essa pergunta porque isso não vai acontecer. Você pode. E vai.

— Queria ter a confiança que você tem mim.

— você precisa se cercar de pessoas que tem essa confiança. Fique longe daquelas pessoas artificiais que você chamava de "amigos" e faça amigos verdadeiros. Amigos bons.

Penso em Jensen. Ele definitivamente não é o tipo de pessoa com a qual eu normalmente sairia. O modelo de advocacia que ele exerce não é visto com bons olhos no meu círculo social. Talvez isso seja bom.

— Você tem razão. E vou dar o primeiro passo hoje. Vou almoçar no Petite Auberge com alguém que não faz parte do meu grupo de amigos.

— Ótimo!

Fico contente por ela não fazer mais perguntas. Embora eu saiba que ela me desejaria sorte, por alguma razão não quero que ela saiba que vou sair com Jensen.

Conversamos mais um pouco, mas eu precisei desligar o telefone para me arrumar para o almoço. Embora eu não esteja muito animada, tento estabelecer um equilíbrio entre amizade e profissionalismo. Não quero passar a impressão errada sobre como eu vejo esse encontro. Decido que uma saia lápis longa, quase arrastando no chão, uma blusa fina estilo camponesa, de mangas curtas, e uma sandália de tirinhas não darão margem a dúvidas.

Chego ao restaurante alguns minutos adiantada. Jensen já está na mesa, com roupa de trabalho, naturalmente. De modo discreto, ele dá uma conferida no meu visual e seus olhos claros brilham com aprovação. É uma sensação boa. Boa de um modo cortês, não de um modo excitante. Não da forma que Nash me veria.

Maldito Nash! Saia da minha cabeça.

Mesmo pensando nisso, sorrio educadamente para Jensen, quando ele puxa a cadeira para mim.

— Você está linda, como sempre.

— Obrigada.

Jensen se esforça para me distrair. Por incrível que pareça, ele faz um bom trabalho. Ele é engraçado e inteligente e tem um ótimo senso de humor. Eu me pego rindo muitas vezes, curtindo um almoço alegre e casual.

Até levantar os olhos e ver Nash de pé, ao lado da porta do restaurante, olhando para mim.

Meu coração dá um salto e logo depois acelera. Fico nervosa e confusa. E sei com certeza que nunca me deparei com uma visão mais linda e mais bem-vinda.

Ele fica imóvel. Não sorri, não acena a cabeça, nem faz um gesto me chamando até a porta. Tampouco se aproxima da mesa. Apenas me observa com seus olhos pretos, insondáveis.

— É o irmão do Nash, não é? Aquele que você está ajudando? — pergunta Jensen, atraindo meu olhar e a minha mente de volta.

— Humm, sim. Desculpe. Você pode me dar um minuto, por favor?

— Claro — responde ele, levantando-se da cadeira no instante em que eu também me levanto. Como um cavalheiro. Como alguém com quem eu deveria ficar. Como alguém que eu não quero.

Com as pernas trêmulas, atravesso o salão até onde Nash está. Quanto mais me aproximo dele, mais confusa e ansiosa me sinto. Há algo nele hoje, algo que me faz sentir mais excitada do que o habitual. Empolgada. Sedenta.

Algo no fundo da minha mente está me perturbando. Como se tentasse desenterrar ossos de uma sepultura, eu trago o incômodo para a superfície, até conseguir identificá-lo.

— O seu cabelo... — digo deslumbrada, quando paro diante dele.

Nash passa os dedos pelos fios. O cabelo dele está solto e a franja forma uma moldura em seu rosto. Até aquele momento, eu só o tinha visto preso ou por trás das orelhas. Nunca solto dessa forma.

Ainda assim, seu aspecto é tão familiar.

— Estava molhado quando eu saí — diz ele sem rodeios, para justificar a aparência.

— O que você está fazendo aqui?

— Vim procurar você. Não te encontrei em casa e você não atendia ao telefone, aí liguei pra Olivia e perguntei se ela sabia onde você estava. Ela disse que você estaria aqui. Almoçando. Só não disse que você não estaria sozinha.

O músculo do seu maxilar se contrai quando ele dá uma olhada por cima do meu ombro, na direção de Jensen. Mas eu não estou prestando muita atenção a isto. Estou ocupada trazendo ossos à tona. Ossos antigos que nunca realmente viram a luz do dia.

Até agora.

Até hoje.

Mas hoje eles estão aparecendo, golpeando-me como mil canivetes, penetrando até o meu coração, até a minha alma. Não consigo conter o suspiro. Nem o coração acelerado. Nem o aperto nos pulmões.

— Era você. Em Nova Orleans, era você — sussurro, ofegante e chocada.

Nash franze o cenho, mas não faz nenhuma pergunta. Nem nega qualquer coisa. Apenas permanece em silêncio, enquanto espera. Espera que eu finalmente consiga juntar dois mais dois.

De repente, cada detalhe vem à tona. Eu já considerava aquela noite como resultado de excesso de bebida, principalmente quando Nash (que na verdade era Cash) disse que não estivera em Nova Orleans naquele fim de semana. Eu concluí que havia sido um sonho erótico, embriagado ou uma alucinação.

Só que não foi nada disso.

Aqui, agora, frente a frente com Nash, sentindo o que eu sinto em relação a ele, sentindo a inegável conexão que senti inclusive na época, eu vejo que era *este* Nash no Carnaval, naquela noite, há muito tempo. Foi *este* Nash que foi até a sacada e virou meu corpo e o meu mundo de cabeça para baixo. Foi *este* Nash que fez cada dia e cada beijo com seu irmão parecerem... menos intensos.

Depois daquela noite, eu comecei a senti que faltava algo quando estava com o Nash que eu conhecia. Era como se eu estivesse sempre procurando algo mais com ele. Entretanto, nunca encontrei. Nunca rolou a magia.

Não dessa forma.

E agora eu sei por quê.

Porque não era ele o cara com quem rolava a magia. Não era ele que eu procurava. Não era ele que mexia comigo e me levava à entrega total.

Era o irmão dele.

O irmão que eu tinha como morto.

E no momento que eu vi o verdadeiro Nash, no momento em que ele tirou a venda dos meus olhos no carro, quando me resgatou do sequestro, eu me senti atraída. Eu não sabia bem por que, além do fato de ele ter salvado a minha vida, mas foi assim que me senti. Inexplicavelmente, inegavelmente atraída por ele. E agora eu sei por quê. Agora, com seu cabelo solto emoldurando seu rosto angustiado, consigo enxergar o que a minha memória manteve escondida de mim.

Consigo lembrar.

Eu me apaixonei naquela noite. Há quase dois anos. Em Nova Orleans. Em uma sacada. Diante de uma multidão. Por um completo estranho. Eu me apaixonei por uma aparição.

Conforme os detalhes se encaixam na minha mente, ajustando-se em como partes de um quebra-cabeça, surge a pergunta inevitável.

Por quê?

— Por que você quis fazer isso? — pergunto. Nash tem a decência de se mostrar envergonhado. Profundamente envergonhado. Mas eu não me importo. Quero colocar o dedo na ferida. Quero magoá-lo. Como ele quis me magoar. Como *realmente* me magoou. Como *está* me magoando. — Você me odiava tanto assim?

Para o meu desespero, sinto lágrimas brotarem nos olhos. Eu achava que meu coração estava partido, mas nada se compara à dor que sinto agora. Ele me usou, exatamente como meu pai fez. Eu fui apenas um fantoche para ele, exatamente como era um fantoche para o meu pai. Talvez eu só tenha mudado de mãos, passando de um safado para outro.

— O problema não era com você — diz Nash resumidamente, calmamente.

— Mas me afetou. Você... Você me tocou. E me beijou. E... — Não consigo terminar a frase, sentindo o constrangimento tomar conta do meu rosto, conforme me lembro do que o deixei fazer comigo. Conforme me lembro do que gostei que ele fizesse comigo. — Ah, meu Deus. Você... Você...

Olho ao redor, buscando uma fuga, um lugar para me esconder. Nunca me senti tão magoada e humilhada na vida.

Perceptivo como ele é, Nash segura o meu braço antes que eu possa correr e me leva para a rua. Em seguida me carrega em direção ao final do prédio, mas eu me afasto bruscamente dele.

— Não encoste em mim.

Ele parece ofendido e eu sinto uma leve satisfação diante da probabilidade de tê-lo atingido, de ver que ele não é totalmente imune à dor. Mas o pequeno montante de culpa que eu poderia ser capaz de infligir-lhe é só uma gota d'água em comparação ao que ele me fez.

Meu estômago se contorce e eu me curvo ligeiramente na altura da cintura, lutando contra o impulso de me dobrar completamente, para de alguma forma proteger meus órgãos vitais da dor insuportável.

— Ah, meu Deus, ah, meu Deus. Não acredito que o deixei fazer tudo aquilo comigo.

Sinto-me nauseada.

— Me deixe explicar.

— Não há nada a dizer. Já entendi tudo. Você odiava tanto o seu irmão que queria magoá-lo e pensou que abusar da namorada dele seria um modo perfeito de fazer isso. Você não se importa com ninguém a não ser com você e com a sua vingança estúpida. O que mais há para saber? Pra entender seus motivos?

— Na maior parte, você tem razão. Quando vi você na sacada naquela noite, a única coisa que me veio à mente foi que você era a namorada do meu irmão, a garota linda que deveria ser minha. Só que não era. Era dele.

"Eu subi até a sacada com a intenção de me vingar dele, de humilhá-lo. Humilhar vocês dois. Não nego. Mas no momento em que você me beijou, não pensei no meu irmão. Nem em vingança. Não pensei em mais nada. Só em você. Sou um canalha por querer te usar, reconheço. Por ir até o fim com esse propósito. Mas fui eu quem pagou o preço por isso."

— Ah, e como você acha que pagou o preço? Me explique, por favor?

— Apesar da raiva e amargura que eu sinto, há uma coisa que sempre esteve no fundo da minha mente. Uma coisa que nunca consegui esquecer, por mais que tentasse. Aquela noite. Com você. Nunca consegui esquecê-la.

A dor é muito recente, a ferida é muito profunda para ouvir mais uma palavra. A sinceridade nos olhos dele não é suficiente para penetrar a nuvem de estilhaços que rodeia o meu coração.

Então balanço a cabeça em sinal de rejeição e fecho os olhos para evitá-lo; evitar seu rosto, suas palavras, evitar o amor que simplesmente não vai desaparecer, nem mesmo com tamanha traição.

— Pra mim chega. Não aguento mais. Você me avisou e eu não dei atenção. É tudo minha culpa. A única coisa que posso fazer agora é não cometer o mesmo erro novamente.

— Marissa, por favor.

Essa palavra é outro golpe doloroso no meu coração. Quase me rouba o fôlego, este amor maldito que sinto. De várias maneiras parece tão certo, mas, na realidade, e completamente, totalmente errado.

Sem me virar para olhar para ele, falo as palavras mais duras que talvez tenha dito na vida.

— Me deixe em paz, Nash. Vá embora e me deixe em paz.

Então ajeito a postura e levanto o queixo, para engolir a dor, e volto para o restaurante, fingindo ser a pessoa parcialmente inteira que era há cinco minutos, antes de ser dilacerada por Nash.

Mas é tudo fachada.

No fundo do coração, sei que nunca voltarei a ser quem eu era.

VINTE E SETE

Nash

Pela primeira vez em sete anos, tenho que cavar muito para encontrar a raiva com a qual vivi todos os dias, por tanto tempo. Ela está enterrada sob qualquer coisa que estou sentindo por Marissa e pela terrível culpa e dor que sinto pelo que aconteceu em Nova Orleans.

Eu sei que a magoei. E muito. Sinto isso no peito, na alma, no meu ser. É uma dor profunda, intensa, persistente. Como se um boxeador me atacasse sem nada nas mãos, exceto fúria. Com apenas algumas palavras e a tristeza que demonstrou, ela me atingiu em cheio. E, de alguma forma, ao fazer isso, roubou a única coisa que me importava todo esse tempo, a única coisa que me manteve vivo: raiva. Ela a tomou na noite em que ficou diante de um espelho e me observou penetrá-la. Ela a roubou de mim, e eu não sabia.

Até agora.

Consigo encontrar o suficiente da raiva e da determinação para ver isso, mas sei que a maior motivação da minha vida se acabou. E não tenho a menor ideia de como irei substituí-la. Acho que terei muito tempo de sofrimento para descobrir.

Mas primeiro há algumas coisas que tenho de resolver. Em primeiro lugar, há alguns fios soltos que precisam ser conectados.

Enquanto me dirijo à autoestrada interestadual, para longe de Atlanta, ligo para Cash. Ele atende no segundo toque.

— Onde vocês estão?

— Estamos abastecendo no posto de gasolina. A caminho da boate. Por quê?

— Vou encontrar você lá. Tenho umas coisas para falar com você. Quero botar um fim em tudo isso, de uma vez por todas.

Ele não faz perguntas, embora eu saiba que é exatamente isso o que ele quer fazer. Mas pelo telefone, ainda mais um celular, não é inteligente dar muitos detalhes.

— Tudo bem. Chegaremos lá daqui a mais ou menos meia hora.

— Vou chegar mais tarde. Tenho que ir a outro lugar antes.

— Eu espero você — acrescenta ele.

Pela primeira vez desde que o vi novamente, tenho o impulso de abraçar meu irmão. De olhar no olho dele para que ele possa ver que realmente senti sua falta e que não o odeio.

Talvez haja tempo para isso antes que eu me vá.

Após desligar o telefone, tomo o caminho familiar até a prisão. Para ver o meu pai uma última vez. E depois disso, partir.

A organização é um pouco diferente desta vez. Está como o tipo de visita que se vê nos filmes: duas longas fileiras de cubículos divididas por um painel de vidro. E telefones pretos e sujos na parede. Se minha primeira ida à prisão não me mostrou as consequências de uma vida de crime, esta certamente se encarrega disso.

Eles trazem meu pai algemado e acorrentado pelos pés, como o criminoso violento que consideram que seja. Ele parece mais velho do que aparentava há alguns dias. Sei que isso é impossível, mas é o que parece. Acho que, ao nos pedir para desistir de conseguir justiça e tirá-lo da prisão, seu sofrimento se instalou.

Obviamente ele não me conhece muito bem, penso com meus botões. Se conhecesse, saberia que eu nunca desistiria. Não antes do meu último suspiro. Ele saberia que não vou descansar enquanto não vir os canalhas responsáveis por destruírem nossas vidas pagarem pelo que fizeram. Mesmo que seja a última coisa que eu faça.

Mesmo quando penso na minha missão de vida, o ímpeto é um pouco menos intenso do que era antigamente. Acho que outra coisa, além do ódio e da vingança, ocupou finalmente o espaço no vazio deixado pela morte da minha mãe.

Meu pai senta diante de mim e pega o telefone. Eu faço o mesmo.

Finalmente, ele sorri.

— Continua sendo muito bom ver você. Ainda estou impressionado com a sua transformação.

— Nem tudo foi pra melhor, pai.

Embora seja impossível por causa do vidro entre nós, posso praticamente sentir seu suspiro, como uma respiração pesada ao meu redor.

— Você é forte, filho. Sempre foi. Mais forte do que imagina. Você vai superar tudo isso. Tenho certeza.

Aceno a cabeça.

— Pela primeira vez em um longo tempo, começo a pensar que posso fazer isso. Acho que finalmente descobri que há coisas mais importantes do que a vingança. Mesmo para um homem como eu.

— Não diga isso como se você fosse algum tipo de monstro. No fundo, você continua sendo um menino bom. Inteligente, generoso, motivado. Acho apenas que você tinha mais do seu irmão em si do que nós conseguíamos perceber. E ele tinha um pouco mais de você do que eu admitia. Isso só torna vocês dois ainda mais perfeitos aos meus olhos. O segredo é aprender a viver com tudo isso, de modo equilibrado.

— Bobagem. Essa não é a parte difícil. Encontrar outra pessoa que consiga viver com isso *é* a parte difícil.

Meu pai franze o cenho.

— O que você quer dizer?

Balanço a cabeça na esperança de, por um momento, libertá-la dos pensamentos sobre Marissa, embora ciente de que, se eu conseguir fazer isso, vou, ao mesmo tempo, me tornar uma pessoa menor.

— Nada. — O olhar fixo e perceptivo do meu pai me deixa tão desconfortável que sou forçado a desviar o olhar. — Olhe, a razão da minha vinda aqui hoje...

— Me deixe dizer uma coisa antes de você prosseguir. Filho, seja o que for que você veja de errado em si, não é nada que o amor de uma boa mulher não possa resolver E se ela for boa e forte o bastante, e *digna* do seu amor, ela ficará ao seu lado. A vida já causou muito sofrimento a você. *Eu* já causei muito sofrimento a você. E nunca vou me perdoar por isso. Mas você não pode passar o resto da vida triste e sozinho e se culpando pelo passado. Desse jeito vai acabar desperdiçando o futuro brilhante que tem pela frente.

"Só porque as coisas não são mais como na época em que você estava na escola não significa que seja um futuro que não valha a pena. Encontre um novo sonho. Busque um destino diferente. Não precisa necessariamente ter a ver com diploma e um terno e uma gravata, embora possa ter, se for isso que ainda queira. Você é jovem, inteligente e capaz. Pode ser o que quiser. A única coisa que você tem que fazer para tornar isso real é fazer as pazes com o passado. E consigo mesmo. Se liberte e vá em frente. Esse ainda é o melhor conselho que posso dar. O passado é como areia movediça. Ele irá sugá-lo, e você morrerá lá mesmo se não tiver cuidado.

— E se eu não souber como ir em frente? E se eu não tiver um rumo agora?

E se o rumo que eu quero não me quiser? E se eu não for o homem certo pra ela?

— Encontre um. Ele existe. Você só tem que procurá-lo.

Não quero falar sobre ir em frente nem pensar em futuros impossíveis. Eu vim aqui por uma razão. Eu tenho que resolver isso e me mandar daqui. Me mandar de Atlanta. Da terra firme.

Respiro fundo antes de comunicar o que eu tenho para falar. Sei que meu pai não vai gostar dessa tática; está no sangue dos Davenports não aceitar ser manipulado, o que é basicamente o que estou fazendo. Quero dizer, se convencer alguém a fazer alguma coisa for considerado manipulação.

— Todos nós fizemos alguns sacrifícios, pai. Acho que você vai concordar com isso. — Meu pai acena a cabeça. Sua expressão é de um profundo remorso. Já me sinto mal. — Acho que você também concorda que eu tive de tomar algumas atitudes extremas. — Novamente ele acena a cabeça. Ele não vai olhar nos meus olhos. — Agora tenho algo para pedir em troca. — Ele olha para mim e franze o cenho. — Você vai receber mais visitas em breve. Quero que me prometa que fará exatamente o que se espera de você. Que você pode e *realmente confia* em mim o bastante para fazê-lo. Seus filhos são adultos. Nos deixe lidar com isso agora.

Olho bem dentro dos seus olhos. Se eu pudesse transmitir-lhe uma mensagem, faria isso. Mas não posso. O melhor que posso esperar é mantê-lo vivo aqui, por tempo suficiente para Cash fazer o que tem de ser feito e pegar o material para o recurso do meu pai e para o julgamento dos mafiosos.

Fiz tudo o que podia. Consegui duas das três testemunhas que podem mandar esses homens para a prisão, pelo resto da vida; e Dmitry está tentando conseguir alguma liderança na *Bratva*, liderança que vai manter a segurança do meu pai e da minha família, em troca de pôr Slava e seus comparsas na prisão. O resto está nas mãos de Cash. E talvez de Marissa. E, claro, do meu pai. Ele precisa testemunhar, caso contrário, o processo de crime organizado não vai dar certo.

Ele ainda não disse uma palavra. Ele está pensando, conjecturando.

Então continuo.

— Você não precisa entender nada por enquanto. Só precisa me prometer que vai fazer o que é necessário. Por mim. Por nós. Por todos nós. — Não posso me aprofundar mais. Não quero dar a dica a quem for que esteja ouvindo. Poderia colocar a vida do meu pai em perigo. Bem, em *mais* perigo, eu acho. — Prove que sou tudo aquilo que você pensa de mim. Prove que ainda tem confiança em mim. Então, talvez, eu acredite.

É um golpe baixo. Mas necessário.

E está funcionando.

Posso ver no seu rosto.

Ele acena a cabeça.

—Tudo bem. — Uma pausa e um suspiro. — Tudo bem.

Sinto um vazio no estômago que normalmente não é normal. Talvez por passar um tempo com meu pai e ter que abandoná-lo e partir novamente. Talvez por ter reencontrado o meu irmão gêmeo e ter que virar as costas e esquecê-lo. Talvez pelo simples fato de ir embora. Durante muitos anos, isso foi um lar para mim.

Estou indo embora. Para longe da família. Novamente. Saindo da cidade. Mais uma vez.

Talvez eu pudesse ficar.

Mas, na verdade, não posso. Isso não é vida para mim. Não há lugar para mim aqui. Pelo menos por enquanto. Talvez mais tarde. Um dia. Mas não agora.

Uma voz em minha cabeça me diz que estou esquecendo algo que pode estar causando esta sensação, uma pessoa.

Marissa. Talvez o fato de deixá-la seja o que está me deixando tão arrasado.

Trinco os dentes.

Se isso for o caso, então estou no caminho certo. Ir embora é a melhor coisa que posso fazer por ela. Ficar longe dela, deixá-la em paz. E não há nada mais que eu possa fazer para ajudar meu pai ou Cash em relação ao que está prestes a acontecer. Fiz tudo que podia. Atingi meu objetivo. E vou trazer um pouco de justiça à memória da minha mãe. Deveria estar me sentindo realizado.

É apenas uma vitória um pouco mais vazia do que pensei que seria. Do que teria sido antes de conhecê-la.

Marissa.

Pela milésima vez, tento tirá-la da mente ao entrar na garagem de Cash. Esta é minha última parada antes de voltar para o litoral.

Estou indo para lá para fazer um favor a Dmitry. Ele pediu que eu fizesse algo para ele em troca do seu testemunho. Parece um pequeno preço a pagar por sua ajuda para obter justiça para minha mãe e libertar meu pai, então, naturalmente, eu concordei. Mas primeiro tenho que dar a boa notícia para o meu irmão. Finalmente.

Acho que Cash ouviu o barulho da porta de garagem, mas bato antes de entrar. Não faz sentido começar as coisas da pior maneira porque posso encontrá-lo, com sua namorada, em uma posição comprometedora.

Ele atende rapidamente. Totalmente vestido.

A primeira coisa que faço é lhe entregar a chave do seu carro. Ele se mostra intrigado ao pegá-la.

— Obrigado pelo carro. Não vou mais precisar dele.

— Comprou um?

— De jeito nenhum. Vou partir hoje.

Embora pareça um gesto perverso, me sinto satisfeito ao ver que ele parece um pouco assustado.

— O quê? Assim, de repente?

Aceno a cabeça.

— Isso mesmo.

— Quer dizer que não tem mais justiça para nossa mãe, então? Foi tudo papo furado? Você vai simplesmente voltar àquele buraco do inferno que vivia antes?

— Ah, vai haver justiça para nossa mãe, mas a minha parte está feita. O resto é com você.

— Como assim?

Sei que meu sorriso é presunçoso.

— Estou trazendo o seu caso de extorsão, embaladinho para presente. Só está faltando o laço.

Se há uma expressão que corresponde a alguém prendendo a respiração em expectativa, essa expressão é a de Cash.

— Como é? — Meu sorriso se abre ainda mais com a sua pergunta. É quase um sussurro respeitoso.

— Duffy aceitou depor em troca de salvar a própria vida. — Cash começa a falar, e tenho certeza de que sei o que ele vai dizer, portanto ergo a mão para interrompê-lo.

— Ele também se mostrou muito mais disposto quando viu que os três homens mais importantes nesta célula da *Bratva* iriam se dar mal, e a nova pessoa no comando seria... amistosa conosco. — Posso ver que isso alivia um pouco a mente de Cash. — Ele vai depor por contratar um assassino de aluguel. Para ganhar imunidade, naturalmente. Depois vai entrar no programa de proteção à testemunha, caso o Slava tenha controle fora dos muros da prisão. Mas ainda acho que a nova liderança vai destruir grande parte do seu poder. De qualquer maneira, Dmitry, o homem que passei os últimos sete anos aprendendo a conhecer, e que conhece nosso pai, concordou em depor contra o cara responsável pela parte do contrabando. Isso deveria ser considerado um ato terrorista, já que as pessoas a quem a *Bratva* vende o material são inimigas dos Estados Unidos. Dmitry também conhece o cara número quatro, o que deveria ser o próximo na hierarquia do comando. Ele acha que pode conseguir que ele coopere com tudo isso, por uma oportunidade de se tornar o líder. Estou inclinada a concordar. Dmitry é um cara muito persuasivo.

— Como...

— Você não precisa ficar a par dos detalhes. Deixe a parte desagradável comigo.

— Nash, eu...

— Eu sei. Eu sei.

— Não, não creio que você saiba. Eu nunca quis a sua vida. Nunca quis isto. E saber o que você teve que fazer, como teve que viver para me poupar...

Posso ver a dor e o remorso no seu rosto. E sei que o sentimento é verdadeiro. Nós dois fomos jogados nesta situação contra a nossa vontade. Fizemos o nosso melhor contando apenas com a orientação mínima do nosso pai para seguir em frente. Isso me faz ver o discernimento nas palavras que o nosso pai acabou de dizer. Deixar tudo isso para trás seria a atitude mais coerente, em todos os sentidos. E vamos fazer isso. Depois.

— Passado é passado. Vamos deixar as coisas como estão e seguir em frente.

Posso ver que ele tem mais a dizer, e quer se certificar de que eu compreendo. Então estendo a mão e bato no seu ombro. Em seguida assinto com a cabeça, enquanto olho nos seus olhos.

Nos últimos anos, grande parte da comunicação na nossa família teve de ser feita em silêncio. Tínhamos de acreditar um no outro, confiar um no outro, mesmo quando não parecia a coisa certa a fazer. Tínhamos de acreditar no não visto, ter esperança no improvável.

Agora, aqui, diante dele, sei que Cash pode ver que compreendo, e que tudo ficou no passado.

Finalmente, ele acena a cabeça também. Sim, ele percebeu.

— A única coisa que você tem de fazer é se concentrar no caso e manter nosso pai em segurança para depor. A lavagem de dinheiro e a adulteração dos livros contábeis devem fechar o caixão de Slava e de seus comparsas. Os três estão implicados em diferentes aspectos, mas todos eles sabiam de tudo. O depoimento de cada um irá mostrar isso.

Após alguns segundos assimilando o que eu disse, Cash dá uma risada. É uma risada descontraída, alegre, quase de satisfação.

— Caralho! Você conseguiu!

Tenho a impressão de que ele quer dar um grito. E isso me faz sorrir novamente também.

— Só fiz a minha parte. O resto é com você e seja quem for que tenha que fazer parte disto para que tudo se resolva sem problema. Você é o advogado. Deixo essa responsabilidade nas suas mãos.

— Marissa sabe? Ela tem contatos que podem ser muito úteis.

— Não, eu não contei a ela. Vou deixar você encarregado disso. Vocês dois podem pensar em um plano. Tenho umas coisas para acertar.

Partir agora, quando as coisas estão parecendo tão bem, causa mais sensação de exílio do que há sete anos. Sinto que estou deixando a felicidade para trás, em vez de lutar por ela no futuro.

— Lamento que você não possa ficar.

— Eu também, mas... Não posso.

Cash concorda com um gesto de cabeça.

— Você vai voltar? Algum dia?

— Sim. Um dia. Espero.

— Pelo menos diga que vai voltar quando o nosso pai ganhar a liberdade. Será um dia maravilhoso.

Posso imaginar, e sei que vai ser.

— Acho que posso dar um jeito de fazer isso.

Sinto-me aliviado pela perspectiva de voltar, diante dessa esperança.

— E não se esqueça da promessa que me fez — diz ele.

Eu sorrio.

O casamento.

— Jamais vou esquecer.

— Como vai chegar aonde tem que ir? Sabe que posso te dar uma carona.

— Tudo bem. Vou partir da mesma forma que vim. Em um táxi bem caro.

Cash balança a cabeça e sorri.

— Que tipo de motorista de táxi você contrata?

— O tipo desesperado.

— É o que parece.

— Mas eles ganham muito dinheiro.

— Às vezes o desespero vale a pena.

E às vezes não.

A imagem de Marissa se instala no meu pensamento como uma nuvem. Sua expressão triste ao se lembrar de Nova Orleans provavelmente irá me atormentar para o resto da vida.

— Você vai se despedir de Olivia? — pergunta Cash.

Respondo afirmativamente. Acho que seria o melhor a fazer. Ela deve se tornar minha cunhada um dia. Devo fazer bonito.

— Vou fazer contato através de um número que você pode usar para me achar. Vou querer todos os detalhes de como você estragou um pedido de casamento.

— Shhh. — diz Cash tentando me silenciar, enquanto olha para trás. — Ela ouve tudo. Cuidado com o que diz.

— Quem ouve tudo? — pergunta Olivia, na mesma hora. Cash e eu damos uma gargalhada. — Que foi? — pergunta ela, da porta, parecendo confusa.

— Nada, gata — diz Cash, aproximando-se para abraçá-la. Sinto um pouco de inveja, mas me recuso a pensar nisso. Está na hora de deixar de ter inveja do meu irmão e da sua vida. Está na hora de encontrar a minha própria versão da felicidade, seja ela qual for.

VINTE E OITO

Marissa

Estou há um tempão com o telefone no colo, atordoada. Tenho me encontrado fazendo muito isso, ultimamente.

Não sei o que está me deixando ansiosa, se é o fato de Cash ter me contado tudo o que Nash fez para garantir o processo de crime organizado; se é o fato de que vou ter que fazer algumas escolhas difíceis, tanto em relação à carreira quanto à vida, num futuro próximo, ou se é o fato de Nash ter partido.

Partido.

Sem dizer adeus.

Sem nenhuma palavra.

Apenas partiu.

E deixou as coisas como estavam.

Como exigi que ele fizesse.

Não sei o que eu gostaria que ele tivesse dito, ou se havia realmente algo mais *para ser* dito. Mas lamento que ele não tenha feito isso. Gostaria que ele tivesse tentado. Gostaria que tivesse lutado. Por mim. Por nós dois.

Mas ele não lutou. Atendeu os meus pedidos e partiu. Agora ele se foi. Para sempre. Para nunca fazer parte da minha vida. Jamais. De jeito nenhum.

Eu não esperava que as coisas terminassem desse jeito. Quer dizer, não sou nenhuma idiota. Depois do que aconteceu há poucos dias, pude perceber que, mais cedo ou mais tarde, tudo terminaria, que não tínhamos muita chance. Mesmo depois da nossa noite maravilhosa, inacreditável, eu sabia que tínhamos poucas chances de dar certo. Mas acho que pensei que haveria mais tempo ou mais palavras ou mais... alguma coisa. Porém, em vez disso, não houve nada.

E é assim que estou. Aqui. Agora. Sem nada.

E Nash se foi.

Fecho os olhos. As lágrimas rolam pelo meu rosto. Eu nem tento contê-las. Não adianta. Essas são só as primeiras de muitas que virão, eu sei.

Com certeza, a minha vida está se preparando para ficar muito mais difícil. Com certeza, há um caminho difícil à minha frente. Com certeza, os detalhes cotidianos da minha existência serão drasticamente diferentes, assim como as pessoas que os preenchem. Mas não vou chorar por nada disso. Não tenho uma sensação de perda; só de medo e ansiedade.

Basicamente, vou me virar sozinha. Terei o apoio de Olivia, naturalmente. E de Cash, do jeito que for. E talvez de mais uma ou duas pessoas, mas, basicamente, vou estar sozinha. Quando a poeira baixar e eu tiver me afastado de todas as pessoas horríveis da minha vida, e abandonado a única carreira que sempre tive e pensei que quisesse, só me restarão as consequências negativas.

Um dia, pode ser que um cara bacana cruze o meu caminho, mas mesmo assim estarei sozinha. O cara não será Nash. E nunca vou me satisfazer com menos. Sempre haverá um vazio, um vazio que ninguém mais poderá preencher.

E esta é a verdade nua e crua. A dura realidade de se apaixonar por um homem que não quer se prender e é difícil de ser dominado ou controlado.

A verdade é que eu nunca realmente quis dominá-lo ou controlá-lo. Só queria ser uma parte da sua liberdade, voar com ele. *Eu* queria ser como *ele*, e jamais tentar fazer *dele* uma pessoa como eu. Estou tentando fugir de mim mesma, e não arrastar ninguém para o meu inferno.

De alguma forma, talvez tenha sido isso o que eu fiz ao torná-lo parte da minha fuga. Acabei por envolvê-lo no meu conflito.

Talvez eu esperasse que ele fosse me resgatar. Eu sei que *queria* isso. Mas ele fez o resgate que tinha que fazer, no dia que me trouxe para casa, depois de me tirar de uma espécie de prisão da máfia russa. Qualquer coisa além disso teria que partir dele, algo que seu coração mandasse. Ele teria que chegar a essa conclusão sozinho. Não há como influenciar, forçar ou convencer Nash a fazer nada. Ele é dono do próprio nariz. Cem por cento.

Talvez, um dia, poderei se dona do meu nariz. Cem por cento.

Talvez hoje eu esteja dando o primeiro passo.

Cash não quer tomar parte na acusação, porque teria que assumir a identidade de Nash novamente; algo que, por alguma razão, agora ele não aceita; mas também por causa do envolvimento do seu pai. Porém, quer estar por dentro de tudo, então me pediu que eu fizesse uma solicitação para atuar como promotora extraordinária no caso, a fim de ocupar a segunda cadeira e participar de todos os detalhes.

Acho que ele sabe o que está pedindo. Ele conhece o meu pai, sabe o tipo de vida que tive. Ele sabe que pegar um caso criminal seria o equivalente social a ir morar na favela. É algo pelo qual eu nunca seria perdoada, algo que jamais seria esquecido, e que mudaria o rumo da minha vida de forma irrevogável.

Mas também é justamente do que preciso.

E acho que é exatamente o que eu quero.

Não há nada mais para mim na minha antiga vida. Eu nem sei se a área jurídica vai fazer parte do meu futuro. Mas sei que isso é importante e seria a coisa mais corajosa e definitiva, em termos pessoais, que já fiz. E eu tenho que ser corajosa. Tenho que abraçar o meu novo eu. Totalmente. Publicamente. Com orgulho. Se não puder fazer isto, meu novo eu vai se encolher e morrer à sombra da antiga Marissa. Fora isso, só tenho uma opção: voltar à vida que eu conhecia, a vida que eu tinha.

Mas isto está fora de cogitação.

Penso em Nash. Ele me incentivou, como se achasse que eu não fosse capaz de mudar. Ou que não iria. Mas, de alguma forma, acho que ele estava me instigando a fazê-lo, como se quisesse me ver realizar esse objetivo e ser a pessoa diferente que eu tanto desejava ser. E se estivesse aqui, talvez sentisse um pouco de orgulho de mim, por eu ter conseguido, por ser forte. Talvez mais forte do que ele imaginava.

Meu coração acelera.

Eu vou mesmo fazer isso. Vou mesmo ser a pessoa que quero ver no espelho; a mulher que posso encarar e da qual posso sentir orgulho.

Estou diante de uma oportunidade delicada e única de mandar para a cadeia três integrantes do alto escalão de uma organização criminosa russa, que opera fora da Geórgia. Não só isso, mas também ter a oportunidade de ver os homens que me sequestraram serem punidos. Pelo menos *espero* poder citá-los. Eu nem sei quem eles são, mas talvez esteja prestes a descobrir. Pelo menos vamos pegar o cara que ordenou o sequestro. Cash me assegurou de que o homem responsável é um dos três que estão no alvo. Haverá um pouco de satisfação nisso.

Quando penso no que está para acontecer, em termos de justiça, me sinto aliviada por ter algo tão importante em que me concentrar. Outra coisa que não seja Nash. Ou a falta dele. Também me sinto um pouco confusa. Não sou nenhuma idiota a ponto de não perceber quando estou desnorteada. E eu estou.

Enquanto analiso qual deve ser o meu primeiro passo, dou uma olhada na lista de chamadas recentes. Pouso o dedo no número de Jensen. Como promotor público, ele parece a opção perfeita para começar.

Então clico no número, levo o telefone ao ouvido e ouço o toque. Uma sombra do medo supera a determinação da minha nova empreitada. Eu sei muito bem que, depois de falar com Jensen, terei que ligar para outra pessoa.

Meu pai.

VINTE E NOVE

Nash

Não dormi muito a noite passada, por isso me sinto um pouco grogue ao pegar o dinheiro para pagar o taxista que me trouxe do motel até as docas. A corrida não chega nem perto da quantia exorbitante que paguei ontem à noite ao motorista que me trouxe de Atlanta a Savannah. Mas eu já contava com isso. Foi um trajeto muito longo.

O táxi se afasta e eu olho o envelope, mais uma vez, antes de dar início à minha busca. O nome do navio que Dmitry anotou apressadamente na parte da frente é a única coisa da qual disponho para encontrá-lo. *Budushcheye Mudrost*. Não tenho extremo domínio do idioma russo, mas isso quer dizer, mais ou menos, "futura sabedoria". Dmitry disse que o navio estaria no porto, aqui em Savannah. Ele me deu uma carta para ser entregue ao capitão, um homem que ele chamava de Drago. E me pediu para entregá-la pessoalmente. Só isso. Foi o único pedido que fez. Ele está abrindo mão de tanta coisa para me ajudar, para ajudar meu pai e a minha família; e tudo que pediu em troca foi que eu entregasse uma carta para ele.

Naturalmente, concordei em atendê-lo.

Ele não pode entregá-la. Ele só vai sair do motel para encontrar Konstantin, o homem que, tomara, subirá na hierarquia da *Bratva* local. Afora isso, ele e Duffy permanecerão escondidos no motel, até Cash e Marissa poderem dar o pontapé inicial, dar início às acusações, toda aquela merda técnica. Depois disto, eu diria que Dmitry e Duffy serão dispensados e entrarão no programa de proteção à testemunha ou algo assim. Pelo menos, acho que é assim que funciona. Eu não saberia com certeza. Não sou o Nash que fez faculdade de direito.

Levo quase uma hora para localizar o navio. Eu esperava um navio comercial, algo semelhante ao que Dmitry e eu trabalhamos durante todo este tempo, não o iate particular que está diante de mim. O iate particular *maravilhoso* que está diante de mim.

Vejo alguém caminhando no convés superior. Eu chamo a pessoa e peço permissão para entrar na embarcação. Não recebo nenhum sorriso ou saudação amistosa, apenas um "sim" breve, muito rápido.

Então subo até o convés e aguardo. Em menos de um minuto, o mesmo cara está diante de mim. Ele está intrigado e parece aborrecido, como se eu fosse uma visita inoportuna. Fisicamente, ele parece uma versão cansada e desinteressante de Dmitry.

— Estou procurando Drago.

— Sou eu mesmo — diz ele abruptamente. Seu sotaque é forte e sua atitude, na melhor das hipóteses, grosseira.

— Tenho uma carta de Dmitry para você — digo, erguendo o envelope.

Ele franze ainda mais o cenho e pega a carta das minhas mãos. Eu o observo, enquanto ele passa o dedo sob a etiqueta selada do envelope e retira o papel de dento. Em seguida, abre a folha e, do meio das dobras, tira um segundo pedaço de papel, que ele segura na outra mão, enquanto lê a primeira carta.

Ele levanta os olhos para mim várias vezes, enquanto a lê. Não sei o seu conteúdo, mas suponho que Dmitry esteja explicando quem sou e por que a estou entregando. Ou está dizendo ao outro russo algo que não o agrada.

Espero que não sejam más notícias, e esse filho da puta não perca a cabeça e me dê um tiro.

Quando termina de ler a carta, Drago olha para mim de novo, com ar intrigado. Depois de me fitar por sabe Deus quanto tempo, como se tentasse descobrir alguma coisa, ele me entrega o segundo pedaço de papel dobrado, que estava dentro da primeira carta.

Fico um tanto surpreso ao ver que é para mim. Se Dmitry tinha algo a dizer, eu imaginaria que ele o teria falado pessoalmente, quando estive com ele, ontem. Mas olhando o papel, com vincos bem marcados e as pontas enrugadas, dá para concluir que o bilhete foi escrito há muito tempo.

Então abro o bilhete com a letra caprichada de Dmitry e começo a ler.

Nikolai,

Há muitos anos, conheci um garoto. Ele era filho de um amigo e um dos jovens mais corajosos que conheci na vida. Ele abdicou da própria vida, do futuro e da família para honrar o pai e um dia encontrar um meio de fazer justiça à sua mãe morta.

Passei a gostar deste rapaz. Como um filho, como minha própria família. Com o passar do tempo, eu o vi crescer e lutar, e se tornar o amigo mais fiel, um homem do qual qualquer pai ficaria orgulhoso.

Acho que tive uma participação nas dificuldades que você enfrentou, Nikolai, ainda que de forma indireta. Mais do que qualquer coisa, quero que você encontre a paz e a felicidade.

Rezo para que chegue o dia em que você possa se livrar dessa vida. Se você estiver lendo esta carta, esse dia é hoje. Muito provavelmente, Drago irá lhe entregar este bilhete, que estava escondido, de forma segura, dentro das instruções que escrevi para ele hoje. Não sei quantos anos terão se passado até que você esteja lendo isto, mas saiba que tenho planejado lhe dar este presente há muito, muito tempo.

Eu comprei este navio para um dia me aposentar e ir a algum lugar distante, mas quero que você tenha um ano de liberdade a bordo dele. Liberdade para se encontrar, encontrar seu lugar na vida, encontrar a felicidade. E a paz. Ah, meu Deus, espero que você encontre a paz, meu amigo.

A tripulação e o capitão são pagos anualmente. Isto é feito através de uma conta que mantenho para eles. Eles fazem umas pequenas, porém legais, transações de importação e exportação para mim. Mas este ano, o seu ano, você só precisa lhes dizer aonde quer ir e eles o levarão. Acho que sei o seu primeiro destino e disse a Drago, na carta que escrevi para ele. Se você for a esse lugar, diga à esposa de Yusuf que mandei um abraço. Diga-lhe que lamento profundamente a sua perda.

Vá, Nikolai! Aceite este presente e vire a sua vida pelo avesso. Você merece uma segunda chance. Mais do que qualquer pessoa que eu conheço.

Minha família.
Dmitry

Totalmente abismado, levanto os olhos para Drago. Ele está me observando com ar desconfiado. De qualquer forma, ele respeita a carta de Dmitry. Não estou surpreso.

Dmitry inspira essa espécie de lealdade naqueles que o conhecem.

— Partimos daqui a dois dias. Você tem que me dar o seu primeiro destino amanhã de manhã, para que sejam comprados os suprimentos.

Com isto, ele se vira e vai embora.

Durante alguns segundos, ainda surpreso, fico observando Drago se afastar, antes de tomar uma atitude e segui-lo.

— Se você puder apenas me mostrar meus aposentos...

— digo em tom alto o suficiente para fazê-lo parar, antes que ele possa sair do alcance da voz.

Drago para e vira a cabeça, o suficiente para que eu saiba que ele me ouviu. Ele resmunga e, em seguida, parte em outra direção. Eu o sigo pelo interior da embarcação, passando por uma sala luxuosa, até uma escadaria que leva ao convés de baixo. Ele vira à esquerda, em um corredor pequeno, e para em frente a um camarote. Então abre a porta e entra.

— Está limpo — diz ele irritado, antes de ir embora.

Seu comportamento deixa bem claro que, ficar puxando conversa o tempo todo, durante a viagem, é algo com o qual eu não preciso me preocupar.

A viagem.

Preciso admitir que estou um pouco aliviado por ter esta opção. Quando saí do restaurante ontem, eu só sabia que tinha que escapar de Marissa, que ela merecia ter alguém melhor do que eu em sua vida. Eu não havia decidido para onde iria. Quero dizer, eu nunca voltaria, por vontade própria, a contrabandear armas. Mas ficar em Atlanta estava fora de cogitação. Eu ficaria muito tentado a visitar Marissa. Pelo menos agora, eu tenho um lugar para ir. Pelo menos por um ano.

Não é exatamente o que eu sempre sonhei. Eu achava que, depois de resolver toda a situação em relação a minha família, acabaria ficando em Atlanta. Nunca pensei no que iria fazer; talvez abrir uma boate como Cash ou... ou... Merda, não tenho a menor ideia. Acho que nunca cheguei a esse ponto. Talvez, de alguma forma, nunca tivesse imaginado que isso acabaria. Esta raiva, esta fome de vingança é tudo que conheci durante sete anos. Não sei como planejar uma vida sem esses sentimentos. Eles foram o meu objetivo por tanto tempo que eu me sinto um pouco perdido sem eles.

Mas agora, eu tenho isto. Este presente de Dmitry. Tudo que preciso fazer é entrar neste iate daqui a dois dias e estarei navegando para longe dos meus problemas.

Mas também estarei navegando para longe de Marissa.

Cacete! Como fui ficar tão alucinado por ela?

Depois de pensar por mais alguns minutos, volto pelo mesmo caminho que Drago me trouxe. Tenho que procurar um pouco até conseguir encontrá-lo. Ele está na cozinha com dois outros caras.

— Eu volto mais tarde. Preciso resolver algumas coisas antes de partir.

Não espero por nenhuma espécie de resposta. Não lhes devo nenhuma explicação além disso. E, pelo que diz a carta de Dmitry, esses caras são pagos para trabalhar, portanto a única tarefa deles é obedecer ordens.

Saio do iate e vou para a parte central de Savannah. Como este é o lugar onde eu costumava vir para realizar qualquer tipo de negócio, eu usava sempre um banco daqui para acessar meus investimentos estrangeiros. Vou precisar de algum dinheiro antes de partir.

Se é que vou partir...

Afasto o pensamento. Ir embora é a única verdadeira opção que me resta. A única que não é algo que só um canalha egoísta faria. E em algum momento, acho que terei que deixar de ser um canalha egoísta, principalmente se planejo, algum dia, me reintegrar à sociedade.

Isso me dá a esperança de que um dia eu irei fazer isso

Um dia. Talvez daqui a um ano.

TRINTA

Marissa

Estou correndo o risco de meu pai não estar ocupado demais para me ver, para termos uma breve reunião, cara a cara. Na verdade, o que estou *querendo* é pegar o caminho mais fácil e só telefonar. E eu poderia ter escolhido esse caminho, se não fosse a mensagem que recebi no telefone.

Quando as portas do elevador do prédio do escritório se fecham, aperto o botão do andar do meu pai e pego o celular, pela milésima vez. No instante em que a tela se ilumina, o texto aparece. Suponho que esse será o item mais visto recentemente no meu telefone, durante um longo tempo.

Não reconheço o número, mas isso não me impediu de identificar imediatamente quem a mandou. Nash.

Pode ser que eu a tenha odiado durante um período, mas só por estar saindo com meu irmão, que se passava por mim. Tudo isso mudou na noite em que eu a abracei naquela sacada. Eu sabia que você não era só o que as outras pessoas viam. E ainda acredito nisso. Você é decidida e corajosa, de maneira que poucos são. E, para completar, saiba que ha pelo menos uma pessoa no mundo que acredita em você. E tem mais um detalhe: eu poderia ter cuidado de Duffy ao meu modo. Eu tive a oportunidade. A única coisa que me fez mudar de ideia foi você.

Toda vez que leio a mensagem, me sinto dividida entre a sensação de poder conquistar o mundo e a de que estou mergulhando numa profunda tristeza. Eu soube, ao falar com Cash, que Nash havia partido. Isso já foi ruim o bastante. Mas ouvir dele... algo assim... depois que ele sumiu, de repente...

Eu respondi ao torpedo, na esperança de ter mais uma chance de falar com ele, mas só recebi uma mensagem de erro, dizendo que o número estava desativado. Ele deve ter usado um telefone descartável, sobre o qual Cash também me avisara. Nash tinha dito que iria se desfazer do telefone, mas que manteria contato. E foi isso o que ele fez. Depois descartou o outro telefone também. Rapidamente. Sem mais nem menos.

Exatamente como a sua presença, logo da primeira vez que nos vimos, Nash balançou o meu mundo, em seguida deu as costas e foi embora, deixando tudo de cabeça para baixo.

Apesar disso, pelo menos ele me deixou algo valioso: seu apoio. Eu o conheço bem o suficiente para saber que ele não faz isso à toa, nem enaltece ou elogia alguém facilmente. Por isso, suas palavras significam tanto. Posso fechar os olhos e vê-las através das minhas pálpebras, como se ele as tivesse imprimido na minha mente, em vez de numa tela digital. Elas estão na minha mente e em algum lugar profundo da minha alma como uma tatuagem que fará toda a diferença no mundo para mim sempre.

A porta do elevador se abre com um barulho abafado.

Nash é a razão que me faz estar aqui agora, prestes a enfrentar o urso. É hora de crescer e viver minha própria vida. Trilhar o meu caminho. É hora de cortar laços, quer meu pai goste ou não. E vim aqui para olhar bem nos olhos dele, enquanto falo isso.

Ajeito o blazer e paro em frente à mesa da sua secretária. Sorrio, quando ela levanta os olhos para mim.

— Ele está? — pergunto.

— Ele está em uma teleconferência, mas tenho certeza de que terá um minuto para você depois disso, se não se incomodar em esperar. Quer um cafezinho? Ou prefere que eu ligue para a sua sala quando ele tiver terminado?

Realmente não quero responder a qualquer pergunta ou falar com ninguém no escritório antes de conversar com meu pai, portanto decido que é melhor esperar.

— Acho que vou tomar um café enquanto espero. Creio que ele não irá demorar.

Ela sorri e acena a cabeça ao se levantar.

— Leite e açúcar?

— Não, puro e sem açúcar, obrigada.

Ela assente novamente e vai em direção à minúscula cozinha, atrás da mesa da recepção. Em menos de dois minutos, ela traz uma xícara pelando com um café fino. Fico com a boca cheia d'água, antes de tomar o primeiro gole.

— Obrigada, Juliette.

— De nada.

Ela volta à sua cadeira e continua digitando seja lá o que for que estava digitando antes, me dando tempo bastante para me concentrar na ousadia do meu gesto. Acho que a prova do quanto eu mudei é o fato de não desistir desta postura. Confrontar o meu pai, ou fazer qualquer coisa que o desagrade, nunca foi algo que eu teria imaginado antes.

Eu era feliz sendo um joguete, cega, seguindo suas ordens sem questionar. E me sinto doente só de pensar que eu poderia passar o resto da minha vida assim, sendo fantoche dele, sem nunca seguir meu próprio caminho.

Estou tão imersa nos meus pensamentos que pulo assustada quando Juliette fala comigo.

— A teleconferência acabou neste minuto. Vou avisá-lo que você está aqui.

Ela se levanta e vai em direção às imensas portas duplas de mogno. Alguns segundos depois, reaparece e faz um gesto para que eu entre, segurando a porta aberta para mim, antes de fechá-la lentamente.

Meu pai levanta os olhos para mim, em seguida volta sua atenção à mesa.

— É bom vê-la em ação, finalmente de volta ao trabalho. Eu estava começando a ficar preocupado.

Mentira, diz a voz rude de Nash dentro da minha cabeça. Isso me faz sorrir. Porque ele tem razão.

Eu pigarreio. Não há nenhum motivo para fingir todas essas delicadezas superficiais. Elas não são verdadeiras, tampouco necessárias. Eu conheço muito bem o jogo dele. E, como elas sempre foram para o meu benefício, nada além de um truque educado, vou direto ao ponto.

— Pai, eu gostaria de trabalhar num processo com Jensen Strong, no Ministério Público.

Isso chama sua atenção. Ele levanta a cabeça enquanto tira os óculos de leitura para me olhar, intrigado.

— Você está brincando, não está? — Como eu não respondo, ele prossegue. — Por quê?

Até certo ponto, sua reação não é tão ruim quanto pensei que seria.

— Tem a ver com o pai de Nash — digo resumidamente. Não quero explicar todos os detalhes sobre a manobra usada por Davenport, nem tenho qualquer intenção de lhe contar do meu sequestro.

— Achei que você tivesse dito que vocês tinham terminado.

— É. Mas quero ajudar. Devo isso a ele.

— Você deve sua carreira a ele?

— Não foi isso que eu disse.

— Foi sim. Você acabou de dizer que quer trabalhar no Ministério Público para processar um criminoso. Essa não é a sua área, o que significa que você deve estar querendo abandonar seu trabalho aqui.

— Não é uma mudança permanente, pai. Seria só até o final do julgamento.

— Não é o tempo que vai durar que me preocupa. Marissa, você sabe tão bem quanto eu que as pessoas que representamos esperam que sejamos capazes de manter nossa excelente reputação. É desagradável, mas é uma realidade.

Mentira, diz a voz novamente. Ele não acha desagradável. Não acredito nisso, de jeito nenhum. É apenas mais uma tentativa de manipulação, algo que ele está dizendo só para fingir que está do meu lado, a fim de obter algum tipo de reação.

— É desagradável porque é algo ao qual estou me comprometendo.

— Marissa, querida, não seja tola. Deixe isso para os profissionais. A vida de um homem está em jogo.

— Eu *sou* uma profissional, pai. Ou você esqueceu que me formei na faculdade de direito com a maior das honras?

— Não foi isso o que quis dizer, e você sabe muito bem disso. Independente de qualquer coisa, isso não é algo que posso permitir.

Endireito a postura e levanto o queixo na direção do teto, contente por não ter sentado quando entrei na sala.

Quero que ele me veja competente e altiva. De pé, literalmente e de modo figurativo.

— Não vim pedir sua permissão. Vim por uma razão de cortesia e respeito.

Ele dá um murro na mesa, com o rosto vermelho de raiva.

— Você chama isso de respeito? Jogar para o alto tudo o que lhe dei, tudo pelo qual eu tanto trabalhei para oferecer à nossa família, como se não significasse nada para você?

Respiro fundo e tento permanecer calma diante da sua ira.

— Sou agradecida por tudo que você sempre fez por mim, pai, por todas as oportunidades que me deu. Mas isso é algo que preciso fazer. Talvez seja hora de viver minha própria vida, de sair de baixo do teto que você construiu.

Meu pai se levanta.

— Você está fazendo isso porque "deve a Nash"? Você não deve absolutamente nada a ele! Você deve *a mim*!

— Sempre fiz tudo que você me pediu, pai. Nunca questionei nem hesitei em seguir suas instruções. Você não pode me dar só isso?

Antes mesmo que ele fale alguma coisa, eu sei qual será a resposta. Isso é tanto um insulto pessoal quanto uma afronta profissional. E mudará para sempre, de maneira irrevogável, as coisas entre nós.

— Esposas de líderes não se aventuram em direito penal, e também não se misturam com a plebe ou com criminosos. Você está jogando fora tudo o que eu a preparei para ser.

E lá está ela: a verdade.

— A esposa de um político. Isso é o que você me preparou para ser, não é, pai? — Ele não responde. — A faculdade de direito foi só uma formalidade, uma experiência social. Você nunca teve a intenção de me dar nem um pingo de controle ou responsabilidade. Somente planejou que eu achasse o marido "ideal" e me tornasse uma coadjuvante, não é? — Seu silêncio prolongado me irrita quase tanto quanto me magoa. Achar que estava certa é bem diferente de ter meu próprio pai confirmando minhas suspeitas. — Bem, sinto muito desapontá-lo, pai, mas isso é algo que preciso fazer. Por mim. Pelos meus amigos. Pelas pessoas que me amam e se importam comigo. Se importam com a verdadeira Marissa, não com a pessoa que você construiu. Do fundo do coração, espero que um dia você possa conhecê-la e que sinta orgulho dela. Mas, se isso não acontecer, vou entender. Porque, pela primeira vez na vida, posso ver além do meu próprio egoísmo, além da máscara. Eu sempre pensei que as paredes que protegiam nossa família e nosso estilo de vida fossem feias, que tínhamos a boa vida. — Ando lentamente até a mesa do meu pai e pouso a xícara de café na borda, antes de erguer os olhos para encarar seu rosto generoso, embora zangado. — Eu estava enganada.

Estou tremendo por dentro ao me virar e me dirigir à porta. A voz do meu pai me faz parar, mas eu não olho para trás.

— Se você sair por essa porta e for adiante com isso, não se considere mais parte dessa empresa. — Sua pausa esconde palavras que magoam, como a declaração implícita de que não sou mais parte dessa família também. Embora eu me sinta arrasada por ele agir dessa forma, isso não me surpreende. É por isso que nunca o desafiei antes. De alguma forma, eu sabia que ele agiria dessa maneira. Com meu pai é assim: ou é do jeito dele ou não é, tanto no campo pessoal quanto no profissional. Se eu optar por seguir meu próprio caminho, terei que fazê-lo sozinha.

Como se quisesse enfatizar suas razões e reforçar o caráter definitivo de suas palavras, ele acrescenta:

— O que estiver no seu escritório no final do expediente será jogado fora com o lixo.

Assinto simplesmente com a cabeça no instante em que giro a maçaneta.

Ele está me *jogando fora com o lixo.*

Abro a porta, passo por ela e me afasto de tudo e de todos que sempre conheci. E não olho para trás.

TRINTA E UM

Nash

Da posição que estou, na popa do barco, posso observar o horizonte brilhante de Savannah desaparecer na paisagem. Não me lembro de me sentir tão saudoso desde o dia em que entrei num navio e saí de casa pela primeira vez, há sete anos.

Não estou fugindo para salvar minha própria vida nem me esconder desta vez. Não estou navegando no desconhecido agora. Não exatamente. Desta vez eu sei quanto tempo vou ficar longe e sei que estarei seguro neste barco luxuoso. Será como uma temporada de férias de um milionário, o sonho de todo homem.

Só que sinto um grande vazio e solidão. Pouco mudou na minha vida, portanto não é preciso ser nenhum gênio para compreender o que está me incomodando tanto. Ou melhor, *quem* está me incomodando tanto.

Marissa.

Detesto ter que deixá-la, especialmente agora, com tudo malresolvido entre nós. Odeio a ideia de que ela possa pensar que sou um cara tão cafajeste, e de deixá-la com má impressão a meu respeito. Quero dizer, eu não sou o cara mais perfeito do mundo mas também não sou o monstro terrível que ela viu na boate, outro dia. Não sou mais daquele jeito, desde o dia em que a conheci.

Pouco a pouco, Marissa me fez ter sentimentos novamente, e monstros não sentem nada. Monstros só danificam, destroem e causam estragos. Por isso fui embora, para não danificar, destruir e causar mais estrago. Ela merece mais do que isso, algo melhor do que isso.

Mas, com certeza, me sinto péssimo ao olhar a terra firme e a possibilidade de voltar para ela desaparecer bem diante dos meus olhos.

Engulo a sensação, até ela se assentar no meu estômago, como um saco de pedras. Em seguida, me viro e vou para longe da grade, longe da visão.

Longe dela.

TRINTA E DOIS

Marissa

Duas semanas depois

— Então está tudo pronto e os depoimentos estão marcados? — pergunta Cash.

— É isso aí. E depois disso, Dmitry e Duffy irão para locais seguros, acompanhados por equipes de proteção à testemunha, até o início do julgamento. Por sorte, Jensen acionou o procurador geral para ajudar a acelerar as coisas, já que este é um caso importante. Estávamos com medo que os agentes federais tentassem assumi-lo, porque implica atos de terrorismo, de acordo com a lei dos Estados Unidos, mas ele concordou em nos deixar dar prosseguimento ao caso. Ainda bem que eu tenho "conhecimento especial" — digo.

— Eu esperava que eles não vissem isso como algo incompatível.

— Se eu tivesse que depor, teríamos um problema, mas como o depoimento de Duffy será o suficiente para pegar as únicas outras pessoas envolvidas no meu sequestro, eu fico livre para assumir esta posição.

O simples fato de dizer as palavras em voz alta ainda faz um lampejo de raiva e uma decepção amarga tomarem conta de mim.

— Olhe, sei que isso a incomoda. O fato de Duffy sair livre também me incomoda, pra cacete. Pode acreditar. Ele nos prejudicou. Prejudicou a *todos nós*. Mas a vida dele está acabada, só que de um modo diferente. Ele não vai passar o resto dos dias na prisão nem será executado pelos crimes que cometeu, mas nunca será um homem realmente livre. Ele vai ser caçado como um traidor, para sempre. Mesmo sob o serviço de proteção à testemunha, onde quer que eles o coloquem quando tudo isso acabar, ele passará o resto dos seus dias desconfiado, temendo que alguém vá atrás dele.

— Mas todos os figurões estarão na prisão.

— Sim, mas, de alguma forma, Duffy irá sempre temer que eles consigam contratar alguém para matá-lo, ou que consigam subornar algum agente de segurança para dar-lhes sua localização.

Um medo que se tornou mais forte nas últimas semanas resolve aparecer.

— Tecnicamente, temos que nos preocupar com isso também.

— Não. E é por isso que a nova liderança com esta célula da *Bratva* aceitou nossa proteção. Mesmo Slava e seus camaradas não são estúpidos para ficarem colocando toda a máfia russa à prova. Eles têm laços, mas o poder deles é insignificante em comparação com o poder de um chefão em exercício.

— Minha Nossa, espero que você esteja certo.

Sinto o suor brotar nas mãos.

— Além disso, com certeza meu irmão se fez um cara respeitado durante o tempo que passou no mar. E, pelo que entendi, ele espalhou para todo mundo que, se alguém encostar a mão em você, trezentos e sessenta e cinco dias depois, essa pessoa estaria morta há um ano.

Meu cérebro leva alguns segundos para processar esta informação e começo a rir. Mas é uma reação mecânica. Ainda estou perplexa com o fato de Nash ter espalhado uma espécie de aviso a qualquer um que pensasse em me prejudicar.

Então, o bom senso começa a aparecer.

— Acho que ele tem a necessidade de proteger as pessoas que estão, finalmente, fazendo a justiça pela qual ele esperou tanto tempo. — Não consigo evitar a mágoa e a decepção no tom da voz.

— Com certeza ele quer isto também. Mas não foi por essa razão que ele fez o que fez. — Após uma pausa, Cash pigarreia. — Olhe, Marissa. Eu julguei você mal. Levei um tempo para ver a pessoa que você realmente é. Mas com Nash foi diferente. Acho que ele identificou isso imediatamente.

— Obrigada, Cash — é tudo que consigo falar, com as cordas vocais trêmulas.

Meu coração está arrasado. Quero tanto acreditar que eu era importante para Nash quanto ele era importante para mim, tanto quanto ainda é. Mas se eu fosse mesmo importante, ele estaria aqui. Comigo. No lugar que é só dele.

Mas ele não está. Ele partiu. Para longe da minha vida. E um dia desses, vou ter que deixá-lo ir.

TRINTA E TRÊS

Nash

Dois meses depois

A perfumada brisa caribenha desalinha o meu cabelo, enquanto observo a vastidão do mar. Até onde a vista alcança, em todas as direções, não há absolutamente nada. Eu devia me sentir tranquilo, seguro e satisfeito depois de receber uma notícia tão encorajadora de Cash. Tudo está correndo conforme o planejado, no rumo certo. Marissa está dando um verdadeiro show. Com a ajuda daquele babaca do Jensen, naturalmente.

Sinto o lábio se crispar ao pensar nele se aproveitando da situação para se dar bem, em meio a alguns livros jurídicos. Exatamente como acontece toda vez que penso nela com outra pessoa, a raiva toma conta de mim. Por alguns segundos, fecho os olhos e visualizo a cena na qual eu jogo Jensen no chão de uma sala de audiência e o encho de porrada, sem parar, até sua cara ficar irreconhecível, e minhas mãos, feridas e ensanguentadas.

Abro os olhos e viro à direita, na direção do telefone via satélite que está na mesa de vidro, ao lado da cadeira do convés. O aparelho é para ser usado apenas em caso de emergência. Telefono dos portos apenas quando quero registrar a minha chegada, mas cada dia que fico sem falar com Marissa, para dizer que estou voltando e vou fazer parte da sua vida quer ela goste ou não, parece uma emergência, como se eu estivesse perdido no mar, sem bússola ou salva-vidas.

Cada vez mais, ela está começando a parecer uma âncora, uma Estrela Guia. A *minha* Estrela Guia. A cada semana que passa, tenho a impressão de que estou na direção... errada. Como se eu estivesse no rumo errado. Como se estivesse me distanciando, em vez de navegar em direção a alguma coisa.

Em direção a Marissa.

TRINTA E QUATRO

Marissa

Não há a menor dúvida de que o homem trazido ao tribunal é Greg Davenport. Esta é a primeira vez que eu tenho, de fato, a oportunidade de vê-lo, desde que o julgamento começou. Jensen falou com ele em particular, aqui na prisão, na primeira vez.

Se eu passasse por ele na rua, acho que o reconheceria. Ele é uma versão mais velha e ligeiramente mais pálida dos filhos. A semelhança é notável. Não fossem os olhos castanhos mais claros, o cabelo mais loiro e o fato de que ele é mais velho, naturalmente, Greg Davenport poderia ser irmão de Nash.

Seus olhos encontram os meus e ele sorri. É um sorriso agradável, mas parece um pouco cansado e muito preocupado. Eu me pergunto se ele tem dormido. Se eu estivesse no lugar dele, duvido que dormiria.

Tomamos a devida precaução para manter tudo em segredo, até conseguirmos ter Slava e os outros dois indiciados e presos. Isso não vai garantir a segurança de Greg, mas, com certeza, mal não vai fazer.

Sua primeira pergunta me permite saber que, se ele anda perdendo o sono, não é por preocupação com a própria segurança.

— Como estão meus filhos?

Jensen olha para mim, aguardando uma resposta. Ele não tem contato regular com Cash como eu tenho. Por razões óbvias.

Pigarreio e sorrio educadamente para o Sr. Davenport.

— Estão ótimos, senhor.

Ele ri e eu tenho um vislumbre da provável aparência de Nash, na época em que era alegre e descontraído. Sem dúvida, era simplesmente maravilhoso! Agora, só há amargura e raiva em seu rosto. Mas, ainda assim, ele é o homem mais bonito que eu conheço.

Bem, *conhecia*.

— E você seria...?

— Desculpe. Meu nome é Marissa Townsend. Trabalho com Jensen, como promotora em regime especial.

Ele faz um gesto de cabeça, parecendo devidamente impressionado. Nem Greg nem Jensen sabem a verdade a respeito do meu envolvimento no caso. Com certeza, ambos pensam que o meu pai, cheio da grana, usou a própria influência para conseguir isso. Mas não foi o que aconteceu, de jeito nenhum. Para ser nomeada para o caso pelo procurador geral, tive de falar sobre o meu envolvimento. Tive de convencê-lo de que o meu conhecimento profundo a respeito de alguns eventos e de seus participantes seria de grande ajuda no caso. Dei detalhes sobre o sequestro e sobre o tempo que passei na presença de alguns suspeitos. Falei sobre coisas que tomei conhecimento por ouvir o que diziam. Por sorte, ele não exigiu que eu fosse muito específica. Caso isso tivesse acontecido, ele teria visto que não sou, nem de longe, tão importante quanto fiz parecer. O que eu investi neste caso foi o coração. E o que o procurador geral não percebe é que *isto é* exatamente o que me torna a peça mais valiosa.

A voz de Greg me traz de volta ao presente.

— Você deve ser a garota que Nash conhece.

— Sim, eu conheço Nash.

Ele acena a cabeça e sorri.

— Quero dizer que é você.

Eu fico intrigada, e meu estômago dá um salto diante de algo que vejo em seus olhos, no seu sorriso.

— Não sei se entendi direito.

— Chega uma hora na vida em que todo homem encontra a mulher que modifica o jogo, que modifica o *próprio homem*. Você é essa mulher. — Sinto um rubor tomar conta do meu rosto. Olho nervosa para minhas mãos entrelaçadas sobre a mesa, à minha frente. Eu sei que Jensen me observa, intrigado. Faço o possível para ignorar o seu olhar. Ele não sabe que o Nash sobre o qual estamos falando não é o Nash que ele pensa que conhece. Além disso, Jensen acha que o relacionamento acabou. Completamente. O que, no fundo, é verdade. Eu só não queria que fosse.

— Creio que o senhor deve estar enganado.

— De jeito nenhum. Não estou enganado. Não estou surpreso por ser uma mulher como você. Você me lembra a Lizzie. Nos aspectos mais fundamentais.

Seu olhar se torna triste.

— Sei que sente falta dela. Isso não a trará de volta, mas talvez o fato de ver a justiça sendo feita e de ser capaz de ver de perto os filhos envelhecerem possa aliviar a dor.

— Nada jamais alivia a dor de perder sua alma gêmea. Você não é tão inteligente quanto parece se pensa de modo diferente.

Ele não está tentando me insultar. Posso ver isso pela sua expressão séria. Ele está tentando dizer alguma coisa. Algo que já sei o que é.

Ele está tentando me dizer que eu nunca serei completa sem Nash. Nunca.

Mas isso eu já sabia.

TRINTA E CINCO

Nash

Três meses depois

Dou uma última olhada ao redor do pequeno apartamento antes de dizer adeus a Sharifa e Jamilla. Não é um lugar espaçoso, mas comparado à estrutura semelhante a uma cabana onde elas moravam na aldeia de Beernassi, esse lugar é o Ritz.

As paredes são pintadas de amarelo vivo e a mobília, embora não exatamente nova, é verde-clara e se encontra em bom estado de conservação. Os utensílios brancos da cozinha estão limpos e tem até um aparelho de micro-ondas agora, que Sharifa considera a parte mais incrível de todas.

Mas Jamilla não pensa da mesma forma. Se eu tivesse que dar um palpite, diria que ela considera o seu quarto de brinquedos a parte mais incrível de todas.

No quarto tem uma cozinha de brinquedo feita de plástico, uma mesa cor-de-rosa e quatro cadeirinhas, cada uma ocupada, no momento, por um bicho de pelúcia diferente. Ela está servindo a eles a comida que acabou de preparar na sua panelinha de plástico. O sol está entrando pela janela, transformando seu cabelo preto em ondas brilhantes de seda preta. Nas três semanas desde que as tirei de casa para trazê-las para Savannah, a transformação na sua alimentação é visível. A pele e o cabelo dela apresentam uma aparência saudável, e a tosse desapareceu quase completamente.

Não se preocupar com alguém entrando subitamente pela porta para matá-las a tiros e não ficar na dúvida se terão o dinheiro da comida estão transparecendo também. Sharifa está mais tranquila, e sua calma transborda no sorriso e nas risadas da sua filha. Talvez, um dia, a recordação do assassinato brutal do seu pai será apenas uma vaga lembrança.

Duvido que algum dia Sharifa se recupere totalmente da perda de Yusuf, mas esta mudança está ajudando mais que qualquer coisa. Toda vez que Jamilla ri, Sharifa sorri. Isso me faz pensar que, afinal de contas, pode haver esperança no mundo.

Consegui honrar a memória do meu amigo, proporcionando à sua família a liberdade que eles nunca experimentaram antes. E estabilidade. Todas as suas necessidades básicas serão atendidas. Eu abri uma conta para elas, financiada por sólidas economias que estão sempre gerando dinheiro. A maior parte dos dividendos irá para a conta corrente de Sharifa. Uma pequena parte irá para um fundo de educação para Jamilla; e uma parte menor ainda, para outra conta poupança, para ser usada em caso de emergência. Também já contratei um advogado especialista em imigração para ajudá-la a se tornar cidadã naturalizada, para que ela possa trabalhar aqui, portanto isso também já foi resolvido. De modo geral, por um longo tempo, elas devem dispor de tudo que precisam.

— Meu táxi chegou. Preciso ir. Você tem o meu telefone, certo?

Comprei um telefone. Um telefone permanente. Sharifa e Jamilla merecem ter um contato de emergência. Um que não mude todo dia ou todo mês. É o meu primeiro passo em direção à decisão de fincar raízes. A meu ver, já estava na hora.

— Sim. Mas só ligar de emergência — diz ela, com seu inglês enrolado.

— Eu disse que você pode ligar a qualquer hora. Se eu não estiver na cidade, posso arranjar alguém que providencie a ajuda que você precisar, em uma emergência.

Ela balança a cabeça energicamente.

— Já fez demais. Não tenho como agradecer.

— Você não tem o que agradecer. Isso é o que Yusuf iria querer. Não é incômodo nenhum. Pode ligar a qualquer hora.

Sharifa se aproxima e toca meu rosto.

— Bênçãos a você, Nikolai. Que cada dia seja abençoado para sua esposa e seus filhos. Que a paz esteja com você.

Suas palavras provocam uma angústia no meu peito. Não tenho esposa. Nem filhos. Talvez nunca venha a tê-los. E, se eu tiver, formarei uma família com a mulher que eu amo? Ou vou me conformar com... menos?

— Obrigado, Sharifa. O mesmo para você.

Eu dou adeus à Jamilla e aperto levemente seus ombros pequeninos. Ela se aproxima do meu peito e lança os braços em volta do meu pescoço. Em seguida, me dá um demorado beijo estalado no rosto e inclina-se para trás, para olhar para mim, com um largo sorriso.

É com o coração apertado que saio pela porta e desço os degraus. Meu único desejo é que Yusuf estivesse aqui para ver o sorriso da sua família, para vê-las felizes e seguras, aqui nos Estados Unidos.

Fico preocupado no táxi durante a viagem de volta ao hotel. Esta manhã, quando fui tomar café, vi no noticiário que o julgamento contra a facção de Atlanta da máfia russa estava em pleno andamento. Devido a todo o sensacionalismo em torno do caso, o juiz fechara a sala do tribunal. Não há nenhuma cobertura completa, fotos, nada realmente. Os meios de comunicação são apenas atualizados periodicamente, com informações que podem ser divulgadas ao público. É um material bastante vago, que somente fala sobre depoimentos importantes de antigos empregados, sem nunca entrar em maiores detalhes.

Mas depois, vi uma breve entrevista coletiva dada à imprensa, especificamente para o assessor jurídico dar declarações. Durante seu breve discurso persuasivo, o advogado careca da *Bratva* proclamou que, após o procedimento desta semana, ele estava ainda mais confiante de que seus clientes seriam considerados inocentes. Em seguida, houve uma declaração da promotoria.

E essa foi dada por Marissa.

Ela estava simplesmente deslumbrante, com seu blazer azul-escuro e uma blusa cor-de-rosa. Sua voz era forte e confiante:

"Após a prova incontestável apresentada pela nossa equipe e o depoimento irrefutável de testemunhas oculares, não temos dúvida de que a justiça será feita."

Ela ouviu algumas perguntas e respondeu a todas com habilidade, como se lidasse com aquilo durante toda a sua vida. É fácil ver que ela nasceu para isso. E que gosta de fazê-lo. E tenho que admitir que é algo bom e ruim, ao mesmo tempo.

Ela está fazendo um excelente trabalho. Está feliz e motivada, e encontrou seu lugar no mundo. A sua paz. Ela assumiu as rédeas da própria vida e foi vencedora. E, naturalmente, desejo o melhor para ela.

Só lamento não termos encontrado isso juntos.

Levei alguns meses para perceber que estava apaixonado por ela. Bem, talvez não exatamente *perceber*. Eu diria *admitir*. E, quando isso aconteceu, eu descobri que por isso havia decidido ficar longe dela. Eu a amo o suficiente para querer que ela seja feliz, segura e bem-sucedida, e todas essas outras babaquices. Quero que ela tenha tudo o que quer na vida.

E ela não pode ter isso tudo se eu estiver por perto. Sou um criminoso. Ou pelo menos eu era. De um jeito ou de outro, não sou digno dela. E eu provavelmente destruiria sua carreira. Principalmente depois disso tudo. Ela será uma estrela nos círculos jurídicos até o fim deste julgamento. E terá o mundo na palma da mão.

E eu sempre terei de observar a distância.

É assim que as coisas são.

Fecho os olhos para poder vê-la mais claramente. Primeiro, eu a visualizo como a vi esta manhã: de blazer e blusa cor-de-rosa. Sorridente. Confiante. Feliz.

Mas, na minha imaginação, rapidamente ela perde a roupa e eu a visualizo como a vi na noite anterior à minha partida. Ela está olhando para mim, por cima do ombro, seus lábios deliciosos abertos num gemido, conforme eu deslizo para dentro e para fora do seu corpo apertado.

Cacete, por que tudo foi acabar assim? Por que não podia ter sido diferente? Por que eu não podia ter sido diferente?

Estou aborrecido no momento em que destranco a porta da minha cabine. Sinto-me sozinho e longe de todo mundo que representa algo para mim, e eu não gosto disso. Sinto raiva.

Pressiono o botão para iluminar a tela do meu novo telefone. Clico no número de Cash. O display só precisa de um toque leve, mas o meu humor não condiz com um toque leve. Meu humor condiz com a vontade de quebrar a tela de vidro do telefone e com a dor no maxilar de tanto trincar os dentes.

— Sim — atende Cash, de forma curta e grossa.

— Sou eu — digo resumidamente.

— Onde você está? — pergunta ele. Naquelas três palavras, pude perceber a mudança em seu tom de voz. Se eu não tivesse conhecimento dos fatos, diria que ele está contente de ter notícias minhas.

— Estou em Savannah. Parto amanhã.

Sinto os lábios se contraírem só de falar isto em voz alta. Eu deveria estar ansioso para navegar pelo resto do mundo. Mas não estou. Há somente um lugar onde eu quero estar. E é o único lugar para onde não posso ir. Que eu não deveria ir.

— Você ainda está no rebocador do Dmitry? — pergunta ele de forma sarcástica. Eu havia ligado para ele algumas semanas depois de ir embora, dizendo onde estava e o que iria fazer. Descrevi o iate para ele. Cash sabe que o barco é mais confortável do que muitas casas.

— É isso aí.

— Conseguiu acompanhar o julgamento?

— Uma parte. Pelo que vi, as coisas estão indo bem.

— Muito bem! Eu realmente acho que vamos conseguir, cara!

Sua empolgação é evidente. E, por alguma razão, isso só me faz sentir pior.

— Considerando todas as pessoas que se sacrificaram tanto para fazer isso acontecer, eu espero mesmo que sim!

Cash fica em silêncio por um instante.

— Você sabe que pode voltar, não sabe? Ninguém o está forçando a ficar longe.

— Você acha que eu não sei? — digo bruscamente, mas logo me arrependo da minha reação. Então suspiro alto e belisco a ponta do nariz, esperando aliviar a pulsação que parece ter aparecido sem motivo. — Desculpe, mano. É que estou um pouco nervoso hoje.

— Sem problemas. Eu só queria que você soubesse que é bem-vindo. Nós todos gostaríamos de tê-lo de volta. Acho que nosso pai ficaria feliz.

— Nosso pai, é?

— Não *só* o nosso pai, mas sim. Ele ficaria.

— Humm — digo, evitando perguntar especificamente sobre Marissa.

— Marissa com certeza ficaria. Ela está muito triste sem você.

— Duvido. Eu a vi dando entrevista. Pelo visto, ela está se saindo muito bem.

— E está. Quero dizer, o julgamento está indo muito bem. Ela está fazendo um ótimo trabalho. Mas... ela não está exatamente... Não sei. Talvez eu esteja errado. Afinal, o que eu sei sobre as mulheres?

— De fato — digo em tom de brincadeira.

— Como se você fosse muito melhor que eu.

— Sei mais sobre mulher do que você *algum dia* irá saber.

— Tudo bem, pode continuar se enganando — diz ele, também em tom de brincadeira. — Ah, falando em mulher... Você ainda está a fim de ser meu padrinho de casamento?

— Claro. Já fez o pedido?

— Ainda não, mas vou fazer. O julgamento deve acabar no mês que vem. Então o farei. Quando tudo isso ficar para trás. Ela estará pronta para um novo começo. Todos nós estaremos.

— Só me diga quando.

— Quanto tempo você vai ficar com esse número?

— Estou planejando ficar com ele definitivamente.

— É mesmo?

— É. Estou contando que tudo dê certo para que nenhum de nós precise mais se esconder. Nunca mais.

— Eu também, cara. Eu também.

— Certo, me mantenha a par de tudo. É um telefone via satélite, portanto você deve conseguir contato comigo praticamente o tempo todo, mesmo depois que eu partir.

— Para onde você vai desta vez?

Dou de ombros. Não sei por quê. Afinal, Cash não pode me ver. Acho que me sinto totalmente apático.

— Europa, eu acho. Estive no Caribe, América do Sul e América Central. E África, claro. Acho que está na hora de gastar alguns euros.

— Caraca, que vida difícil a sua — diz Cash em tom sarcástico.

— Ah, nem tente disputar comigo hoje, cara. — Eu rio para suavizar um pouco a minha afirmação. Eu falei sério, mas não quis parecer tão babaca.

— Eu sei, cara. Não deve ser fácil.

Deixo escapar um grunhido. Não sei o que dizer. Se começar, sou capaz de entrar numa de ficar me lamentando, como um apaixonado sofredor, sobre a injustiça do mundo.

— Depois melhora, certo?

— Com certeza. Mas saiba que você é bem-vindo, sempre. E que estou contando com a sua presença no casamento. E toda a babaquice de antes e depois também. Já que eu vou fazer isso, você vai enfrentar essa parada comigo.

— Não faça parecer que você não está nas nuvens por estar casando com a garota dos seus sonhos.

Cash ri.

— É, não posso mentir. Será o melhor dia, semana ou mês da minha vida. Bem, até a lua de mel. E cada dia depois disso.

— Muito bem, muito bem, muito bem. Já chega. — Meu tom é de brincadeira, e eu sei que ele tem consciência disso.

— Ligue quando puder — diz ele rapidamente.

— Certo.

— Eu... sinto sua falta, cara. Faz muito tempo que não tenho um irmão.

Tenho o impulso súbito de sorrir, o que não é exatamente normal para mim.

— Eu também. Eu também.

Após desligarmos o telefone, permito-me alguns minutos para fantasiar sobre como seria estar no lugar de Cash, com o que parece uma vida perfeita diante de mim, apenas esperando para ser vivida. Não preciso de mais que alguns segundos para abandonar o cenário. Sem a garota nos meus braços, nada funciona.

TRINTA E SEIS

Marissa

Giro os ombros o máximo que posso, dentro dos limites do cinto de segurança. A tensão do dia ainda não se desfez. Às vezes, é preciso algumas horas em casa para descansar totalmente. Outras, é preciso algumas taças de vinho também. Ou um banho quente, uma pausa e um pouco de vinho. Descobri que isso é o trio relaxante. E esta noite pode exigir essas medidas mais extremas.

O julgamento está indo bem, mas é inacreditavelmente intenso. Muito mais do que eu esperava. No começo, foi mais processual, nada emocionante como se vê pela televisão. Mas agora que entramos na fase dos depoimentos e interrogatório, não só é mais interessante, como também pede um toque de habilidade, quando a estratégia se faz necessária.

Obviamente, deixo Jensen encarregado de quase toda essa parte.

Ele está fazendo um ótimo trabalho. É fácil ver como ele evoluiu tão rapidamente no Ministério Público. Ele é excepcionalmente inteligente e intuitivo em termos de lei, e extremamente hábil com as testemunhas. É impressionante observá-lo no tribunal.

Depois de estacionar e pegar a pasta no banco do carona, eu me dirijo ao apartamento. Deslizo a chave na fechadura e abro a porta. Uma leve sensação de medo percorre as minhas costas. Não é, nem de longe, tão forte como antigamente. Mas ela ainda existe. Eu me pergunto se sempre existirá.

Esta é uma das duas coisas que insistem em me acompanhar desde a época do meu sequestro. O eco do medo é o número um. Nash é o número dois. Não necessariamente nessa ordem.

O medo de alguém subitamente me pegar diminui após alguns minutos que estou em casa, à medida que vou ficando mais calma. A falta de Nash, de ver seu rosto, ouvir a sua voz, sentir o seu cheiro limpo e másculo, é que às vezes me atormenta a noite toda. Quando estou aqui, no lugar onde o conheci tão intimamente, não tenho muitos momentos tranquilos. A lembrança dele permanece comigo quase constantemente. É uma das muitas razões que fez este caso ter sido tão catártico. De certo modo, tenho medo que acabe. Mas, como tudo o que é bom, ele deve acabar.

Com um suspiro, começo a tirar a roupa, enquanto vou para o quarto. Acabo de vestir o short de um pijama de seda, quando a campainha toca.

Meu coração dá um salto e, apressadamente, ponho a camisa do pijama, pego o roupão na porta do banheiro, e me apresso para ver quem está à porta, a essa hora.

Muitos de nós nos reunimos para jantar e tomar uns drinques depois do julgamento. Agora já passa das nove, uma hora inconveniente para alguém fazer uma visita sem anunciar.

Inclino-me para examinar o olho mágico e vejo o rosto de Jensen, com um formato engraçado, deformado pelo vidro.

Então puxo a corrente e abro a fechadura.

— O que você está fazendo aqui? Está tudo bem?

Jensen exibe um largo sorriso. Talvez largo demais.

— Acabei de ter uma ideia. Posso entrar?

Eu aperto mais o roupão em volta do corpo.

— Claro.

Em seguida recuo e o deixo passar, antes de fechar a porta. Ele não vai muito longe, o que me põe praticamente em cima dele, quando me viro.

— O que foi? — pergunto, apoiando-me contra a porta, para dispor de algum espaço.

— Você *realmente* tem noção de que vamos ganhar esse caso, não é? E que as nossas carreiras irão decolar, certo? E que o mundo jurídico na Geórgia... Geórgia porra nenhuma, o mundo jurídico, *ponto*, estará aos nossos pés, certo?

Sorrio.

— Quanto você bebeu essa noite?

— Não estou bêbado — ele diz alegre. — Bem, talvez um pouco, mas não *muito*. — Jensen dá um passo na minha direção, a expressão em seus olhos se transformando em algo que, infelizmente, eu conheço muito bem.

Ele parece um homem que não vai aceitar um "não" como resposta.

— Jensen...

- Shhh — sussurra ele, me fazendo calar levando o dedo aos meus lábios. — Me deixe te mostrar o quanto podemos ser bons juntos, *fora* da sala do tribunal. — Ele afasta o cabelo do meu rosto, seus olhos fixos nos meus. — Eu sei que você sente a mesma coisa. Nós temos essa... química maravilhosa.

— Profissionalmente, sim.

— Não *só* profissionalmente. Acho você lindíssima, Marissa. Você também é inteligente, engraçada e tão, *tão* sexy.

Como se quisesse enfatizar sua declaração, ele desliza o dedo pelo meu queixo e no vale entre os meus seios.

— Eu... acho que está na hora de você ir embora — digo, tentando manter a calma. Não posso arriscar prejudicar o caso de jeito nenhum entrando em conflito com Jensen. Ele tem razão. Nós *somos* bons juntos. E temos de continuar sendo bons juntos, até isto terminar. É importante demais para pôr tudo a perder agora.

— Um beijo. Só quero um beijo, e se você me disser que nao sente nada, eu vou embora.

Realmente não quero fazer isso, e tenho medo de que beijá-lo só vá fazer com que ele queira ir além. Mas se ele for o cara bacana que normalmente é, mesmo quando está bêbado, ele cumprirá sua palavra e simplesmente irá embora. Tranquilamente.

Portanto arrisco.

Vale a pena.

Por Nash.

Aceno a cabeça em sinal afirmativo e Jensen sorri. Lentamente, ele passa as mãos atrás da minha cabeça, no meu cabelo, e inclina-se mais perto de mim.

Como um fantasma que se recusa a ir embora, o rosto de Nash se ergue atrás dos meus olhos, quando fecho as pálpebras. Se o beijo de outro homem pudesse me fazer esquecer. Se...

Os lábios de Jensen são quentes e firmes. Ele não é muito agressivo nem muito sentimental nem muito... nada. Ele, na verdade, beija muito bem. Mas, por mais competente que ele seja, não faz diferença. Simplesmente não rola nenhuma emoção, nenhum tesão. Nenhum fogo de artifício. Só existe uma boca que pode fazer tudo isso. E ela não pertence a Jensen.

Sinto a pressão da sua língua que tenta atravessar os meus lábios. Eu resisto até ele ficar realmente insistente, e então abro a boca, permitindo a sua língua entrar por um minuto antes de virar a cabeça.

Já chega!

— Jensen, acho que você provou a sua tese. Agora, o que acha de ir dormir e, na segunda-feira, fingirmos que nada disso aconteceu?

Da minha visão periférica, eu o vejo recuar um pouco a cabeça. Então me viro, apenas o bastante para encontrar os seus olhos. Eles estão escuros de desejo, as pupilas dilatadas dentro da íris azul-clara. Neles, vejo um conflito. Ele quer me pressionar, pressionar a situação. Mas algo o retém.

— Foi um beijo gostoso, Jensen. Não é esse o problema. E não é você. É... É... outra pessoa.

Isso prende a sua atenção. Ele recua um pouco mais, intrigado.

— Quem? Nash?

— N... Não — digo, só porque não é o Nash que ele está pensando.

— Então quem?

Não consigo pensar em uma mentira convincente rápido o bastante, portanto, falo a verdade.

— O irmão dele.

— Você está brincando. — Como eu não respondo, ele ri, uma risada curta e amarga. — Ah, meu Deus. O cara que parece que passou um tempo na mesma cela com o pai? Aquele cara?

— Jensen, não seja cruel.

— Você está dizendo que estou enganado? Ele parece um criminoso.

Isso aumenta a minha raiva. Empurro seu peito até ele recuar, dando-me algum espaço.

— Bem, ele não é. Então acho que você deveria manter sua opinião, sem conhecimento de causa, para você.

Então saio do espaço entre Jensen e a porta e vou até a sala, antes de me virar para ficar de frente para ele.

— Você merece coisa melhor do que ele. Pelo amor de Deus, Marissa, qual é!

É a minha vez de rir.

— Sabe de uma coisa, Jensen? Você não poderia estar mais enganado. Ele é um dos caras mais sensacionais que eu conheci na vida, com aquele cabelo comprido e tudo mais. Por que você acha que estou lutando tanto para ganhar este caso?

— Ouvi falar que você tinha um interesse pessoal nisso, tipo, *realmente* pessoal. Mas foi tudo falado em tom confidencial, então achei que você acabaria me contando.

Fico tão contente agora por não ter feito isso.

— Ah, é pessoal mesmo — digo, deixando a afirmação parecer sugestiva, esperando que isto seja o bastante para pôr um ponto final à atração dele por mim. Talvez, se ele pensar que sou chegada a homens de outro nível social, me considere indigna de um homem como ele e me deixe em paz. — Eu gosto de homem com tatuagem e aparência desleixada. Acho bem sexy.

Tudo bem, isto deve ter sido um pouco exagerado.

Eu me encolho por dentro, torcendo para que não tenha sido além da conta.

Com uma sacudida exasperada de cabeça, Jensen dá uma olhada para mim e se vira, em direção à porta.

— Acho que você tem razão. Parece que a nossa química acaba nos degraus do palácio de justiça.

Levanto o queixo, mas não digo nada.

— Boa noite, Marissa.

— Boa noite, Jensen — digo, e fico esperando até ouvir seus passos do lado de fora, antes de fechar a porta. — Já vai tarde — sussurro ao apagar a luz antes de ir para o meu quarto, mais uma vez.

Vinte minutos depois, quando estou me enfiando entre os lençóis, sinto que a cama nunca pareceu tão grande. Nem tão fria. Nem tão vazia.

Assim como o meu coração.

TRINTA E SETE

Nash

Mais um mês depois

Ela é muito atraente, a garota que está dançando para mim. E está, obviamente, muito *atraída*. As boates na Itália não são muito diferentes das boates em qualquer outro lugar do mundo.

Esta garota é loira, o que é não muito comum neste país. Talvez por isso eu continue olhando para ela. Ela me lembra do que mais sinto falta. *De quem* eu mais sinto falta.

Eu daria qualquer coisa para deixar de pensar em Marissa. Esta é a milésima vez que tento afugentar sua lembrança em outra garota. Por enquanto, não funcionou. E a julgar pela reação sem entusiasmo na minha calça, desta vez não será diferente.

Eu sei que posso dar conta do recado. Sou homem; isso normalmente não é um problema, a menos que haja álcool demais na história. Não é a incapacidade física de ir até o fim. É a emocional. Todo o resto atrapalha. A minha cabeça, o meu coração, e o fato de simplesmente não querer fazer.

Num gesto teimoso, volto a atenção para a pista de dança. A garota, a loira que estou observando há algum tempo, passa a mão no braço da amiga, fazendo uma pausa no seu peito grande, numa atitude sugestiva. Entretanto, seus olhos estão nos meus. E o convite é claro. Mesmo quando olho para a sua amiga, a morena, sei que poderia ter ambas, e para isso precisaria apenas acenar a cabeça em direção à porta. Suspiro dentro do meu copo.

Mas não vou fazer isso. Não vou acenar para que elas me sigam quando eu for embora. E não vou me incomodar se elas voltarem a atenção à outra pessoa. Não, esta noite a única companhia que terei será a de uma garrafa.

TRINTA E OITO

Marissa

Olivia está de olhos arregalados com a surpresa.

— Você está falando sério? Isso é ótimo! Por que não está mais empolgada?

Dou de ombros. Estou com ela na boate. É o meio de uma tarde de sábado, portanto estamos sozinhas.

— Eu estou, só que...

Como não continuo, ela segura a minha mão.

— Só o quê?

Sinto o meu queixo começar a tremer.

— Só não sei o que vou fazer agora. Está quase no final.

— Mas isso é bom. Podemos todos, finalmente, seguir em frente. E você terá tantas opções de carreira que a sua cabeça vai enlouquecer.

— Eu sei. E isso é maravilhoso, mas não tenho certeza de que isso é o que eu quero fazer.

— Como assim? Atuar em casos de enorme repercussão e fazer do mundo um lugar melhor? Ou exercer o direito em geral?

Dou de ombros novamente. Não penso ao fazer isso. É um gesto quase automático, como se o meu corpo não pudesse resistir a uma manifestação externa da ambivalência que está se agitando dentro de mim.

— As duas coisas, eu acho. Mas não é só isso.

— Então o que é? O que aconteceu? É algum problema com o seu pai?

Tenho mantido Olivia informada a respeito de todo o drama com o meu pai. Ele praticamente me deserdou quando viu que eu iria, de fato, dar prosseguimento à acusação. Mas depois, quando começamos a fazer progresso e a imprensa começou a noticiar, e as pessoas começaram a ver que estávamos fazendo o que era certo, colocando aqueles homens na cadeia, ele mudou de ideia. De repente, eu passei a ter valor. De repente, ele conseguiu ver um futuro brilhante na política *para mim*.

Foi quando deixei de atender as suas ligações. Ele nunca vai me querer apenas pelo que eu sou. E sempre me verá como um meio para um fim. Ou algum tipo de projeto. Ou talvez um troféu da família. Quem sabe?

Isso, naturalmente, quando ele não me vê como um constrangimento.

— Não, não tenho falado com ele ultimamente. É... é só...

Meus olhos ardem com o ímpeto das lágrimas. Abaixo a cabeça e olho para a minha mão, que está segurando as mãos de Olivia, ao mesmo tempo em que pestanejo rapidamente para impedir algum tipo de ataque histérico.

— Fale — diz Olivia, tentando, de forma delicada, me fazer prosseguir.

— É como se isso fosse o último pedacinho de Nash que tenho, tipo, quando isso acabar, ele estará fora da minha vida completamente. Para sempre. Acho que tenho feito isso por ele, mais do que qualquer coisa. Eu queria que ele se livrasse de toda aquela raiva e amargura. Queria que ele fosse capaz de seguir em frente e fosse feliz.

Antes que eu possa prosseguir, Olivia fala o que se passa na minha mente, como se pudesse ler os meus pensamentos.

— E pensou que ele seguiria em frente e seria feliz com você.

Ouvir esse meu sentimento de esperança dito em voz alta e saber que, pouco a pouco, dia a dia, isso está desaparecendo é mais do que posso suportar. Parece verdadeiro demais, definitivo demais.

Com um suspiro involuntário, as comportas se abrem e toda a dor que senti com a perda de Nash surge em soluços profundos, sofridos.

— Eu... eu pensei que... ele voltaria — digo, quando Olivia levanta do banco e me abraça. Ponho a cabeça no seu ombro e choro. E choro. E choro. Choro até não ter mais lágrimas.

Olivia não move um músculo, só acaricia o meu cabelo. Finalmente, me afasto dela para pegar um lenço de papel na bolsa.

— Desculpe — digo fungando, antes de assoar o nariz.
— Acho que isso estava guardado há muito tempo.

Olivia volta a sentar, com uma expressão triste.

— Pra falar a verdade, eu também pensei que ele fosse voltar. De verdade. Era óbvio que ele sentia alguma coisa por você. Só acho que ele é enrolado demais pra saber o que fazer em relação a isso.

— Nós não tivemos muito tempo. E agora, nunca teremos. Eu só achava... Eu esperava... — Engulo de volta o soluço que surge na minha garganta. Eu chorei no ombro de Olivia o bastante por um dia inteiro. — Mas já sou crescidinha — digo, sentando um pouco mais empertigada. Tenho que fingir que está tudo bem e esquecer. Pelo menos externamente. Não sei se algum dia serei capaz de realmente me sentir melhor. Pelo menos não completamente. — Está na hora de resolver o que vou fazer com a minha vida e botar a mão na massa. Não estou ficando mais jovem.

Olivia revira os olhos.

— Porque 27 anos é realmente *muito velha!*

— Vinte e oito — digo automaticamente.

— O quê? Vinte e oito? Eu pensei... — Vejo a sua testa se franzir, enquanto ela faz o cálculo mental das nossas idades. Então arregala os olhos, quando se dá conta de que tenho razão. — Ah, meu Deus! Perdemos o seu aniversário!

Ela cobre a boca com as mãos, como se tivesse dito um palavrão diante de um padre. Não consigo deixar de sorrir. Para mim, isso não é nenhum problema. Mas, para Olivia, é equivalente a tocar fogo na minha casa.

— Não tem problema.

— *Claro que* tem problema! Como isso pôde acontecer? Como não me dei conta?

Dou de ombros mais uma vez. É o que mais tenho feito ultimamente. Um gesto que demonstra uma mistura de sentimentos.

— Não sei, mas não importa. Fui paparicada no meu aniversário a maior parte da minha vida. Sabe como é, para manter as aparências e tudo mais. — É a minha vez de revirar os olhos. — Foi meio que interessante passar despercebida naquele dia. Realmente não estava a fim de comemorar.

E era verdade. A única coisa que eu realmente queria era que Nash voltasse. Ou pelo menos me ligasse para dizer que estava com saudades. Mas isso não aconteceu. Depois disso, nenhum presente, festa ou voto de feliz aniversário poderia ter recuperado aquele dia. Então, eu cheguei à conclusão de que era melhor que ninguém soubesse.

A expressão no rosto de Olivia me assegura de que ela entende tudo que estou dizendo *e* tudo o que não estou expressando em palavras. Num gesto de carinho, ela aperta meus ombros.

— As coisas vão melhorar, sabia?

Não é uma pergunta; é uma afirmação. E *realmente* sei disso. Eu acho. É só que, no momento, não parece que a imensa angústia no meu peito irá desaparecer algum dia.

TRINTA E NOVE

Nash

Mais três semanas depois

É uma sensação estranha estar preocupado com meu barco. Faz tanto tempo que eu não tenho nada de valor, nada em termos de posses. E agora, deixar o iate na doca, em Savannah, enquanto vou para o interior de Atlanta, me deixa nervoso. Seria foda se acontecesse alguma coisa. Grande parte das economias da minha vida está empenhada naquela coisa.

Sorrio quando penso como tudo isso aconteceu.

Na manhã que deixei aquelas duas garotas na boate em Nápoles, na Itália, decidi reunir a tripulação e partir um pouco antes do planejado. Não consegui encontrar o grupo tão facilmente quanto esperava. Enquanto estava no iate, atracado na marina à espera do pessoal, fui abordado por um homem interessado em fretar um iate particular que o levasse, junto com sua esposa, num passeio de duas semanas para comemorar o aniversário de casamento deles. Expliquei que o barco não era meu. Mas ele foi persistente. Não sei se ele apenas não acreditou em mim ou se achou que eu estava tentando aumentar o preço, mas ele insistiu. A quantia que ele me ofereceu era inacreditável. Não foi o suficiente para me fazer levá-lo, juntamente com a esposa, a um passeio de duas semanas. Eu sabia que não poderia, em sã consciência, assumir aquela espécie de compromisso antes do final do julgamento, mas foi mais do que o suficiente para me fazer pensar.

Agora, em apenas três semanas, minha vida já parece diferente. Tenho raízes. Algo assim. E tenho uma profissão. Algo assim. E tenho uma espécie de futuro.

Tudo bem, talvez não seja exatamente aquele com o qual sonhei quando era criança, mas se encaixa no que a minha vida se tornou, no que *eu* me tornei. E, talvez, seja o suficiente para preencher o vazio que tem me atormentado. Talvez.

Como sempre, toda vez que penso em Marissa, durante algum tempo não consigo pensar em mais nada. Algumas vezes é mais difícil tirá-la da cabeça. Quanto mais perto estou dela, mais difícil fica. E foi muito difícil, o tempo todo!

O julgamento está perto de acabar. Cash telefonou para me informar que Marissa e sua equipe estavam se preparando para os argumentos finais. Depois disso, o júri iria deliberar. Ninguém sabia quanto tempo isso poderia levar, então ele me disse para voltar aos Estados Unidos o mais rápido possível. Tanto ele quanto meu pai queriam que eu estivesse presente no momento do veredicto. Portanto, foi o que fiz.

Cheguei em cima da hora. O júri entrou em deliberação esta manhã. Eu poderia ter perdido o veredicto, se eles não tivessem decidido fazer um intervalo, jantar e voltar ao caso do sequestro

Estou tentando não considerar o fato como um mau sinal — a dificuldade do júri em chegar a uma decisão rápida. Em vez disso, estou agradecido por conseguir chegar a tempo de ficar com meu pai e Cash.

Por sorte, eu já estava de volta aos Estados Unidos. Estava voltando com a intenção de oferecer um passeio a Cash e Olivia, como meus primeiros clientes, tipo, tocar o barco e ver o resultado.

O jogo de palavras está valendo.

Eu bufo ao imaginar Cash revirando os olhos, irritado, diante da minha piadinha. O taxista olha para mim e eu o encaro, até ele se virar de costas. Então sorrio. Minha aparência hostil não é como antigamente, mas, por alguma razão, ainda intimido as pessoas. Às vezes eu curto isso, como estou curtindo agora, com este cara. Ele deve achar que sou um assassino ou algo assim. Para piorar a situação, eu não tento dissuadi-lo dessa opinião. Acho que os velhos hábitos são difíceis de mudar. No meu antigo ramo de trabalho, passar a imagem de um homem perigoso podia salvar a sua vida. E se você ficar no ramo tempo suficiente, acaba *se transformando* nesse homem. Acho que uma aparência assim nunca o abandona completamente.

Isso é algo que você terá de aperfeiçoar, se espera conseguir algum cliente. Ninguém quer entrar em alto-mar com um cara que aparentemente poderia matá-lo durante o sono e tomar todo o seu dinheiro.

E lá vem ela novamente.

Marissa.

Como de hábito, toda vez que penso no futuro, penso nela; no fato de que ela não fará parte dele. E na razão pela qual eu até gostaria que ela fizesse. Às vezes, não luto contra a sua lembrança. Apenas permito que ela ocupe seu espaço, durante algum tempo. Não faço isso com muita frequência. Eu sempre acabo desejando aquele corpinho delicioso ou desejando-a de uma forma mais sentimental, e não sei o que fazer a respeito. Mas, de vez em quando, não posso resistir à tentação de apenas pensar nela. E, de vez em quando, pensar em como a vida poderia ter sido.

Se as coisas fossem diferentes... O toque do telefone me acorda. Eu devo ter adormecido no táxi, com a imagem de Marissa dançando na minha cabeça, como aqueles malditos carneirinhos que ficam pulando a cerca. Tiro o retângulo barulhento do bolso e dou uma conferida no visor. É Cash.

— Estou chegando — digo, em vez de atender com um "alô".

— O júri anunciou que voltaria depois do jantar. Eles chegaram a um veredicto.

— Cacete! — Eu pulo no banco e procuro algum sinal que me mostre onde estou. Então avisto um marco quilométrico na estrada. — Ainda vou demorar umas duas horas, cara. Quanto tempo falta pra recomeçarem?

— Eles estão chamando todo mundo de volta.

Dou um suspiro.

Merda!

— Talvez eles se atrasem e eu ainda consiga chegar a tempo. Vou fazer o possível. Me mantenha informado.

— Com certeza.

Após desligar o telefone, sinto a ansiedade tomar conta de mim. Não consigo permanecer imóvel no banco traseiro do carro. É como se eu precisasse fazer alguma coisa para apressar essa terrível viagem. Mas não há nada que eu possa fazer. Só sei que, nem por um cacete, vou adormecer novamente.

Uma hora e 23 minutos depois, meu telefone toca. É Cash de novo.

— O que está acontecendo?

— Culpado. De todas as acusações. — Ele está a ponto de explodir de emoção. Posso ouvir na sua voz. Demora alguns segundos até cair a ficha. Então me sinto oscilar entre a alegria por termos vencido e a irritação por não estar com eles no momento do veredicto.

— Puta mer... Puta que pariu, cara! Que bom! *Caraca, meu irmão!*

Cash grita ao telefone, e sua animação me empurra mais em direção à alegria e menos em direção à irritação. Nós vamos ter muitos motivos para comemorar esta noite. Muitos.

Eu o ouço rir. E, ao fundo, ouço risos femininos também. Todos já estão comemorando.

— E o que vem agora?

Cash se controla o bastante para me responder.

— A sentença. Não sei quando isso acontecerá ainda, mas a lei estadual da Geórgia estabelece uma pena máxima de vinte anos para condenação por crime organizado. Espero que eles peguem esses vinte anos inteiros! Já estamos discutindo os processos civis também. E depois, naturalmente, nosso pai irá recorrer, já que Duffy confessou que... confessou o que fez. Vou pegar a declaração assinada de Duffy e dar início ao processo assim que for possível.

Sei como Cash se sente. É difícil dizer isso às vezes, declarar em voz alta que nossa mãe foi assassinada. Especialmente em um dia como hoje, um dia cheio de boas notícias.

Cash é rápido e vago. E eu sei o motivo. É pela mesma razão que é difícil falar sobre a nossa mãe. Hoje é um dia de comemoração. Essa foi uma grande vitória. Amanhã haverá tempo para... todo o resto.

— Bem, podemos falar sobre tudo isso depois. Agora temos que comemorar. Para onde você vai?

— Vá para a boate. Nós vamos ficar com a sala VIP esta noite.

Isso me agrada.

— Legal, cara. A gente se vê daqui a uma hora, mais ou menos.

QUARENTA

Marissa

Agora posso entender por que os promotores ficam obcecados com seus trabalhos. Não só a batalha é arrebatadora, mas o veredicto... Ah, meu Deus! Posso dizer que poucas vezes na vida experimentei sensações melhores do que a obtenção da condenação, e nenhuma delas ocorreu em um tribunal.

Os olhos pretos aveludados passam pela minha cabeça, e eu os expulso da mente.

Hoje não. Permita-me pelo menos esse dia de paz e felicidade.

Já foi muito difícil não o ver na hora do veredicto. Olivia tinha dito que ele estaria presente, e a decepção foi enorme quando não apareceu. Mas já superei essa parte. Estou tentando apenas curtir os louros da vitória. Sei que o momento não é completo sem ele, mas isso é algo ao qual terei de me acostumar. Duvido que algo na vida seja completo sem Nash. *Espero* que sim. Realmente, realmente, espero que sim. Mas algo em mim duvida que, algum dia, será.

Viro à esquerda, me aproximando cada vez mais da Dual. Em vez de ir para lá com a roupa de trabalho, optei por passar em casa e me trocar antes de sair para participar das comemorações. Algo me diz que a festa vai rolar até altas horas, e eu queria ficar confortável para isso. A calça jeans e a camisa de mangas compridas combinam com o frio antecipado de uma noite de primavera e já me deixam à vontade.

Cruzo a porta da boate e falo com Gavin.

— Vai ficar na portaria essa noite?

— Pois é. Uma festa que não estava agendada está acontecendo na parte de cima, e nos deixou com poucos funcionários. Talvez eu dê sorte aqui embaixo com alguns caras que precisem levar umas porradas. Ou talvez uma gata advogada precise de uma carona para casa.

A piscadela do seu lindo olho azul me assegura de que ele está brincando. Gavin é um paquerador incorrigível.

— Bem, se tudo estiver tranquilo, suba rapidinho e tome uma bebida. Temos muito pra comemorar hoje.

— É, fiquei sabendo. Acho que você também merece os parabéns. Você deve ter arrasado lá no tribunal.

Eu dou de ombros, lisonjeada.

— Bem, não trabalhei sozinha. Há muita gente responsável pelo êxito dessa noite.

— Não há nada mais sexy do que uma mulher maravilhosa que não sabe como reagir a um elogio.

Eu rio.

Ele é mesmo incorrigível!

— Então vou só dizer obrigada e subir. Tudo bem?

— Você não precisa fugir tão rápido.

— Cash me mata se eu desviar sua atenção do trabalho.

— Não se preocupe com Cash, minha pombinha da paz. Eu cuido dele.

Seu sorriso é diabólico e ele movimenta as sobrancelhas de modo sugestivo. Rio novamente, balançando a cabeça.

— Você pode ser perigoso — digo ao me virar e caminhar em direção à escada.

— Só da melhor maneira possível. — Eu o ouço dizer, antes de sua voz ser abafada pelo som ambiente.

Então paro no último degrau, em frente à porta, e sorrio. Dá para ouvir a comemoração animada que vem do interior da sala VIP até por cima da música alta do andar de baixo da boate. E isso diz muito.

Abro a porta e me deparo com o caos. Dou uma olhada superficial em todos os rostos. Exceto pelo bartender, que nunca vi antes, reconheço todo mundo. Cada um participou do julgamento de alguma forma. Desde Cindy, a assistente que desencavou informações inestimáveis para nós em mais de uma ocasião, a Stephen, o repórter do tribunal. Todos passamos a conhecê-lo muito bem nos últimos meses.

Durante um processo como o que acabamos de vencer, forma-se um laço tão forte que lhe dá a sensação que aquela é a sua "família de coração". Ou, no meu caso, a "família no lugar da minha família". Aprendi a confiar e a depender dessa gente, nunca me senti tão confortável com alguém antes, fossem elas família ou não. De modo geral, essa foi uma das experiências mais estimadas e recompensadoras da minha vida.

Mas qual o próximo passo?

O pensamento inquietante surge furtivamente, antes que eu possa detê-lo, roubando o meu sorriso por um segundo. Mas, antes que eu possa começar a me preocupar com questionamentos como esse, Jensen me chama do outro lado da sala, onde está esperando no bar.

Ele pega dois copos no balcão e vem na minha direção. Todos os olhos se viram para mim e sinto o meu sorriso voltar. Só por essa noite, eu me recuso a pensar em algo mais sério do que me perguntar o que vou beber depois.

Jensen para diante de mim e o local fica silencioso. Bem, silencioso na medida em que um salão situado acima de uma boate repleta de gente pode ficar. Jensen pigarreia.

— À nossa peça-chave do julgamento, sem a qual provavelmente não teríamos conseguido a vitória. — Ele ergue o copo, como todos os outros na sala. — A Marissa.

A sensação da lisonja só é sobrepujada pelo nó na garganta causado pela emoção. Entorno a bebida de uma só vez, me perguntando por um segundo se ela irá passar a obstrução. Mas o líquido desce redondinho. E queima tudo por dentro, fazendo meus olhos se encherem de água.

— Marissa! — gritam todos.

Sinto uma risada começar a surgir, no instante em que Jensen coloca o braço em volta da minha cintura e me ergue. Deixo o riso sair, pensando que essa deve ser a primeira noite há muito, muito tempo que consigo encontrar algo próximo à felicidade.

Até ele me pousar no chão e eu dar de cara com Nash.

QUARENTA E UM

Nash

De todas as coisas que eu esperava ver quando entrei aqui, essa porra não estava nos planos. Os braços de Jensen em volta de Marissa, ela rindo colada ao corpo dele. Todos os seus amigos reunidos, aplaudindo animadamente. Uma sala repleta de gente que faz parte de um grupo do qual eu não pertenço.

Mais do que nunca, vejo que esse não é mais o meu mundo. E nunca será. Não me encaixo aqui. Comprar o barco e planejar uma vida no mar foi uma boa escolha. Acho que sempre pensei que um dia... Talvez...

O sorriso de Marissa desaparece conforme eu os observo. Jensen a pousa sobre seus pés e meus olhos deslizam na direção dele. Ele está me fitando. Contenho o impulso de ir para cima dele e arrancar sua garganta.

Olho para o salão. Todo mundo está me olhando. Conheço apenas algumas pessoas. Não que o fato de conhecer todas elas fizesse qualquer diferença. Essa não é a minha gente. Esse não é o meu mundo. Mas é o dela. E ele nos manterá separados para sempre. Como um golfo. Um abismo. Um oceano imensurável.

Então me viro e avisto Cash. Ele está sorrindo de orelha a orelha, o que me faz lembrar de encarar a situação de modo racional. Enfim, conseguimos o que queríamos. Os homens responsáveis pela morte da minha mãe e a subsequente prisão do meu pai ficarão presos por muito tempo. E Duffy, embora seja o verdadeiro assassino e mereça uma morte dolorosa, passará o resto da vida fugindo. Ele terá que deixar o país se não aceitar o serviço de proteção à testemunha. De qualquer maneira, a vida para ele já era. Talvez essa seja uma punição ainda melhor. Prefiro ver as coisas dessa forma. É o único modo de realmente deixar tudo como está.

E tenho que fazer isso. Tenho que curtir essa vitória e seguir em frente.

Para onde?

Afasto a pergunta da cabeça, lembrando a mim mesmo que tenho um plano e ponto final. E ignoro os brilhantes olhos azuis que surgem na minha mente, aqueles que praticamente sinto queimando dentro de mim.

Então caminho na direção do meu irmão e paro na frente dele. Em seguida, estendo a mão e ele a pega, e a balança várias vezes, enquanto sorrimos um para o outro. Impulsivamente, eu o puxo num abraço.

Depois me inclino um pouco para trás. Cash ainda está com um largo sorriso no rosto.

— Acabou, cara. Finalmente acabou — diz ele, claramente aliviado.

Eu aceno a cabeça.

— É, finalmente.

No que deveria ser o dia mais feliz da minha vida, eu me sinto triste. E comemorar é a última coisa que quero fazer no momento. Mas não desejo que ninguém veja que estou travando uma luta comigo mesmo, então pergunto a Cash baixinho:

— Posso usar o seu apartamento? Preciso tomar um banho.

Por um instante, vejo uma ruga de inquietação se formar entre as suas sobrancelhas.

— Claro.

Com um gesto de cabeça, eu me viro e saio, sem olhar para trás.

Afinal, o que você esperava que acontecesse?

Sinto raiva de mim mesmo, enquanto desço os degraus e atravesso o salão lotado da boate. Obviamente, de alguma forma, imaginei que Marissa ficaria empolgada em me ver e diria que se sentia triste sem mim, pediria que eu a levasse comigo e nós navegaríamos em direção ao pôr do sol. Por mais ridículo que isso possa parecer, esse é o cenário que eu mantinha escondido em algum lugar, bem no fundo da minha alma.

Você é um tremendo filho da... um idiota!

Enraivece-me o fato de ainda me censurar por ela, como se Marissa desse algum valor. Como se pudesse me ouvir. Como se se preocupasse. Murmuro uma série acelerada de impropérios dos mais obscenos, quando entro pisando pesado no escritório de Cash e bato a porta atrás de mim.

Atravesso o escritório até o apartamento dele e bato a porta também, me sentindo apenas um pouquinho melhor por ter extravasado um bocado da minha agressividade. O que realmente me ajudaria seria a oportunidade de encher de porrada aquele babaca arrogante que estava agarrado com Marissa. Mas como isso não me faria conquistar a simpatia de ninguém e provavelmente me levaria para a cadeia, eu me contento em atirar a mochila do outro lado da sala e ir para o chuveiro.

Praticamente nem abro a torneira fria. O calor da água quente temporariamente amortece a intensidade de todo o resto. Quando termino o banho, minha pele está ardendo, mas melhora rapidinho, me fazendo voltar ao ponto de partida.

Antes de me vestir, me estico na cama para deixar o ar me secar. Então me concentro no barulho repetitivo da música do lado de fora e tento aplacar a minha raiva.

Eu me forço a pensar em coisas que posso controlar, ou coisas que me dão alguma paz, como meu pai saindo da prisão ou ficar olhando o pôr do sol vermelho brilhante sobre as águas claras do Mar do Caribe.

Não sei quanto tempo fico lá. O barulho da boate a duas portas fechadas parece menos intenso e não consigo encontrar um relógio na sala escura para ver a hora.

Então me levanto, me visto e dou uma olhada no relógio na parede do escritório. Eu fiquei aqui por quase duas horas.

Como isso aconteceu?

Ao voltar para a boate, percebo que a multidão diminuiu consideravelmente. Parece que a noite está acabando. Afinal, *estamos* no meio da semana...

Olho para o vidro espelhado que fica na parte da frente da sala VIP. Não sei se eles ainda estão lá em cima, mas acho que eu deveria pelo menos aparecer lá, antes de pedir o carro emprestado a Cash e dar o fora daqui. A tranquilidade do seu apartamento será perfeita para essa noite. Qualquer coisa para ficar longe daqui. Longe dela.

Subo os degraus, dois de cada vez. Antes de chegar ao topo da escada, a porta se abre e Jensen aparece, arrastando uma Marissa cambaleante em direção aos degraus.

— Eu disse que estou em condições de dirigir — diz ela indistintamente.

— E eu disse que não vou deixar você sair daqui dirigindo, de jeito nenhum.

— Mas você está bêbado também. Quem vai dirigir?

— Não estou *tão* bêbado — diz ele.

Paro a meio caminho do topo das escadas, cruzando os braços.

— Algum problema?

— Sim. Essa aqui quer ir pra casa, mas bebeu demais.

— E você? Andou bebendo?

— Não muito.

— *O mínimo* que tenha sido é demais para levá-la pra casa. Eu a levo.

— Não precisa se preocupar, Cash. Eu dou conta.

Ele começa a conduzir Marissa, passando por mim. Não sei o que me deixa mais irritado: se é o fato de ele me chamar de Cash ou ver suas mãos nela, novamente.

A quem você está tentando enganar? Você sabe exatamente o que o irrita mais!

— Vou ter que insistir — digo, trincando os dentes. Não quero armar um barraco. Não porque eu me oponha em dar uma porrada nesse cara, nos degraus de uma boate, mas porque isso constrangeria Cash e provavelmente Marissa. E é com eles que me preocupo. Não comigo. E, certamente, muito menos com esse babaca pomposo.

— Pode insistir o quanto quiser, eu vou levá-la pra casa.

Seus olhos claros estão me desafiando. Por alguma razão, parece até engraçado. Ele não tem nenhuma ideia do que eu faria se me deixasse levar pelo impulso. Nenhuma. Ideia.

— Você não vai querer levar isso adiante, senhor advogado. Confie em mim.

— Talvez eu queira — desafia ele, com seu tom de provocação intensificado pelo consumo de álcool.

— Ei! — grita Marissa. — Pessoal. Por favor. Eu vou pra casa sozinha, portanto, podem tirar o cavalinho da chuva. — Ela ri das próprias palavras e se livra dos braços de Jensen.

Ao tentar passar ao meu lado, tropeça, e cai em cima de mim. Eu me abaixo para estabilizá-la e ela solta o corpo sobre o meu. Em seguida, levanta os olhos e sorri.

— Desculpe.

— Me deixe levar você — digo, baixinho.

Marissa fita meus olhos profundamente, como se estivesse tentando achar... algo. Não sei o que é, mas evidentemente ela encontra o que procura. E acena a cabeça.

— Tudo bem.

— Marissa, eu... — Jensen tenta dizer alguma coisa, mas desiste quando planto a mão em seu peito, detendo-o no instante que ele tenta se aproximar dela. Eu nem me preocupo em olhar para ele; em vez disso, fito os olhos azuis brilhantes de Marissa.

— Última chance — aviso.

Marissa olha à sua esquerda.

— Jensen, tudo bem. Agradeço sua ajuda, mas nós dois bebemos demais pra dirigir.

Eu o ouço suspirar e, de um modo perverso, espero que ele continue insistindo. Estou louco para dar uma lição nesse babaca. Mas, por outro lado, apenas espero que ele cale a boca e vá embora. Nesse momento, o que mais me interessa, mais até do que quebrar a cara desse advogadozinho, é Marissa. Somente Marissa. E o que vejo quando fito seus olhos tão azuis.

Do canto do olho, eu o vejo se virar e subir os degraus, irritado. Com ele longe, minha atenção se concentra em Marissa. E, pelo menos por alguns minutos, a minha alma também.

— Consegue descer as escadas?

Ela acena a cabeça e se vira para dar mais um passo. Então cambaleia e eu a estabilizo.

— Opa — diz ela.

Sem perguntar, eu a pego nos braços e desço as escadas. Eu sei que poderia pousá-la seguramente agora. Mas não faço isso. Eu a levo para fora da boate e saio na noite fria.

— Onde você estacionou?

— Logo ali — diz ela, apontando para a direita, antes de pousar a cabeça no meu ombro. Ela coloca os braços frouxos em volta do meu pescoço e se aconcnega. Eu a puxo mais forte contra o meu peito. É como se ela fosse feita para se encaixar ali. Perfeitamente. Nos meus braços.

Cacete, gata! O que você fez comigo?

Ao chegarmos onde o carro dela está parado, Marissa pega a chave no bolso e a entrega a mim. Eu aperto o chaveiro e ouço o clique da porta. Em seguida, pouso-a no chão, tempo suficiente para abrir a porta do carona e ajudá-la a entrar sem bater a cabeça.

No caminho para casa, nenhum de nós diz nada. Por várias vezes, dou uma olhadinha para o lado para ver se ela está dormindo. Marissa permanece acordada todo o trajeto. E toda vez que eu olho para ela, ela retribui o meu olhar, mas nunca fala nada.

A antecipação é tão forte no interior silencioso do carro que é quase palpável. Isso me deixa excitado.

Paro diante da casa de Marissa e dou a volta pelo carro, para ajudá-la a descer. Ela pisa na calçada, mas eu me abaixo para carregá-la no colo novamente.

— Eu consigo andar — diz ela, mas mesmo assim aninha o rosto contra o meu pescoço. Ela provavelmente *conse-*

gue andar, mas na verdade *não quer*. E eu não quero deixá-la fazer isso.

Não respondo, apenas a levo nos braços até a porta, entrego as chaves a ela, e me curvo o suficiente para que ela possa abrir a porta.

Assim que entramos, dou um pontapé na porta atrás de mim para fechá-la e coloco Marissa de pé, no chão. Não quero ser presunçoso *demais*, então espero para ver o que ela vai dizer. Ou fazer.

Sob a luz fraca que atravessa o vidro na parte de cima da porta, fitamos um ao outro. Em silêncio. Concentrados. Eu gostaria de dizer muita coisa, mas não posso. Não devo. Não vou. Não há nenhuma razão para isso. As coisas não vão mudar nada. E se ela não estiver sentindo o mesmo, eu ficarei arrasado. Mas, se estiver sentindo, acho que seria ainda pior.

Ergo a mão e roço o dorso dos meus dedos em seu rosto macio. Ela inclina a cabeça, aprofundando ainda mais o toque. Quando meus lábios se aproximam dos seus, o beijo não é tão febril e desesperado quanto achei que seria. Há uma sensação de tristeza e... despedida. Não sei quem está causando isso, se ela ou eu. Mas o beijo tem uma clara conotação de "FIM".

Pela primeira vez na vida, faço amor com uma mulher. Já transei centenas de vezes, com muitas mulheres. De modo depravado, obsceno. Cacete, transei de modo depravado e obsceno com Marissa. E gostaria de fazer mais. Mas essa noite não tem nada a ver com isso. Mesmo se eu quisesse. Essa noite tem a ver com deixar outra parte da minha alma com ela, a pequena parte que ela ainda não tem.

A cada peça de roupa que tiro do seu corpo, mais do que nunca, sinto o seu perfume, a maciez da sua pele. É como se todos os meus sentidos estivessem aguçados e totalmente concentrados nela. Cada ponto sensível, cada doce suspiro, cada tremor delicado ficará, para sempre, na minha memória. Não sei se isso é bom, mas não importa. Nenhuma consequência é suficiente para me deter.

Da primeira vez que deslizo dentro do seu corpo quente até a última contração do seu orgasmo, tenho certeza de que estamos dando um ao outro um silencioso, amargo e doce adeus. Durante esses poucos minutos, acho que nunca me senti tão feliz. E tão triste. E, para o resto da vida, serei um homem melhor apenas por ter conhecido Marissa. Ela curou as feridas que eu achava que jamais cicatrizariam, que nunca conseguiria superar. Por causa dela, agora tenho uma espécie de vida para viver.

Minha respiração está voltando ao normal quando sinto algo molhado na pele. Marissa está deitada com uma das pernas sobre as minhas e a cabeça no meu peito. E está chorando. Sinto cada lágrima cair do seu rosto. Elas são mornas, mas parecem queimar.

— Você já terá ido quando eu acordar? — sussurra ela, com a voz embargada.

Penso em sua pergunta antes de responder. Na realidade, eu não tinha feito nenhum tipo de plano, mas agora sei o que tenho que fazer.

— Sim.

Sinto seus ombros sacudirem conforme ela soluça. Cada soluço é como um aperto mais e mais forte no meu coração.

De repente, ela se afasta de mim e se levanta da cama. E não se vira para me olhar. Apenas endireita os ombros e atravessa o quarto, de cabeça erguida.

— Adeus, Nash — diz ela, baixinho. Em seguida entra no banheiro, fechando e trancando a porta. Eu me sento na cama, atordoado, até ouvir o barulho do chuveiro.

Uma coisa passa pela minha cabeça, enquanto me visto e peço um táxi.

É melhor assim. É melhor assim. É melhor assim.

Quando o táxi chega, ela ainda está no banheiro. Sei que aquelas serão as últimas palavras que ela irá dizer para mim.

QUARENTA E DOIS

Marissa

Não sei por que continuo na cama. Sei que não vou conseguir dormir essa noite. Por mais que eu queira esquecer a realidade, mesmo que por pouco tempo, a dor por ter deixado Nash ir embora é torturante demais para me permitir relaxar.

Enfio o rosto no travesseiro pela décima vez, no mínimo, inalando profundamente. Abaixo do meu nariz está o cheiro dele, do seu corpo. Abaixo do meu rosto está o tecido úmido, minhas lágrimas criando uma poça que não para de crescer.

De certa forma, eu sabia que esta noite seria um adeus. Se eu tivesse um pingo de instinto de autopreservação, teria ficado longe de Nash. Mas não tenho. E, até certo ponto, não me arrependo disso. Por mais que seja doloroso perdê-lo mais uma vez, valeu a pena tê-lo de volta nos meus braços, ainda que por pouco tempo.

Os soluços começam novamente. Eles ecoam no vazio do quarto, como ecoam no vazio do meu coração. Estou tão angustiada que, por pouco, não ouço a batida na porta.

Meu coração faz uma pausa, antes de voltar em um ritmo mais acelerado. Uma parte mínima do meu ser reage ao medo de que possa ser alguma figura horrível do passado, para me levar novamente. Mas essa sensação é opressivamente dominada pela esperança, a esperança desesperada de que seja Nash.

Por favor, meu Deus, por favor, meu Deus, por favor, meu Deus, repito mentalmente enquanto tento enfiar os braços no roupão, a caminho da porta.

Ao olhar o olho mágico, perco o fôlego. É Nash.

Então abro a porta e ele toma meu rosto nas suas mãos, quase furiosamente, e pressiona os lábios contra os meus.

— O que você fez comigo? — murmura ele junto à minha boca.

Não me importo com o que ele está dizendo e não respondo; só me importa o fato de ele estar de volta. Mesmo que seja por pouco tempo, ele voltou.

Nash traça um caminho de beijos por todo o meu rosto, queixo, desce pelo meu pescoço e depois me aperta contra o seu corpo, mantendo-me junto a si.

— Não posso deixá-la novamente. Não dessa forma. Me peça pra ficar — diz ele, com o rosto enfiado no meu cabelo. — Serei o que você precisar que eu seja, quem você precisar que eu seja. Não sou perfeito, mas serei perfeito pra você. Apenas me dê uma chance.

Tento me inclinar para trás, mas ele não me solta.

— Nash — digo, empurrando seu peito.

Finalmente, ele cede o bastante para que eu possa me afastar e ver seu rosto sombrio. Quando começo a falar, ele pousa o dedo nos meus lábios.

— Naveguei por todo o mundo tentando fugir de você, tentando fugir do que você me faz sentir. Tudo o que descobri é que não há nenhum oceano grande o bastante para afogar a sua lembrança, nenhum lugar longe o bastante para evitar a atração que sinto por você. Você acaba me achando. Sempre acaba me achando. Quando fiquei perdido no mar, você me achou. Quando fiquei perdido na vida, você me achou. Não só me achou como me salvou. E eu sei que não há lugar que eu possa ir e ficar feliz, enquanto estiver longe de você. A melhor parte de mim é você. A única parte que importa é aquela que você tem, a que você mantém na palma da sua mão.

— Você ficaria? Aqui? Por mim?

— Eu faria qualquer coisa por você.

— Mas e quanto ao barco? Cash me disse que você comprou um iate pra fazer passeios fretados.

— Vou vendê-lo. Abro mão dele. Eu abriria mão dele por você. Abriria mão de qualquer coisa. De tudo. Tudo por nós dois. Se isso significar que vou poder ficar com você, que isso a deixará feliz, eu faço. O que for. Basta você aceitar.

Meu coração está quase explodindo. No início, não tenho palavras. Então me pego, quase de modo confuso, me perguntando se isso é real ou se estou sonhando. A única coisa que sei é que, se for um sonho, não quero acordar. Nunca.

— E se eu não quiser?

Por alguns segundos, ele fica completamente imóvel e não diz nada.

— E se você não quiser o quê?

Eu sei o que ele está pensando. Posso ver pela expressão desolada em seu rosto. Nash pensa que estou me preparando para dizer que não quero *ficar com ele*.

— E se eu não quiser que você venda o barco? — Ele não diz nada, apenas olha para mim. Finalmente, sorri. Provavelmente é o sorriso mais feliz que já dei em toda a minha vida, ao colocar os braços em volta do seu pescoço e puxar sua cabeça para junto do meu rosto. Então sussurro no seu ouvido: — E se eu quiser navegar com você?

Eu o ouço exalar, pouco antes de me dar um abraço tão apertado que quase me deixa sem ar.

— Cacete, eu te amo, gata — sussurra ele, no meu pescoço.

Se há alguns segundos eu achei que estava completamente feliz, me enganei. Nunca na vida poucas palavras me fizeram sentir tão absoluta, impulsiva e permanentemente modificada. Nesse curto espaço de tempo, a minha vida se transformou de incerta e incompleta à farta de esperança e amor, e encontrei uma paz que eu nunca havia experimentado antes. As palavras que ele fala em seguida refletem exatamente o que sinto na parte mais profunda da minha alma.

— Você me faz sentir completo.

— Eu estava pensando exatamente a mesma coisa — admito.

— Estava? — pergunta ele, com um sorriso na voz.

— Isso e outra coisa.

— O quê? — pergunta ele. Quando não respondo, ele endireita a cabeça e olha para mim. — O quê? — repete ele.

Eu ergo a mão e acaricio seu queixo com a barba por fazer, com as pontas dos dedos.

— Que eu te amo. Que eu amo essa barba. E esses lábios — digo, passando os dedos pelo seu lábio inferior. — E esse rosto. E esse cabelo — falo, enquanto ajeito uma mecha solta atrás da sua orelha. — E que você tem razão. Você *é mesmo* perfeito pra mim. Já é perfeito. Você é tudo que eu não sabia que precisava, mas tudo que eu sempre soube que queria.

Nash segura meu pulso e repousa o rosto na palma da minha mão.

— Vou passar o resto da minha vida fazendo você feliz, provando que você fez a escolha certa. Prometo que você não vai se arrepender por se arriscar pra ficar comigo.

— Não estou me arriscando. Tenho a sensação de que não consigo respirar sem você. Só estou fazendo o que tenho que fazer para sobreviver. Simples assim.

— Então me deixe ser o seu ar — diz ele, baixinho. Desta vez, quando seus lábios tocam os meus e Nash me toma nos braços, sinto como se ele estivesse me levando rumo ao nosso futuro, à felicidade, à plenitude. E estou ansiosa por essa jornada.

QUARENTA E TRÊS

Nash

Quatro meses depois

O sol entra pela janela da cabine, dando à pele levemente bronzeada de Marissa um tom dourado brilhante. Ela está deitada de barriga para baixo, sem olhar para mim, e sua respiração é profunda e regular. Eu ficaria olhando para ela dormindo durante mais algum tempo. Mas isso não só seria algo extremamente estranho como também estou muito excitado por causa dela.

Então abaixo o lençol, a única coisa que está cobrindo o seu corpo. O clima aqui em Fiji é agradável o tempo todo, portanto dormimos muito pouco do lado de dentro, o que é perfeito para mim. Ela se mexe ligeiramente e eu pressiono os lábios no meio das suas costas e passo a língua por sua coluna, até a sua bunda. Depois dou uma mordida de leve. Ela estremece e eu ouço sua respiração abafada. Então esfrego meus lábios sussurrando:

— Eu adoro essa bunda.

Marissa se contorce, deslocando-se o bastante para se esticar e abrir as pernas um pouco mais. Então coloco a mão na parte de trás da sua coxa e depois na parte interna, escorregando em direção ao calor que já posso sentir nela. Quando deslizo o dedo para dentro do seu corpo, ela já está molhada e pronta pra mim.

— O que é isso? Estava sonhando comigo de novo?

Suavemente, escorrego o dedo para dentro e para fora, mantendo-a deitada com o peso do meu peito.

— Hummm! — É sua única resposta.

— Parece que estava mesmo — acrescento, baixinho. — Pode me contar os detalhes? Eu adoraria tentar torná-los reais. Muito, *muito* reais — digo, enfiando outro dedo profundamente nela.

— Que tal se, em vez disso, eu mostrar a você? — diz ela, mexendo a parte inferior do corpo para se contorcer sob o meu peito.

Adoro quando ela mostra coisas para mim.

O sol está muito mais alto no céu quando chegamos à praia. Cash e Olivia estão descansando na piscina do hotel, com Gavin e Ginger.

— Qual é, seus preguiçosos? — digo quando estamos perto o bastante para sermos ouvidos. — Pensei que tínhamos hora marcada para uns tratamentos e tudo mais.

Olivia pula de sua espreguiçadeira, curva-se para beijar Cash e agarra a mão de Ginger, colocando-a de pé.

— Nós vamos embora. Divirtam-se, rapazes. Nós vamos nos embelezar.

— Não dá pra melhorar o que já é perfeito — digo, puxando Marissa para um beijo, antes que Olivia possa arrastá-la também. Ela sorri para mim.

— Se continuar falando assim, vai acabar ganhando outra dose do remedinho dessa manhã.

— Tem mais um monte de onde veio esse — digo, referindo-me ao meu arsenal de elogios.

O sorriso que ela me dá é sugestivo.

— Ah, eu sei disso.

Dou uma leve palmada na sua bunda deliciosa quando ela se vira para seguir Olivia e Ginger. Fico observando-a até ela desaparecer do meu campo de visão, em seguida sento na beirada da espreguiçadeira que Olivia acabou de desocupar.

— Afinal, você espera que eu o alivie da tensão do casamento ou algo assim?

— Talvez, se eu estivesse tenso, você até poderia, mas acho que estou contando os minutos pra isso, mais do que ela.

— Ah! Duvido. Ela saiu daqui praticamente flutuando. Acho que seus pés não tocaram o chão desde que chegamos aqui.

Cash pediu Olivia em casamento há alguns meses, pouco depois que a condenação do pessoal da *Bratva* foi anunciada. Eles pensavam em um grande casamento, mas quando papai foi posto em liberdade, foi bem fácil para Ginger convencer Olivia a realizar um *destination wedding*, para aliar o casamento a uma viagem. Foi até mais fácil quando Ginger lhe disse que tanto o pai dela quanto o meu haviam concordado.

A mãe de Olivia não deu palpite. Ela se recusava a tomar parte, de qualquer modo, no "casamento de farsa" de Olivia e Cash, como ela mesma o denominou.

Que filha da puta!

O acordo foi selado quando Ginger lhe disse que Marissa e eu traríamos todo mundo para cá, no iate. Depois disso, o problema era escolher o lugar ideal e fazer todos os preparativos.

Eles optaram por Fiji. O casamento seria uma mistura entre o tradicional local e o cristão. O grupo é pequeno, tendo Marissa e Ginger como damas de honra; Gavin, papai e eu como padrinhos; e o pai de Olivia, que irá entregá-la ao noivo. A cerimônia começa às oito e meia da noite, horário de Fiji.

O sorriso de Cash parece permanente. Eu diria que o meu também. Nunca, nem em um milhão de anos, eu teria adivinhado que as nossas vidas acabariam assim, principalmente depois de tudo o que aconteceu desde a morte da nossa mãe. Acho que isso só mostra o que o amor de uma mulher legal pode fazer por um homem. Ele é capaz de consertar todas as partes quebradas e curar todas as velhas feridas. Quero dizer, se a mulher amar o homem, com todos os seus defeitos. E a minha me ama assim. Acho que a do Cash também. Somos ambos sortudos nesse aspecto.

— Bem, se você não tem nada melhor pra fazer, tenho algo que preciso te falar.

Respiro fundo. Esse é o passo número um.

Na praia, diante de Marissa, com o sol se pondo brilhando nas ondas, a brisa quente desarrumando o nosso cabelo e as tochas acesas por todo o caminho, devo admitir que este é um lugar maravilhoso para um casamento. Eu deveria estar olhando para Olivia, mas não consigo tirar os olhos de Marissa.

Ela está linda no seu traje fijiano de casamento. A saia branca fina é longa, mas tem uma fenda até a metade da coxa e exibe suas pernas de maneira perfeita. Ela se bronzeou durante a tarde que passou com as garotas, portanto não creio que ela esteja usando sutiã sob a blusa também branca. De vez em quando, a brisa bate no ponto certo acho que consigo ver, de relance, seus mamilos, e isso está me deixando louco.

Como se pudesse sentir que eu a observo, ela olha para mim e sorri. Fico sem fôlego.

Suas bochechas estão rosadas, em grande parte pelo sol de hoje; e seu cabelo está platinado, depois de passar tanto tempo no mar, durante os últimos meses. Seus olhos estão faiscando de felicidade, e algo me diz que ela vai estar pronta para uma noite de sexo selvagem hoje. Este é o seu estado de espírito que eu mais gosto. Pelo menos, sexualmente.

Ela inclina a cabeça na direção do caminho que leva ao altar, quando os tambores começam a rufar, e eu me forço a olhar a noiva. Alguns homens locais, vestidos em trajes humilhantes, carregam Olivia em uma espécie de... maca. Eles param, não muito longe do seu pai, e a pousam no chão. Então ele oferece o braço a ela, e ambos se viram na direção de Cash.

Olho para o meu irmão. Ele não está sorrindo, mas não parece irritado nem exasperado. Parece atordoado. Aposto que ele não conseguiria falar nem uma palavra agora, mesmo se alguém apontasse uma arma para sua cabeça. Vejo meu pai dar um tapinha em seu ombro. Sei que é um momento muito especial para ele também. Com toda a certeza, eu diria que ele nunca imaginou que veria este dia. Hoje, muitos dos sonhos da minha família estão se realizando.

Espero que um dos meus se realize também.

Então olho para Marissa. Eu a observo, enquanto o homem que preside a cerimônia começa a falar. Ainda estou olhando para ela quando Olivia e Cash fazem os seus votos, emocionados, um para o outro. Apenas alguns detalhes esparsos tomam conta da minha atenção.

— Você deu vida a partes de mim que eu nem sabia que estavam adormecidas — diz Cash solenemente. Quando ele termina, há uma pausa antes de Olivia começar a declarar os seus votos.

— Você é tudo que eu sempre desejei em um homem, em um companheiro. É o pai dos meus futuros filhos e a pessoa com a qual quero envelhecer — diz ela com a voz trêmula.

Enquanto ouço, volto uma parte da minha atenção para Marissa, e a vejo secar, delicadamente, lágrimas de felicidade, que não param de brotar dos seus olhos.

Nem mesmo as palavras do ministro conseguem desviar totalmente a minha atenção de Marissa.

— Pode beijar a noiva.

Então vejo os olhos de Marissa se dirigirem aos meus. Ela mantém o contato visual, em vez de olhar para Cash e Olivia. Queria saber o que ela está pensando nesse momento, me fitando do outro lado de um caminho de areia, no meio do paraíso, enquanto nossos amigos queridos estão se casando. Ela está desejando que eu a peça em casamento para ter a sua própria cerimônia? Ela está desapontada por eu ainda não ter feito isso? Ela ficaria arrasada se eu nunca a pedisse em casamento? Ou aliviada?

Não vejo nenhuma resposta nos seus olhos, só amor. Eu percebo o movimento dos seus lábios e posso discernir facilmente o que ela está dizendo, embora não emita nem um som.

— Eu te amo.

Sorrio e retribuo suas palavras silenciosas. O encanto do momento se perde, quando Cash e Olivia passam entre nós, após terem sido declarados marido e mulher.

Ambos parecem não caberem em si de tanta felicidade. E eu não poderia estar mais contente por eles.

A festa começa imediatamente. Em vez de ter o casamento realizado dentro da pequena capela, eles optaram pela praia. E em vez de fazer a recepção no resort, eles optaram por terem a comida e a bebida servidas nas mesas, ao ar livre. Não que precisemos de muito, de qualquer maneira.

Algumas horas mais tarde, começo a ficar agitado. Não tenho relógio, mas sei que deve passar da meia-noite. No entanto, os outros não mostram nenhum sinal de cansaço. Olho para a área das árvores e vejo o cavalo amarrado.

Vou ao encontro de Marissa, que está conversando com Ginger e tomo sua mão. Sem uma palavra, começo a puxá-la. Ela levanta os olhos para mim, confusa, mas não protesta. Apenas me acompanha pela areia, até a área das árvores, até o cavalo que está esperando por nós.

Eu a ajudo a montar, sem que nenhum de nós fale uma palavra. Em seguida, subo atrás dela e guio o cavalo lentamente ao longo do caminho que memorizei hoje.

Cavalgamos pela floresta exuberante, morro acima, até chegarmos à clareira. Uma manta branca está estendida sobre a grama. As pétalas de rosa vermelha espalhadas sobre ela seriam visíveis, mesmo se a lua não estivesse cheia e brilhante. Algumas velas acesas e colocadas em volta do local se encarregam disso.

A chama oscila na brisa suave, enquanto desço do cavalo e ajudo Marissa a descer. Em seguida, amarro o cavalo a uma árvore e a tomo pela mão para levá-la até a manta. Nós nos fitamos durante algum tempo, e a viro em direção ao oceano. Então me aproximo dela, coloco os braços em volta da sua cintura e puxo seu corpo para perto do meu, curtindo a visão por cima do seu ombro e o cheiro do seu cabelo.

A lua está refletida na água, risadas são ouvidas na praia abaixo, e, a distância, posso ver nosso barco flutuando nas ondas suaves do mar calmo.

— Essa noite é o modo simplesmente perfeito de colocar um ponto final nos últimos meses.

— Tem sido maravilhoso.

— Nenhum arrependimento? — pergunto, resistindo ao impulso de prender a respiração até que ela responda.

— Ficou louco? Nunca estive tão feliz.

— Você não sente falta do seu trabalho, nem dos seus amigos, da sua família?

— Tenho tudo o que preciso aqui — diz ela suavemente. Em seguida inclina a cabeça para o lado para me olhar. Eu beijo a ponta do seu nariz.

Sinto um imenso alívio. Marissa nunca fala sobre sua antiga vida. E eu nunca perguntei. Até agora.

Passo dois: verificar.

— Está vendo aquele barco lá adiante? — É a única embarcação visível de onde estamos.

— Você está se referindo ao seu barco?

— Não, estou me referindo ao *nosso* barco.

— Bem, só porque eu tenho passado tempo demais no quarto do capitão não significa que ele seja meu — fala ela em tom de brincadeira.

— Não, mas os documentos de propriedade fazem isso. — Ela se inclina o suficiente para ficar de frente para mim. — Há algumas semanas, mandei transferir o título para os nossos nomes. Bem, mais ou menos.

— Como assim, "mais ou menos"?

— Bem, ele está intitulado ao Sr. e Sra. Nash Davenport.

Ouço o suspiro abafado de Marissa.

— E por... por que você fez isso? — pergunta ela com a voz rouca.

— Porque eu quero que minha esposa saiba que ela é parte de mim, parte da minha vida, parte de tudo que tenho e de tudo que sou. Tudo que ela tem que fazer agora é aceitar se casar comigo.

Então coloco a mão no bolso, pego o anel que tenho guardado há quase dois meses, enquanto eu tentava encontrar o lugar perfeito para pedi-la em casamento. Então, me apoio sobre um joelho e seguro a mão esquerda trêmula de Marissa.

Ao olhar para ela, para o rosto com o qual ainda sonho e para os olhos que derretem o meu coração, sinto o nervosismo desaparecer. Cheguei a pensar na hipótese de que ela poderia dizer não. Mas, olhando para ela agora, vendo o amor que ela sente por mim inundando meu corpo de forma tão explícita e completa como a enorme lua no céu, sei que ela já é minha. E eu, dela. Desde a primeira vez que a beijei em uma varanda, em Nova Orleans, e serei até o dia que alguém enterrar o meu corpo.

— Por favor, diga que quer casar comigo. Quero você unida a mim de todas as formas que um homem pode ficar unido à mulher que ele ama. Não posso viver sem você e não quero jamais tentar. Compartilhe o barco comigo. Compartilhe a sua vida comigo. Se você aceitar, prometo te fazer feliz todos os dias, enquanto estiver vivo.

Marissa não diz sim, mas estou supondo que ela aceita quando coloca o dedo no anel de noivado que estou segurando. Aproximadamente dois segundos depois, ela desata a chorar e se ajoelha, lançando os braços em volta do meu pescoço.

— Isso é um "sim"?

— Sim — grita ela.

Há fogos de artifício. Não no horizonte, nem de forma que possam ser vistos a olho nu, mas eles estouram, mesmo assim. Em todos os lugares que importam, todos os lugares que posso sentir.

— Bem-vinda ao nosso futuro, Sra. Davenport.

— Eu te amo — murmura ela no meu pescoço.

— Eu também te amo, gata.

E amo mesmo. Mais do que qualquer coisa.

Fim

UMA NOTA FINAL

Algumas vezes na vida, eu me vejo recebendo tanto amor e gratidão que dizer OBRIGADA parece trivial, como se não fosse o bastante. É assim que eu me encontro agora, em relação a vocês, meus leitores. Vocês são os únicos responsáveis por tornarem realidade o meu sonho de ser escritora. Eu sabia que seria gratificante e maravilhoso ter, finalmente, um emprego que eu tanto amava. Mas não fazia ideia de que isso teria menos importância e seria ofuscado pelo prazer inimaginável que tenho ao ouvir que vocês adoram o meu trabalho, que ele tocou vocês de alguma forma, ou que suas vidas parecem um pouco melhores por terem lido meus livros. Portanto, é do fundo da minha alma, do fundo do meu coração que afirmo ser simplesmente impossível AGRADECER o bastante. Acrescentei esta nota a todas as minhas histórias, juntamente com o link para um blog, que realmente espero que vocês tirem um minuto para ler. Esse blog é uma expressão sincera e verdadeira da minha humilde gratidão. Amo cada um de vocês. E vocês nunca poderão imaginar o quanto suas inúmeras postagens, comentários e e-mails representam para mim.

http://mleightonbooks.blogspot.com/2011/
06/when-thanks-is-not-enough.html

Este livro foi composto na tipologia Palatino LT Std,
em corpo 10,5/15, e impresso em papel off-white
no Sistema Cameron da Divisão Gráfica
da Distribuidora Record.